人生
文丛 ｜ 林贤治
主编

恬适人生

周作人 著

SPM
南方传媒 ｜ 花城出版社

中国·广州

图书在版编目（ＣＩＰ）数据

恬适人生 / 周作人著. -- 广州：花城出版社，
2024.1
（人生文丛 / 林贤治主编）
ISBN 978-7-5360-9438-3

Ⅰ. ①恬… Ⅱ. ①周… Ⅲ. ①散文集－中国－现代
Ⅳ. ①I266

中国版本图书馆CIP数据核字(2022)第096609号

出版人：张　懿
特邀编辑：余红梅
项目统筹：揭莉琳　邹蔚昀
责任编辑：揭莉琳
责任校对：梁秋华
技术编辑：凌春梅
封面绘图：老　树
装帧设计：姚　敏

书　　名　恬适人生
　　　　　TIANSHI RENSHENG
出版发行　花城出版社
　　　　　（广州市环市东路水荫路11号）
经　　销　全国新华书店
印　　刷　佛山市迎高彩印有限公司
　　　　　（佛山市顺德区陈村镇广隆工业区兴业七路9号）
开　　本　880毫米×1230毫米　32开
印　　张　10.875　2插页
字　　数　205,000字
版　　次　2024年1月第1版　2024年1月第1次印刷
定　　价　49.00元

如发现印装质量问题，请直接与印刷厂联系调换。
购书热线：020-37604658　37602954
花城出版社网站：http://www.fcph.com.cn

人生
文丛 ｜ 看纷纭世态
读各色人生

写在"人生文丛"新版之前

20世纪90年代初，受出版社之邀，编选了"人生文丛"，计二十种。恰逢第四届全国书市在广州举办，这套丛书成了场上的"骄子"，被评为"十大畅销书"之一。此后一段时间，一版再版，受欢迎的程度超乎出版人的预想。其时，坊间腾起一股"散文热"。若果"人生文丛"算不上引燃物的话，至少，它提供的柴薪是增添了不少热量的。

五四开启了一个时代，星汉灿烂，人才辈出。新文学第一代作家的坚实的创作实践，奠定了"艺术为人生"的原则，影响至为深远。"人生文丛"乃从五四后三十年间，遴选有代表性的二十位作家的非虚构作品，也即我们惯称的散文，自然是广义的散文，除了一般的叙事之作，还包括演讲稿，以及带有隐私性质的日记、书信等。这些文字，烙上作者各自的人生印记，不同的思想和艺术个性，真诚、真实、真切，俾普通读者——英国作家伍尔夫郑重地使用了这个词，以它为一本文学评论集命名——借由文学更好地体察社会，思考人生，并从中获得美学的熏陶。

文丛初版时，编者分别使用了一个虚拟的"何氏家族"成员的代名。此次重版，恢复了编者的本名。

　　由于版权变易，初版时的林语堂、巴金已为丁玲、萧红所代替。单从人生富含的文化价值看，后者的意蕴恐怕更深。同样出于版权关系，未予收入张爱玲，这是可遗憾的。无论读文学，读人生，张爱玲都是不容忽略的。

　　新版"人生文丛"，对胡适、郭沫若、冰心、丰子恺等作家，各有篇幅不等的增订。私心里，总是期望选本能够尽善尽美，以贡献于广大读者之前，虽然自知这是很艰难的事。

编者
2023年6月

编辑者说

古人把人生比作"逆旅",于是便有了"多歧路"之说。周作人在题名为《歧路》的诗中写道:

> 荒野上许多足迹,
> 指示着前人走过的道路。
> 有向东的,有向西的,
> 也有一直向南去的;
> 这许多道路究竟到一同的去处么?
> 我的性灵使我相信是这样的。
> 而我不能决定向那一条路去,
> 只是睁了眼望着,站在歧路的中间。

这是时代的困惑,也是个人的困惑。以鲁迅的激进,有过"荷戟独彷徨"的时候,但是毕竟做着"绝望的抗战",终于成为新文化运动的一面旗帜,成为"民族魂"。而鲁迅的二弟周作人,用郁达夫的话说,行动"比鲁迅夷犹",

"他知道空喊革命，多负牺牲，是无益的，所以就走进了十字街头的塔"；由于生性的淡漠与懦弱，崇尚中庸，趋向保守，不免与鲁迅分道扬镳；在抗日浪潮的冲击下，终致陷入附逆的道路。

周作人，生于1885年，青少年时期走着同鲁迅几乎复合的道路：曾经就读于三味书屋，在家庭和私塾中，为旧学所熏陶；曾经进南京水师学堂学习，初步接受西方科学民主思想的影响；曾经被派赴日本留学。在日本，与鲁迅一起筹办《新生》，提倡文艺运动，介绍外国文学。辛亥革命前，他返回故乡绍兴，也如同鲁迅一样，从事教育工作。1917年春来到北京，被聘为北京大学文科教授，并先后在多所高校兼职。"五四"前后，他与陈独秀、胡适、鲁迅等一起，积极倡导新文学运动。他撰写的《人的文学》《平民文学》《思想革命》等文章，成了这次历史运动的重要文献；他的翻译，以及白话诗文创作，也都成为新文学的一部分，一时蜚声文坛。

在女师大事件和"三一八"惨案中，周作人积极支持学生运动，发表系列文章，抨击反动的军阀政府及"现代评论派"的帮闲文人。在"四一二"大屠杀中，他也曾有过愤怒与抗争，表明了一个人道主义者应有的立场。从五四运动到1927年，是周作人一生的"黄金时期"，这期间的散文创作及批评文字，有《自己的园地》《雨天的书》《泽泻集》

《谈虎集》《谈龙集》等集子多种。他同时发扬了身上的"叛徒"和"隐士"的两面，既"浮躁凌厉"，在新文化运动中产生了积极的战斗作用；又害怕"过火"，"极慕着作文的平淡自然的景地"，以初步尝试即趋成熟的风格，拓展散文小品的道路，从而奠定了他在中国现代文学史上的地位。

从1928年到1937年，周作人出版的散文集有《永日集》《看云集》《夜读抄》《苦茶随笔》《苦竹杂记》《风雨谈》《瓜豆集》等。这时，他公开鼓吹文学的无目的性，战斗的意气日益消减，文章的题材也多取草木虫鱼之类，在平和冲淡的基础上，形成了个人鲜明的艺术特色。从此，"两峰对峙，双水分流"，分别以周氏兄弟为代表的散文小品，便以迥乎不同的风貌，构成中国现代散文史上的两大奇观。

"七七事变"后，周作人留居北平，接着出任伪职。沦陷期间，虽然也曾发表过数百篇文章，出版过散文集《秉烛谈》《药味录》等数种，但从内容到艺术，均不足观，确乎走到了末路。1945年，周作人因汉奸罪被捕，次年被国民政府最高法院判处有期徒刑十年。1949年被保释出狱，由南京而上海，最后定居北京。新中国成立后，著译不辍，1967年在北京病逝。

对周作人的文学成就最早给予历史性评价的是胡适。他称之为"美文"，在《五十年来之中国文学》中指出："这几年来，散文方面最可注意的发展乃是周作人等提倡的'小品散文'。这一类的小品，用平淡的谈话，包藏着深刻的意味；有时很像笨拙，其实却是滑稽。这一类的作品的成功，就可以彻底打破'美文不能用白话'的迷信了。"1923年，周作人的《自己的园地》刚刚出版，郭沫若便立即著文表达读后的喜悦之情；直到1937年，还在文章中称周作人为"我们的知堂"，是"对于国际友人可以分庭抗礼，替我们民族争得几分人格的人"。郁达夫称赞周作人的文体与鲁迅的匕首式不同，"舒徐自在"，经久耐读，风格"湛然和蔼，出诸反语"，思想平实而深远。进入20世纪30年代，"周作人现象"引起文坛的广泛关注。其中，有来自左派的批评，但更多的是来自自由主义作家的赞美；废名、苏雪林、朱光潜、沈从文等，对周作人都有着很高的评价。应当指出，有些评价是明显失当的。后来，由于周作人个人的政治变化，以及种种社会原因，也曾一度影响了对于他的文学成就的客观评价。

作为周作人的一种文学读本，本书所选，集中在人生的主题。在社会人生观方面，周作人是一个十分复杂矛盾的人物。正如他所说，心头住着两个鬼：绅士鬼和流氓鬼，在反叛传统社会的同时，又暗自欣赏和着意保留封建士大夫的某些陈旧的观念与趣味。至于为文，也如同为人一般尴尬，"一半为的是自己高兴，一半也想给读者一点好处"；虽则追求冲和平淡，结果仍如他所说，平淡的文章在他"手底下永远是没有"。但总的说来，他究竟偏于冷静、保守，又"无往而不适"。他重理性，重知识，引经据典，左右逢源，固然可以使读者多所感悟，把死书读活，但有的"掉书袋"未免太拙直了些，多少显得散漫支离，流于烦琐。他崇自然，尚朴素，却也往往因此有损丰神，失之枯涩苍老。或曰：有一利必有一弊，大约这是很难求全的吧？

目 录

第一辑

人与社会

第二辑

人与生命

第三辑

人与文化

第一辑

人与社会

生活不是很容易的事。动物那样的，自然地简易地生活，是其一法；把生活当作一种艺术，微妙地美地生活，又是一法：二者之外别无道路……

关于命运

我近来很有点相信命运。那么难道我竟去请教某法师某星士，要他指点我的流年或终身的吉凶么？那也未必。这些要知道我自己都可以知道，因为知道自己应该无过于自己。我相信命运，所凭的不是吾家易经神课，却是人家的科学术数。我说命，这就是个人的先天的质地，今云遗传。我说运，是后天的影响，今云环境。二者相乘的结果就是数，这个字读如数学之数，并非虚无飘渺的话，是实实在在的一个数目，有如从甲乙两个已知数做出来的答案，虽曰未知数而实乃是定数也。要查这个定数须要一本对数表，这就是历史。好几年前我就劝人关门读史，觉得比读经还要紧还有用，因为经至多不过是一套准提咒罢了，史却是一座攀镜台，他能给我们照出前因后果来也。我自己读过一部《纲鉴易知录》，觉得得益匪浅，此外还有《明季南北略》和《明季稗史汇编》，这些也是必读之书，近时印行的《南明野史》可以加在上面，盖因现在情形很像明季也。

日本永井荷风著《江户艺术论》十章，其《浮世绘之鉴赏》第五节论日本与比利时美术的比较，有云：

"我反省自己是什么呢，我非威耳哈伦（Verhaeren）似的比利时人而是日本人也，生来就和他们的运命及境遇迥异的东洋人也。恋爱的至情不必说了，凡对于异性之性欲的感觉悉视为最大的罪恶，我辈即奉戴着此法制者的。承受'胜不过啼哭的小孩和地主'的教训的人类也，知道'说话则唇寒'的国民也。使威耳哈伦感奋的那滴着鲜血的肥羊肉与芳醇的蒲桃酒与强壮的妇女的绘画，都于我有什么用呢。呜呼，我爱浮世绘。苦海十年为亲卖身的游女的绘姿使我泣。凭倚竹窗茫然看着流水的艺妓的姿态使我喜。卖消夜面的纸灯寂寞地停留的河边的夜景使我醉。雨夜啼月的杜鹃，阵雨中散落的秋天木叶，落花飘风的钟声，途中日暮的山路的雪，凡是无常无告无望的，使人无端嗟叹此世只是一梦的，这样的一切东西，于我都是可亲，于我都是可怀。"又第三节中论江户时代木板画的悲哀的色彩云：

"这暗示出那样暗黑时代的恐怖与悲哀与疲劳，在这一点上我觉得正如闻娼妇啜泣的微声，深不能忘记那悲苦无告的色调。我与现社会相接触，常见强者之极其强暴而感到义愤的时候，想起这无告的色彩之美，因了潜存的哀诉的旋律而将暗黑的过去再现出来，我忽然了解东洋固有的专制的精神之为何，深悟空言正义之不免为愚了。希腊美术发生于以亚坡隆为神的国土，浮世绘则由与虫豸同样的平民之手制作于日光晒不到的小胡同的杂院里。现在虽云时代全已变革，要之只是外观罢了。若以合理的眼光一看破其外皮，则武断政治的精神与百年以前毫无所异。江户木板画之悲哀的色彩至今全无时间的间隔，深深沁入我们的胸底，常传亲密的私语者，盖非偶然也。"荷风写此文时在大正二年（1913）正月，已发如此慨叹，20年后的今日不知更怎么说，近几年的政局正是明治维新的平反，"幕府"复活，不过是一阶级而非一家系的，岂非建久以来七百余年的征夷大将军的威力太大，60年的尊王攘夷的努力丝毫不能动摇，反而自己没落了么？以上是日本的好例。

我们中国又如何呢？我说现今很像明末，虽然有些热心的文人学士听了要不高兴，其实是无可讳言的。我们且不谈那建夷，流寇，方镇，宦官以及饥荒等，只说八股和党社这两件事罢。清许善长著《碧声吟馆谈麈》卷四有论八股一则，中有云：

"功令以时文取士，不得不为时文。代圣贤立言，未始不是，然就题作文，各肖口吻，正如优孟衣冠，于此而欲征其品行，觇其经济，真隔膜矣。卢抱经学士云，时文验其所学而非所以为学也，自是通论。至景范之言曰，秦坑儒不过四百，八股坑人极于天下后世，则深恶而痛疾之也。明末东林党祸惨酷尤烈，竟谓天子可欺，九庙可毁，神州可陆沉，而门户体面决不可失，终至于亡国败家面不悔，虽曰气运使然，究不知是何居心也。"明季士大夫结党以讲道学，结社以作八股，举世推重，却不知其于国家有何用处，如许氏说则其为害反是很大。

明张岱的意见与许氏同，其《与李砚翁书》云：

"夫东林自顾泾阳讲学以来，以此名目祸我国家者八九十年，以其党升沉用占世数兴败，其党盛则为终南之捷径，其党败则为元祐之党碑，风波水火，龙战于野，其血玄黄，朋党之祸与国家相为终始。盖东林首事者实多君子，窜入者不无小人，拥戴者皆为小人，招来者亦有君子。……东林之中，其庸庸碌碌者不必置论，如贪婪强横之王图，奸险凶暴之李三才，闯贼首辅之项煜，上笺劝进之周钟，以至窜入东林，乃欲俱奉之以君子，则吾臂可断决不敢徇情也。东林之尤可丑者，时敏之降闯贼曰，吾东林时敏也，以冀大用。鲁王监国，蕞尔小朝廷，科道任孔当辈犹曰，非东林不可进用，则是东林二字直与蕞尔鲁国及汝偕亡者。"明朝的事归到明朝去，我们本来可以不管，可是天下事没有这样如意，有些痴颠恶疾都要遗传，而恶与癖似亦不在例外，我们毕竟是明朝人的子孙，这笔旧账未能一笔勾销也。——虽然我可以声明，自明正德时始迁祖起至于现今，吾家不曾在政治文学上有过什么作为，不过民族的老账我也不想赖，所以所有一切好坏事情仍然担负四百兆分之一。

我们现在且说写文章的。代圣贤立言，就题作文，各肖口吻，正如优孟衣冠，是八股时文的特色，现今有多少人不是这样的？功令以时文取士，岂非即文艺政策之一面，而又一面即是文章报国乎？读经是中国固有的老嗜好，却也并不与新人不相容，不读这一经也该读别一经的。近来听说有单骂人家读《庄子》《文选》的，这必有甚深奥义，假如不是对人非对事。这种事情说起来很长，好像是专找拿笔杆的开玩笑。其实只是借来作个举一反三的例罢了。万物都逃不脱命运。我们在报纸上常看见枪毙毒犯的新闻，有些还高兴去附加一个照相的插图。毒贩之死于厚利是容易明了的，至于再吸犯便很难懂，他们何至于爱白面过于生命呢？第一，中国人大约特别有一种麻醉享受性，即俗云嗜好。第二，中国人富的闲得无聊，穷的苦得不堪，以麻醉消遣。有友好之劝酬，有贩卖之便利，以麻醉玩弄。卫生不良，多生病痛，医药不备，无法治疗，以麻醉救急。如是乃上瘾，法宽则蔓延，法严则骈诛矣。此事为外国或别的殖民地所无，正以此种癖性与环境亦非别处所有耳。我说麻醉享受性，殊有杜撰生造之嫌，此正亦难免，但非全无根据，如古来的念咒画符读经惜字唱皮黄做八股叫口号贴标语皆是也，或以意，或以字画，或以声音，均是自己麻醉，而以药剂则是他力麻醉耳。考虑中国的现在与将来的人士必须要对于他这可怕的命运知道畏而不惧，不讳言，敢正视，处处努力要抓住它的尾巴而不为所缠绕住，才能获得明智，死生吉凶全能瞭知，然而此事大难，真真大难也。

我们没有这样本领的只好消极地努力，随时反省，不能减轻也总不要去增长累世的恶业，以水为鉴，不到政治文学坛上去跳旧式的戏，庶几下可对得起子孙，虽然对于祖先未免少不肖，然而如孟德斯鸠临终所言，吾力之微正如帝力之大，无论怎么挣扎不知究有何用？日本失名的一句小诗云：

虫呵虫呵，难道你叫着，"业"便会尽了么？

民国二十四年四月

关于命运之二

前几天我写了一篇《关于命运》，上海方面就有人挑剔字眼。我说：

"我近来很有点相信命运。那么难道我竟去请教某法师某星士，要他指点我的流年或终身的吉凶么？那也未必。这些要知道我自己都可以知道，因为知道自己应该无过于自己。我相信命运，所凭的不是吾家易经神课，却是人家的科学术数。我说命，这就是个人的先天的质地，今云遗传。我说运，是后天的影响，今云环境。"挑剔者乃曰：

"在历史上感觉到自己的迟暮的人，总是自觉地或不自觉地要躲在神秘中去寻觅自己的安慰，像求神拜佛呀，崇拜性灵呀，相信命运呀，总逃不开了这些圈套。"这里，我不知是他们的故意"歪曲"呢，还是真看不懂我那简单的白话文？奥国的孟特耳不幸晚出，他的学说得不到恩格尔斯的批准，中国新人碍难承认遗传说这也可以原谅的，但是遗传到底是不是像求神拜佛的一样神秘，我想这一点也总该知道吧。我又引明张岱的与人书云：

"鲁王监国，蕞尔小朝廷，科道任孔当辈犹曰，非东林不可进用，则是东林二字直与蕞尔鲁国及汝偕亡者。"挑剔者乃曰：

"甚至当时为人民抗清力量所支持下的鲁王监国，曾被那没有心肝的人斥为蕞尔小朝廷，也居然得到了知堂先生的附和。"这里，他们似乎也不知道"那没有心肝的人"原来是明末遗民张岱。据邵廷采《思复堂集》，明遗民所知传云：

"性承忠孝，长于史学。丙戌后屏居卧龙山之仙室，短檐危壁，沉淫于有明一代纪传，名曰《石匮藏书》，以拟郑思肖之《铁函心史》也，至于废兴存亡之际，孤臣贞士之操，未尝不感慨流连陨涕三致意也。"岱《自为墓志铭》云：

"五毁大夫，焉肯自鬻，空学陶潜，枉希梅福，必也寻三外野人，方晓我之衷曲。"照这样看来，其有无心肝，大约就是不去寻郑所南来问也该可以明白吧。我不知道他们何所根据而断定其为没有心肝也。蕞尔，查《辞通》卷十二云，"小貌"，尔者盖是语助辞，并非尔汝之尔。小朝廷一语曾有胡铨说过，系指南宋，论者不曾以为大不敬，然则以指鲁王浙江一区，似亦不能说怎么不对。今便断为说者没有心肝，如不是错看"尔"字，当是有意歪曲，如绍兴师爷之舞文周纳耳。至于张岱与鲁王的关系在《梦忆》中曾经说及，可以参考，据《砚云甲编》本第二则云：

"鲁王播迁至越，以先父相鲁先王，幸旧臣第。岱接驾。无所考仪注，以意为之，踏脚四扇，氍毹藉之，高厅事尺，设御座，席七重，备山海之供。鲁王至，冠翼善，玄色蟒袍，玉带朱玉绶。观者杂沓，前后左右用梯用台用凳，环立看之，几不能步，剩御前数步而已。传旨，勿辟人。岱进行君臣礼，献茶毕安席，再行礼，不送杯箸，示不敢为主也，趋侍坐。……二鼓转席，临不二斋梅花书屋，坐木犹龙，卧岱书榻，剧谈移时。出登席，设二席于御座傍，命岱与陈洪绶侍饮，谐谑欢笑如平交，睿量弘，已进酒半斗矣，大犀觥一气尽，陈洪绶不胜饮，呕哕御座傍。寻设一小几，命洪绶书箋，醇捉笔不起，止之。……起驾，转席后又进酒半斗，睿颜微酡，进辇，两书堂官掖之不能步。岱送至间外，命书堂官再传旨曰，爷今日大喜，爷今日喜极。君臣欢洽脱略至此，真属异数。”

张岱与鲁王君臣欢洽脱略至此，但是对于结党营私的任孔当辈仍要痛骂，正如那侍饮大醉的陈洪绶之要痛骂误国殃民的官军一样。陈洪绶即老莲，他的画至今很有名，也是呱呱叫的明遗民，不是没有心肝的人，在他的《宝纶堂集》末有《避难诗》一卷，丙戌除夕自叙，其《作饭行》——篇序中有云，“今小民苦官兵淫杀有日矣”，诗末四联云：

“鲁园越官吏，江上逍遥师，避敌甚喂虎，篦民若养狸。时日曷丧语，声闻于天知，民情即天意，兵来皆安之。”又《官军行》末四语云：

“卿今冒饷欲未充，驾言输饷缚富翁。卿先士卒抄村落，分明教我亦淫掠。”又《搜牢行》中有云：

"长官亦如贼所为，人则何赖有此国。"我想在这里可以不必再加说明，只请读者自己去看这种官与兵是不是该痛骂。张陈皆明遗民，与鲁王又有这种关系，而使二人都忍不住说及汝偕亡或时日曷丧的话，岂不哀哉，当时的情形也就可想而知了。

前回我说现今很像明末，但这其间自然也有些不同，现在的人总比三百年前的人要聪明一点了吧。如断定明遗民张岱是没有心肝的人，一也；根据我所引的永井荷风的话，断定是前期年青人的反对黑暗之英雄的悲叫，二也。荷风原已说过：

"我反省自己是什么呢，我非威耳哈伦似的比利时人而是日本人也，生来就和他们的运命及境遇迥异的东洋人也。"在原论第一节中又曾云：

"余初甚愤且悲。但是幸而此悲愤绝望乃成为使余入于日本人古来遗传性的死心之无差别观。不见上野的老杉乎，默默不语亦不诉说，独知自己的命数，从容地渐就枯死耳。无情的草木岂不远胜有情的人类耶？

"我于今才知道现代我们的社会乃是现代人的东西，决非我等所得容喙。我于此对于古迹的毁弃与时代的丑化不复引起何等愤慨，觉得此反足以供给最上的讽刺的滑稽材料，故一变而成为最有诡辩的兴味之中心焉。"

死心一语原文作"谛"，本是审义，因审谛事理而死心断念，其消极过于绝望，是为今通行的第二义，其用此字盖与佛教四谛有关亦未可知。永井荷风的"前期年青人"的叫声如往别的书里去找或者也有一句二句，但在我所引的这篇文章里就想利用，实在未免太聪明一点了。

近来文坛上的"批评"的方法与手段的确大有进步了，兹姑不列举。总之他们的态度是与任孔当辈一鼻孔出气的。这也正是中国人的遗传性——或是命运吧。诗云：

虫呵虫呵，难道你叫着，"业"便会尽了么？

思想革命

近年来文学革命的运动渐见功效，除了几个讲"纲常名教"的经学家，同做"鸳鸯瓦冷"的诗余家以外，颇有人认为正当，在杂志及报章上面，常常看见用白话做的文章，白话在社会上的势力，日见盛大，这是很可乐观的事。但我想文学这事物本合文字与思想两者而成，表现思想的文字不良，固然足以阻碍文学的发达，若思想本质不良，徒有文字，也有什么用处呢？我们反对古文，大半原为他晦涩难解，养成国民笼统的心思，使得表现力与理解力都不发达，但别一方面，实又因为他内中的思想荒谬，于人有害的缘故。这宗儒道合成的不自然的思想，寄寓在古文中间，几千年来，根深蒂固，没有经过廓清，所以这荒谬的思想与晦涩的古文，几乎已融合为一，不能分离。我们随手翻开古文一看，大抵总有一种荒谬思想出现。便是现代的人做一篇古文，既然免不了用几个古典熟语，那种荒谬思想已经渗进了文字里面去了，自然也随处出现。譬如署年月，因为民国的名称不古，写作"春王正月"固然有宗社党气味，写作"己未孟春"，又像遗老。如今废去古文，将这表现荒谬思想的专用器具撤去，也是一种有效的办法。但他们心里的思想，恐怕终于不能一时变过，将来老瘾发时，仍旧胡说乱道的写了出来，不过从前是用古文，此刻用了白话罢了。话虽容易懂了，思想却仍然荒谬，仍然有害。好比"君师主义"的人，穿上洋服，挂上维新的招牌，难道就能说实行民主政治？这单变文字不变思想的改革，也怎能算是文学革命的完全胜利呢？

中国怀着荒谬思想的人，虽然平时发表他的荒谬思想，必用所谓古文，不用白话，但他们嘴里原是无一不说白话的。所以如白话通行，而荒谬思想不去，仍然未可乐观，因为他们用从前做过《圣谕广训直解》的办法，也可以用了支离的白话来讲古怪的纲常名教。他们还讲三纲，却叫做"三条索子"，说"老子是儿子的索子，丈夫是妻子的索子"，又或仍讲复辟，却叫做"皇帝回任"。我们岂能因他们所说是白话，比那四六调或桐城派的古文更加看重呢？譬如有一篇提倡"皇帝回任"的白话文，和一篇"非复辟"的古文并放在一处，我们说哪边好呢？我见中国许多淫书都用白话，因此想到白话前途的危险。中国人如不真是"洗心革面"的改悔，将旧有的荒谬思想弃去，无论用古文或白话文，都说不出好东西来。就是改学了德文或世界语，也未尝不可以拿来做"黑幕"，讲忠孝节烈，发表他们的荒谬思想。倘若换汤不换药，单将白话换出古文，那便如上海书店的译《白话论语》，还不如不做的好。因为从前的荒谬思想，尚是寄寓在晦涩的古文中间，看了中毒的人，还是少数，若变成白话，便通行更广，流毒无穷了。所以我说，文学革命上，文字改革是第一步，思想改革是第二步，却比第一步更为重要。我们不可对于文字一方面过于乐观了，闲却了这一面的重大问题。

民国八年三月

祖先崇拜

　　远东各国都有祖先崇拜这一种风俗。现今野蛮民族多是如此，在欧洲古代也已有过。中国到了现在，还保存这部落时代的蛮风，实是奇怪。据我想，这事既于道理上不合，又于事实上有害，应该废去才是。

　　第一，祖先崇拜的原始的理由，当然是本于精灵信仰。原人思想，以为万物都有灵的，形体不过是暂时的住所。所以人死之后仍旧有鬼，存留于世上，饮食起居还同生前一样。这些资料须由子孙供给，否则便要触怒死鬼，发生灾祸，这是祖先崇拜的起源。现在科学昌明，早知道世上无鬼，这骗人的祭献礼拜当然可以不做了。这宗风俗，令人废时光，费钱财，很是有损，而且因为接香烟吃羹饭的迷信，许多男人往往借口于"不孝有三无后为大"的谬说，买妾蓄婢，败坏人伦，实在是不合人道的坏事。

　　第二，祖先崇拜的稍为高上的理由，是说"报本返始"，他们说，"你试思身从何来？父母生了你，乃是吴天罔极之恩，你哪可不报答他？"我想这理由不甚充足。父母生了儿子，在儿子并没有什么恩，在父母反是一笔债。我不信世上有一部经典，可以千百年来当人类的教训的，只有记载生物的生活现象的Biologie（生物学）才可供我们参考，定人类行为的标准。在自然律上面，的确是祖先为子孙而生存，并非子孙为祖先而生存的。所以父母生了子女，便是他们（父母）的义务开始的日子，直到子女成人才止。世俗一般称孝顺的儿子是还债的，但据我想，儿子无一不是讨债的，父母倒是还债——生他的债——的人。待到债务清了，本来已是"两讫"；但究竟是一体的关系，有天性之爱，互相联系住，所以发生一种终身的亲善的情谊。至于恩这一个字，实是无从说起，倘说真是体会自然的规律，要报生我者的恩，那便应该更加努力做人，使自己比父母更好，切实履行自己的义务——对于子女的债务——使子女比自己更好，才是正当办法，倘若一味崇拜祖先，想望做古人，自羲皇上溯盘古时代以至类人猿时代，这样的做人法，在自然律上，明明是倒行逆施，决不可许的了。

我最厌听许多人说，"我国开化最早"，"我祖先文明什么样"。开化的早，或古时有过一点文明，原是好的。但何必那样崇拜，仿佛人的一生事业，除恭维我祖先之外，别无一事似的。譬如我们走路，目的是在前进。过去的这几步，原是我们前进的始基，但总不必站住了，回过头去，指点着说好，反误了前进的正事……

我们切不可崇拜祖先，也切不可望子孙崇拜我们。

尼采说，"你们不要爱祖先的国，应该爱你们子孙的国。……你们应该将你们的子孙，来补救你们自己为祖先的子孙的不幸。你们应该这样救济一切的过去。"所以我们不可不废去祖先崇拜，改为自己崇拜——子孙崇拜。

民国八年三月

国粹与欧化

在《学衡》上的一篇文章里，梅光迪君说："实则模仿西人与模仿古人，其所模仿者不同，其为奴隶则一也。况彼等模仿西人，仅得糟粕，国人之模仿古人者，时多得其神髓乎。"我因此引起一种对于模仿与影响，国粹与欧化问题的感想。梅君以为模仿都是奴隶，但模仿而能得其神髓，也是可取的。我的意见则以为模仿都是奴隶，但影响却是可以的；国粹只是趣味的遗传，无所用其模仿，欧化是一种外缘，可以尽量的容受他的影响，当然不以模仿了事。

倘若国粹这一个字，不是单指那选学桐城的文章和纲常名教的思想，却包括国民性的全部，那么我所假定遗传这一个释名，觉得还没有什么不妥。我们主张尊重各人的个性，对于个性的综合的国民性自然一样尊重，而且很希望其在文艺上能够发展起来，造成有生命的国民文学。但是我们的尊重与希望无论怎样的深厚，也只能以听其自然长发为止，用不着多事的帮助，正如一颗小小的稻或麦的种子，里边原自含有长成一株稻或麦的能力，所需要的只是自然的养护，倘加以宋人的揠苗助长，便反不免要使他"则苗槁矣"了。我相信凡是受过教育的中国人，以不模仿什么人为唯一的条件，听凭他自发的用任何种的文字，写任何种的思想，他的结果仍是一篇"中国的"文艺作品，有他的特殊的个性与共通的国民性相并存，虽然这上边可以有许多外来的影响。这样的国粹直沁进在我们的脑神经里，用不着保存，自然永久存在，也本不会消灭的；他只有一个敌人，便是"模仿"。模仿者成了人家的奴隶，只有主人的命令，更无自己的意志，于是国粹便跟了自性死了。好古家却以为保守国粹在于模仿古人，岂不是自相矛盾么？他们的错误，由于以选学桐城的文章，纲常名教的思想为国粹，因为这些都是一时的现象，不能永久的自然的附着于人心，所以要勉强的保存，便不得不以模仿为唯一的手段，奉模仿古人而能得其神髓者为文学正宗了。其实既然是模仿了，决不会再有"得其神髓"这一回事；创作的古人自有他的神髓，但模仿者的所得却只有皮毛，便是所谓糟粕。奴隶无论怎样的遵守主人的话，终于是一个奴隶而非主人；主人的神髓在于自主，而奴隶的本分在于服从，叫他怎样的去得呢？他想做主人，除了从不做奴隶人手以外，再没有别的方法了。

我们反对模仿古人，同时也就反对模仿西人；所反对的是一切的模仿，并不是有中外古今的区别与成见。模仿杜少陵或泰戈尔，模仿苏东坡或胡适之，都不是我们所赞成的，但是受他们的影响是可以的，也是有益的，这便是我对于欧化问题的态度。我们欢迎欧化是喜得有一种新空气，可以供我们的享用，造成新的活力，并不是注射到血管里去，就替代血液之用。向来有一种乡愿的调和说，主张中学为体西学为用，或者有人要疑我的反对模仿欢迎影响说和他有点相似，但其间有这一个差异：他们有一种国粹优胜的偏见，只在这条件之上才容纳若干无伤大体的改革，我却以遗传的国民性为素地，尽他本质上的可能的量去承受各方面的影响，使其融和沁透，合为一体，连续变化下去，造成一个永久而常新的国民性，正如人的遗传之逐代增入异分子而不失其根本的性格。譬如国语问题，在主张中学为体西学为用者的意见，大抵以废弃周秦古文而用今日之古文为最大的让步了；我的主张则就单音的汉字的本性上尽最大可能的限度，容纳"欧化"，增加他表现的力量，却也不强他所不能做到的事情。照这样看来，现在各派的国语改革运动都是在正轨上走着，或者还可以逼紧一步，只不必到"三株们的红们的牡丹花们"的地步：曲折语的语尾变化虽然是极便利，但在汉文的能力之外了。我们一面不赞成现代人的做骈文律诗，但也并不忽视国语中字义声音两重的对偶的可能性，觉得骈律的发达正是运命的必然，非全由于人为，所以国语文学的趋势虽然向着自由的发展，而这个自然的倾向也大可以利用，炼成音乐与色彩的言语，只要不以词害意就好了。总之我觉得国粹欧化之争是无用的；人不能改变本性，也不能拒绝外缘，到底非大胆的是认两面不可。倘若偏执一面，以为彻底，有如两个学者，一说诗也有本能，一说要"取消本能"，大家高论一番，聊以快意，其实有什么用呢？

民国十一年二月作

谈儒家

中国儒教徒把佛老并称曰二氏，排斥为异端，这是很可笑的。据我看来，道儒法三家原只是一气化三清，是一个人的可能的三样态度，略有消极积极之分，却不是绝对对立的门户，至少在中间的儒家对于左右两家总不能那么歧视。我们且不拉扯书本子上的证据，说什么孔子问礼于老聃，或是荀卿出于孔门等等，现在只用我们自己来做譬喻，就可以明白。假如我们不负治国的责任，对于国事也非全不关心，那么这时的态度容易是儒家的，发些合理的半高调，虽然大抵不违背物理人情，却是难以实行，至多也是律己有余而治人不足，我看一部《论语》便是如此，他是哲人的语录，可以做我们个人持己待人的指针，但决不是什么政治哲学。略为消极一点，觉得国事无可为，人生多忧患，便退一步愿以不才得终天年，入于道家，如《论语》所记的隐逸是也。又或积敏起来，挺身出来办事，那么那一套书房里的高尚的中庸理论也须得放下，要求有实效一定非严格的法治不可，那就入于法家了。

《论语·为政第二》云：

"子曰，道之以政，齐之以刑，民免而无耻。道之以德，齐之以礼，有耻且格。"后者是儒家的理想，前者是法家的办法，孔子说得显有高下，但是到得实行起来还只有前面这一个法子，如历史上所见，就只差没有法家的那么真正严格的精神，所以成绩也就很差了。据《史记》四十九《孔子世家》云：

"定公十四年，孔子年五十六，由大司寇行摄相事。于是诛鲁大夫乱政者少正卯。"那么他老人家自己也要行使法家手段了，本来管理行政司法与教书时候不相同，手段自然亦不能相同也。还有好玩的是他别一方面与那些隐逸们的关系。我曾说过，中国的隐逸大都是政治的，与外国的是宗教的迥异。他们有一肚子理想，但看得社会浑浊无可施为，便只安分去做个农工，不再来多管，见了那知其不可而为之的人，却是所谓惺惺惜惺惺，好汉惜好汉，想了方法要留住他，看晨门接舆等六人的言动虽然冷热不同，全都是好意，毫没有歧视的意味，孔子的应付也是如此，都是颇有意思的事。如接舆歌云，往者不可谏，来者犹可追，正是朋友极有情意的劝告之词，孔子下，欲与之言，与对于桓魋的蔑视，对于阳货的敷衍，态度完全不相同，正是好例。因此我想儒法道三家本是一起的，那么妄分门户实在是不必要，从前儒教徒那样的说无非想要统制思想，定于一尊，到了现在我想大家应该都不再相信了罢。至于佛教那是宗教，与上述中国思想稍有距离，若论方向则其积极实尚在法家之上，盖宗教与社会主义同样的对于生活有一绝大的要求，不过理想的乐国一个是在天上，一个即在地上，略为不同而已。宗教与主义的信徒的勇猛精进是大可佩服的事，岂普通儒教徒所能及其万一，儒本非宗教，其此思想者正当应称儒家，今呼为儒教徒者，乃谓未必有儒家思想而挂此招牌之吃教者流也。

民国廿五年十二月发表

关于英雄崇拜

英雄崇拜在少年时代是必然的一种现象，于精神作兴上或者也颇有效力的。我们回想起来都有过这一个时期，或者直到后来还是如此，心目中总有些觉得可以佩服的古人，不过各人所崇拜的对象不同，就是在一个人也会因年龄思想的变化而崇拜的对象随以更动。如少年时崇拜常山赵子龙或绍兴黄天霸，中年时可以崇拜湘乡曾文正公，晚年就归依了蒙古八思巴，这是很可笑的一例，不过在中国智识阶级中也不是绝对没有的事。近来有识者提倡民族英雄崇拜，以统一思想与感情，那也是很好的，只可惜这很不容易，我说不容易，并不是说怕人家不服从，所虑的是难于去挑选出这么一个古人来。关，岳，我觉得不够，这两位的名誉我怀疑都是从说书唱戏上得来的，威势虽大，实际上的真价值不能相副。关老爷只是江湖好汉的义气，钦差大臣的威灵，加上读《春秋》的传说与一本"觉世真经"，造成那种信仰，罗贯中要负一部分的责任。岳爷爷是从《精忠岳传》里出来的，在南宋时看朱子等的口气并不怎么尊重他，大约也只和曲端差不多看待罢了。说到冤屈，曲端也何尝不是一样地冤，诗人曾叹息"军中空卓曲端旆"，千载之

26

下同为扼腕，不过他既不会写《满江红》那样的词，又没有人做演义，所以只好没落了。南宋之恢复无望殆系事实，王侃在《衡言》卷一曾云：

"胡铨小朝廷之疏置若罔闻，岳鄂王死绝不问及，似高宗全无人心，及见其与张魏公手敕，始知当日之势岌乎不能不和，战则不但不能抵黄龙府，并偏安之局亦不可得。"中国往往大家都知道非和不可，等到和了，大家从避难回来，却热烈地崇拜主战者，称岳飞而痛骂秦桧，称翁同龢刘永福而痛骂李鸿章，皆是也。

武人之外有崇拜文人的，如文天祥史可法。这个我很不赞成。文天祥等人的唯一好处是有气节，国亡了肯死。这是一件很可佩服的事，我们对于他应当表示钦敬，但是这个我们不必去学他，也不能算是我们的模范。第一，要学他必须国先亡了，否则怎么死得像呢？我们要有气节，须得平时使用才好，若是必以亡国时为期，那未免牺牲得太大了。第二，这种死于国家社会别无益处。我们的目的在于保存国家，不做这个工作而等候国亡了去死，就是死了许多文天祥也何补于事呢？我不希望中国再出文天祥，自然这并不是说还是出张弘范或吴三桂好，乃是希望中国另外出些人才，是积极的，成功的，而不是消极的，失败的，以一死了事的英雄。颜习斋曾云：

"吾读《甲申殉难录》，至愧无半策匡时难，惟余一死报君恩，未尝不泣下也，至览和靖祭伊川不背其师有之有益于世则未二语，又不觉废卷浩叹，为生民怆惶久之。"徒有气节而无事功，有时亦足以误国殃民，不可不知也。但是事功与道德具备的英雄从那里去找呢？我实在缺乏史学知识，一时想不起，只好拿出金古良的《无双谱》来找，翻遍了全书，从张良到文天祥四十个人细细看过，觉得没有一个可以当选。从前读梁任公的《意大利建国三杰传》，后来又读丹麦勃阑特思的论文，对于加里波的将军很是佩服，假如中国古时有这样一位英雄，我是愿意崇拜的。就是不成功而身死的人，如斯巴达守温泉峡（Thermopylae）的三百人与其首领勒阿尼达思，我也是非常喜欢，他们抵抗波斯大军而死，"依照他们的规矩躺在此地"，如墓铭所说，这是何等中正的精神，毫无东方那些君恩臣节其他作用等等的浑浊空气，其时却正是西狩获麟的第二年，恨不能使孔子知道此事，不知其将作何称赞也。我岂反对崇拜英雄者哉，如有好英雄我亦肯承认，关岳文史则非其选也。吾爱孔丘诸葛亮陶渊明，但此亦只可自怡悦耳。

民国廿四年四月

　　〔附记〕洪允祥《醉余随笔》云："《甲申殉难录》某公诗曰，愧无半策匡时难，只有一死答君恩。天醉曰，没中用人死亦不济事。然则怕死者是欤？天醉曰，要他勿怕死是要他拼命做事，不是要他一死便了事。"此语甚精，随笔作于宣统年间，据王咏麟跋云。

28

贵族的与平民的

　　关于文艺上贵族的与平民的精神这个问题，已经有许多人讨论过，大都以为平民的最好，贵族的是全坏的。我自己以前也是这样想，现在却觉得有点怀疑。变动而相连续的文艺，是否可以这样截然的划分；或者拿来代表一时代的趋势，未尝不可，但是可以这样显然的判出优劣么？我想这不免有点不妥，因为我们离开了实际的社会问题，只就文艺上说，贵族的与平民的精神，都是人的表现，不能指定谁是谁非，正如规律的普遍的古典精神与自由的特殊的传奇精神，虽似相反而实并存，没有消灭的时候。

　　人家说近代文学是平民的，十九世纪以前的文学是贵族的，虽然也是事实，但未免有点皮相。在文艺不能维持生活的时代，固然只有那些贵族或中产阶级才能去弄文学，但是推上去到了古代，却见文艺的初期又是平民的了。我们看见史诗的歌咏神人英雄的事迹，容易误解以为"歌功颂德"，是贵族文学的滥觞，其实他正是平民的文学的真鼎呢。所以拿了社会阶级上的贵族与平民这两个称号，照着本义移用到文学上来，想划分两种阶级的作品，当然是不可能的事。即使如我先前在

《平民的文学》一篇文里，用普遍与真挚两个条件，去做区分平民的与贵族的文学的标准，也觉得不很妥当。我觉得古代的贵族文学里并不缺乏真挚的作品，而真挚的作品便自有普遍的可能性，不论思想与形式的如何。我现在的意见，以为在文艺上可以假定有贵族的与平民的这两种精神，但只是对于人生的两样态度，是人类共通的，并不专属于某一阶级，虽然他的分布最初与经济状况有关，——这便是两个名称的来源。

平民的精神可以说是淑本好耳所说的求生意志，贵族的精神便是尼采所说的求胜意志了。前者是要求有限的平凡的存在，后者是要求无限的超越的发展；前者完全是入世的，后者却几乎有点出世的了。这些渺茫的话，我们倘引中国文学的例，略略比较，就可以得到具体的释解。中国汉晋六朝的诗歌，大家承认是贵族文学，元代的戏剧是平民文学。两者的差异，不仅在于一是用古文所写，一是用白话所写，也不在于一是士大夫所作，一是无名的人所作，乃是在于两者的人生观的不同。我们倘以历史的眼光看去，觉得这是国语文学发达的正轨，但是我们将这两者比较的读去，总觉得对于后者有一种漠然的不满足。这当然是因个人的气质而异，但我同我的朋友疑古君谈及，他也是这样感想。我们所不满足的，是这一代里平民文学的思想，太是现世的利禄的了，没有超越现代的精神；他们是认人生，只是太乐天了，就是对于现状太满意了。贵族阶级在社会上凭借了自己的特殊权利，世间一切可能的幸福都得享受，更没有什么歆羡与留恋，因此引起一种超越的追求，在诗歌上的隐逸神仙的思想即是这样精神的表现。至于平民，于人们应得的生活的悦乐还不能得到，他的理想自然是限于这可望而不可即的贵族生活，此外更没有别的希冀，所以在文学上表现出来的是那些功名妻妾的团圆思想了。我并不想因此来判分那两种精神的优劣，因为求生意志原是人性的，只是这一种意志不能包括人生的全体，却也是自明的事实。

我不相信某一时代的某一倾向可以做文艺上永久的模范，但我相信真正的文学发达的时代必须多少含有贵族的精神。求生意志固然是生活的根据，但如没有求胜意志叫人努力的去求"全而善美"的生活，则适应的生存容易是退化的而非进化的了。人们赞美文艺上的平民的精神，却竭力的反对旧剧，其实旧剧正是平民文学的极峰，只因他的缺点太显露了，所以遭大家的攻击。贵族的精神走进歧路，要变成威廉第二的态度，当然也应该注意。我想文艺当以平民的精神为基调，再加以贵族的洗礼，这才能够造成真正的人的文学。倘若把社会上一时的阶级争斗硬移到艺术上来，要实行劳农专政，他的结果一定与经济政治上的相反，是一种退化的现象，旧剧就是他的一个影子。从文艺上说来，最好的事是平民的贵族化，——凡人的超人化，因为凡人如不想化为超人，便要化为末人了。

民国十一年二月作

北沟沿通信

某某君：

　　一个月前你写信给我，说蔷薇社周年纪念要出特刊，叫我做一篇文章，我因为其间还有一个月的工夫，觉得总可以偷闲来写，所以也就答应了。但是，现在收稿的日子已到，我还是一个字都没有写，不得不赶紧写一封信给你，报告没有写的缘故，务必要请你原谅。

　　我的没有工夫作文，无论是预约的序文或寄稿，一半固然是忙，一半也因为是懒，虽然这实在可以说是精神的疲倦，乃是在变态政治社会下的一种病理，未必全由于个人之不振作，还有一层，则我对于妇女问题实在觉得没有什么话可说。我于妇女问题，与其说是颇有兴趣，或者还不如说很是关切，因为我的妻与女儿们就都是女子，而我因为是男子之故对于异性的事自然也感到牵引，虽然没有那样密切的关系。我不很赞成女子参政运动，我觉得这只有些宪政国里可以号召，即使成就也没有多大意思，若在中国无非养成多少女政客女猪仔罢了。想来想去，妇女问题的实际只有两件事，即经济的解放与性的解放。然而此刻现在这个无从谈起，并不单是无从着手去做，简直是无可谈，谈了就难免得罪，何况我于经济事情了无所知，自然更不能开口，此我所以不克为《蔷薇》特刊作文之故也。

我近来读了两部书，觉得都很有意思，可以发人深省。他们的思想虽然很消极，却并不令我怎么悲观，因为本来不是乐天家，我的意见也是差不多的。其中的一部是法国吕滂（G. Le Bon）著《群众心理》，中国已有译本，虽然我未曾见，我所读的第一次是日文本，还在十七八年前，现在读的乃是英译本。无论人家怎样地骂他是反革命，但他所说的话都是真实，他把群众这偶像的面幕和衣服都揭去了，拿真相来给人看，这实在是很可感谢虽然是不常被感谢的工作。群众还是现在最时新的偶像，什么自己所要做的事都是应民众之要求，等于古时之奉天承运，就是真心做社会改造的人也无不有一种单纯的对于群众的信仰，仿佛以民众为理性与正义的权化，而所做的事业也就是必得神佑的十字军。这是多么谬误呀！我是不相信群众的，群众就只是暴君与顺民的平均罢了，然而因此凡以群众为根据的一切主义与运动我也就不能不否认，——这不必是反对，只是不能承认他是可能。妇女问题的解决似乎现在还不能不归在大的别问题里，而且这又不能脱了群众运动的范围，所以我实在有点茫然了，妇女之经济的解放是切要的，但是办法呢？方子是开了，药是怎么配呢？这好像是一个居士游心安养净土，深觉此种境界之乐，乃独不信阿弥陀佛，不肯唱佛号以求往生，则亦终于成为一个乌托邦的空想家而已！但是，此外又实在是没有办法了。

还有一部书是维也纳妇科医学博士鲍耶尔（B. A. Bauer）所著的《妇女论》，是英国两个医生所译，声明是专卖给从事于医学及其他高等职业的人与心理学社会学的成年学生的，我不知道可以有哪一类的资格，却承书店认我是一个sexologist，也售给我一本，得以翻读一过。奥国与女性不知有什么甚深因缘，文人学士对于妇女总特别有些话说，这位鲍博士也不是例外，他的意见倒不受佛洛依特的影响，却是有点归依那位《性与性格》的著者华宁格耳的，这于妇女及妇女运动都是没有多大好意的。但是我读了却并没有什么不以为然，而且也颇以为然，虽然我自以为对于女性稍有理处，压根儿不是一个憎女家（Misogynist）。我固然不喜欢像古代教徒之说女人是恶魔，但尤不喜欢有些女性崇拜家，硬颂扬女人是圣母，这实在与老流氓之要求贞女有同样的可恶：我所赞同者是混合说，华宁格耳之主张女人中有母妇娼妇两类，比较地有点儿相近了。这里所当说明者，所谓娼妇类的女子，名称上略有语病，因为这只是指那些人，她的性的要求不是为种族的继续，乃专在个人的欲乐，与普通娼妓之以经济关系为主的全不相同。鲍耶尔以为女子的生活始终不脱性的范围，我想这是可以承认的，不必管他这有否损失女性的尊严。现代的大谬误是在一切以男子为标准，即妇女运动也逃不出这个圈子，故有女子以男性化为解放之现象，甚至关于性的事情也以男子观点为依据，赞扬女性之被动性，而以有些女子性心理上的事实为有失尊严，连女子自己也都不肯承认了。其实，女子的这种屈服于男性标准下的性生活之损害决不下于经济方面的束缚，假如鲍耶尔的话是真的，那么女子这方面即性的解放岂不更是重要了么？鲍耶尔的论调虽然颇似反女性的，但我想大抵是真实的，使我对于妇女问题更多了解一点，相信在文明世界里这性的解放实是必要，虽比经济的解放或者要更难也未可知：社会文化愈高，性道德愈宽大，性生活也愈健全，而人类关于这方面的意见却也最顽固不易变动，这种理想就又不免近于昼梦。

反女性的论调恐怕自从"天雨粟鬼夜哭"以来便已有之，而憎女家之产生则大约在盘古开天辟地以后不远罢。世人对于女性喜欢作种种非难毁谤，有的说得很无聊，有的写得还好，我在小时候见过唐代丛书里的一篇《黑心符》，觉得很不错，虽然三十年来没有再读，文意差不多都忘记了。我对于那些说女子的坏话的也都能谅解，知道他们有种种的缘由和经验，不是无病呻吟的，但我替她们也有一句辩解：你莫怪她们，这是宿世怨怼！我不是奉"《安士全书》人生观"的人，却相信一句话曰"远报则在儿孙"，《新女性》发刊的时候来征文，我曾想写一篇小文题曰"男子之果报"，说明这个意思，后来终于未曾做得。男子几千年来奴使妇女，使她在家庭社会受各种苛待，在当初或者觉得也颇快意，但到后来渐感胜利之悲哀，从不平等待遇中养成的多少习性发露出来，身当其冲者不是别人，即是后世子孙，真是所谓天网恢恢疏而不漏，怪不得别人，只能怨自己。若讲补救之方，只在莫再种因，再加上百十年的光阴淘洗，自然会有转机，像普通那样地一味怨天尤人，全无是处。但是最后还有一件事，不能算在这笔账里，这就是宗教或道学家所指点的女性之狂荡。我们只随便引佛经里的一首偈，就是好例，原文见《观佛三昧海经》卷八：

> 若有诸男子　年皆十五六
> 盛壮多力势　数满恒河沙
> 持以供给女　不满须臾意

　　这就是视女人如恶魔，也令人想起华宁格尔的娼妇说来。我们要知道，人生有一点恶魔性，这才使生活有些意味，正如有一点神性之同样地重要。对于妇女的狂荡之攻击与圣洁之要求，结果都是老流氓（Roué）的变态心理的表现，实在是很要不得的。华宁格尔在理论上假立理想的男女性（FM），但知道在事实上都是多少杂糅，没有纯粹的单个，故所说母妇娼妇二类也是一样地混合而不可化分，虽然因分量之差异可以有种种的形相。因为娼妇在现今是准资本主义原则卖淫获利的一种贱业，所以字面上似有侮辱意味，如换一句话，说女子有种族的继续与个人的欲乐这两种要求，有平均发展的，有偏于一方的，则不但语气很是平常，而且也还是极正当的事实了。从前的人硬把女子看作两面，或是礼拜，或是诅咒，现在才知道原只是一个，而且这是好的，现代与以前的知识道德之不同就只是这一点，而这一点却是极大的，在中国多数的民众（包括军阀官僚学者绅士遗老道学家革命少年商人劳农诸色人等）恐怕还认为非圣无法，不见得能够容许哩。古代希腊人曾这样说过，一个男子应当娶妻以传子孙，纳妾以得侍奉，友妓（Hetaira原语意为女友）以求悦乐。这是宗法时代的一句不客气的话，不合于现代新道德的标准了，但男子对于女性的要求却最诚实地表示出来。意大利经济学家密乞耳思（Robert Michels）著《性的伦理》（英译在现代科学丛书中）引有威尼思地方的谚语，云女子应有四种相，即是：

街上安详，（Matrona in strada，）

寺内端庄，（Modesta in chiesa，）

家中勤勉，（Massaia in casa，）

□□癫狂。（e Matrona in letto。）

可见男子之永远的女性便只是圣母与淫女（这个佛经的译语似乎比上文所用的娼妇较好一点，）的合一，如据华宁格耳所说，女性原来就是如此，那么理想与事实本不相背，岂不就很好么？以我的孤陋寡闻，尚不知中国有何人说过，（上海张兢生博士只好除外不算，因为他所说缺少清醒健全，）但外国学人的意见大抵不但是认而且还有点颂扬女性的狂荡之倾向，虽然也只是矫枉而不至于过直。古来的圣母教崇奉得太过了，结果是家庭里失却了热气，狭邪之巷转以繁盛；主妇以仪式名义之故力保其尊严，又或恃离异之不易，渐趋于乖戾，无复生人之乐趣，其以婚姻为生计，视性为敲门之砖，盖无不同，而别一部分的女子致意于性的技巧者又以此为生利之具，过与不及，其实都可以说殊属不成事体也。我最喜欢谈中庸主义，觉得在那里也正是适切，若能依了女子的本性使她平均发展，不但既合天理，亦顺人情，而两性间的有些麻烦问题也可以省去了。不过这在现在也是空想罢了，我只希望注意妇女问题的少数青年，特别是女子，关于女性多作学术的研究，既得知识，也未始不能从中求得实际的受用，只是这须得求之于外国文书，中国的译著实在没有什么，何况这又容易以"有伤风化"而禁止呢？

　　我看了鲍耶尔的书，偶然想起这一番空话来，至于答应你的文章还是写不出，这些又不能做材料，所以只能说一声对不起，就此声明恕不做了。草草不一。

　　　　　　　　　　　　　　　　　　民国十六年十一月六日

娼女礼赞

这个题目，无论如何总想不好，原拟用古典文字写作 Apologia pro Pornes，或以国际语写之，则为 Apologia por Prostituistino，但都觉得不很妥当，总得用汉文才好，因此只能采用这四个字。虽然礼赞应当是 Enkomion 而不是 Apologia，但也没有法子了。民国十八年四月吉日，于北平。

贯华堂古本《水浒传》第五十回叙述白秀英在郓城县勾栏里说唱笑乐院本，参拜了四方，拍下一声界方，念出四句定场诗来：

新鸟啾啾旧鸟归，
老羊羸瘦小羊肥，
人生衣食真难事，
不及鸳鸯处处飞。

雷横听了喝声彩。金圣叹批注很称赞道好，其实我们看了也的确觉得不坏。或有句云，世事无如吃饭难，此事从来远矣。试观天下之人，固有吃饱得不能再做事者，而多做事却仍缺饭吃的朋友，盖亦比比然也。尝读民国十年十月廿一日《觉悟》上所引德国人柯祖基（Kautzky）的话：

"资本家不但利用她们（女工）的无经验，给她们少得不够自己开销的工钱，而且对她们暗示，或者甚至明说，只有卖淫是补充收入的一个法子。在资本制度之下，卖淫成了社会的台柱子。"我想，资本家的意思是不错的。在资本制度之下，多给工资以致减少剩余价值，那是断乎不可，而她们之需要开销亦是实情：那么还有什么办法呢，除了设法补充？圣人有言，饮食男女，人之大欲存焉。世之人往往厄于贫贱，不能两全，自手至口，仅得活命，若有人为"煮粥"，则吃粥亦即有两张嘴，此穷汉之所以兴叹也。若夫卖淫，乃寓饮食于男女之中，犹有鱼而复得兼熊掌，岂非天地间仅有的良法美意，吾人欲不喝彩叫好又安可得耶？

美国现代批评家里有一个姓们肯（Mencken）的人，他也以为卖淫是很好玩的。《妇人辩护论》第四十三节是讲花姑娘的，他说卖淫是这些女人所可做的最有意思的职业之一，普通娼妇大抵喜欢她的工作，决不肯去和女店员或女堂倌调换位置。先生女士们觉得她是堕落了，其实这种生活要比工场好，来访的客也多比她的本身阶级为高。我们读西班牙伊巴涅支（Ibáñez）的小说《俦华》，觉得这不是乱说的话。们肯又道：

"牺牲了贞操的女人，别的都是一样，比保持贞洁的女人却更有好的机会，可以得到确实的结婚。这在经济的下等阶级的妇女特别是如此。她们一同高等阶级的男子接近，——这在平时是不容易，有时几乎是不可能的，——便能以女性的希奇的能力逐渐收容那些阶级的风致趣味与意见。外宅的女子这样养成姿媚，有些最初是姿色之恶俗的交易，末了成了正式的结婚。这样的结婚数目在实际比表面上所发现者要大几倍，因为两造都常努力想隐藏他们的事实。"那么，这岂不是"终南捷径"，犹之绿林会党出身者就可以晋升将官，比较陆军大学生更是阔气百倍乎。

哈耳波伦（Heilborn）是德国的医学博士，著有一部《异性论》，第三篇是论女子的社会的位置之发达。在许多许多年的黑暗之后，到了希腊的雅典时代，才发现了一点光明，这乃是希腊名妓的兴起。这种女子在希腊称作赫泰拉（Hetaira），意思是说女友，大约是中国的鱼玄机薛涛一流的人物，有几个后来成了执政者的夫人。"因了她们的精炼优雅的举止，她们的颜色与姿媚，她们不但超越普通的那些外宅，而且还压倒希腊的主妇，因为主妇们缺少那优美的仪态，高等教育，与艺术的理解。而女友则有此优长，所以在短时期中使她们在公私生活上占有极大的势力。"哈耳波伦结论道：

"这样，欧洲妇女之精神的与艺术的教育因卖淫制度而始建立。赫泰拉的地位可以算是所谓妇女运动的起始。"这样说来，柯祖基的资本家真配得高兴，他们所提示的卖淫原来在文化史上有这样的意义。虽然这上边所说的光荣的营业乃是属于"非必要"的，独立的游女部类，与那徒弟制包工制的有点不同。们肯的话注解得好，"凡非必要的东西在世上常得尊重，有如宗教，时式服装，以及拉丁文法"，故非为糊口而是营业的卖淫自当有其尊严也。

总而言之，卖淫足以满足大欲，获得良缘，启发文化，实在是不可厚非的事业，若从别一方面看，她们似乎是给资本主义背了十字架，也可以说是为道受难，法国小说家路易非立（Louis Philippe）称她们为可怜的小圣女，虔敬得也有道理。老实说，资本主义是神人共佑，万打不倒的，而有些诗人空想家又以为非打倒资本主义则妇女问题不能根本解决。夫资本主义既有万年有道之长，所有的办法自然只有讴歌过去，拥护现在，然则卖淫之可得而礼赞也盖彰彰然矣。无论雷横的老母怎样骂为"千人骑万人压乱人入的贼母狗"，但在这个世界上，白玉乔所说的"歌舞吹弹普天下伏侍看官"总不失为最有效力最有价值的生活法。我想到书上有一句话道，"夫人，内掌柜，姨太太，校书等长短期的性的买卖，真是滔滔者天下皆是"，恐怕女同志们虽不赞成我的提示，也难提出抗议。我又记起友人传述劝卖男色的古歌，词虽粗鄙，亦有至理存焉，在现今什么都是买卖的世界，我们对于卖什么东西的能加以非难乎？日本歌人石川啄木不云乎：

"我所感到不便的，不仅是将一首歌写作一行这一件事情。但是我在现今能够如意的改革，可以如意的改革的，不过是这桌上的摆钟砚台墨水瓶的位置，以及歌的行款之类罢了。说起来，原是无可无不可的那些事情罢了。此外真是使我感到不便，感到苦痛的种种的东西，我岂不是连一个指头都不能触他一下么？不但如此，除却对了它们忍从屈服，继续的过那悲惨的二重生活以外，岂不是更没有别的生于此世的方法么？我自己也用了种种的话对于自己试为辩解，但是我的生活总是现在的家族制度，阶级制度，资本制度，知识买卖制度的牺牲。"（见《陀螺》二二〇页。）

哑巴礼赞

俗语云，"哑巴吃黄连"，谓有苦说不出也。但又云，"黄连树下弹琴"，则苦中作乐，亦是常有的事，哑巴虽苦于说不出话，盖亦自有其乐，或者且在吾辈有嘴巴人之上，未可知也。

普通把哑巴当作残废之一，与一足或无目等视，这是很不公平的事。哑巴的嘴既没有残，也没有废，他只是不说话罢了，说文云："喑，不能言病也。"就是照许君所说，不能言是一种病，但这并不是一种要紧的病，于嘴的大体用处没有多大损伤。查嘴的用处大约是这几种，（一）吃饭，（二）接吻，（三）说话。哑巴的嘴原是好好的，既不是缺少舌尖，也并不是上下唇连成一片，那么他如要吃喝，无论番菜或是"华餐"，都可以尽量受用，决没有半点不便，所以哑巴于个人的荣卫上毫无障碍，这是可以断言的。至于接吻呢？既如上述可以自由饮啖的嘴，在这件工作当然也无问题，因为如荷兰威耳德（Van de Velde）医生在《圆满的结婚》第八章所说，接吻的种种大都以香味触三者为限，于声别无关系，可见哑巴不说话之绝不妨事了。归根结蒂，哑巴的所谓病还只是在"不能言"

这一点上。据我看来，这实在也不关紧要。人类能言本来是多此一举，试看两间林林总总，一切有情，莫不自遂其生，各尽其性，何曾说一句话。古人云："猩猩能言，不离禽兽，鹦鹉能言，不离飞鸟。"可怜这些畜生，辛辛苦苦，学了几句人家的口头语，结果还是本来的鸟兽，多被圣人奚落一番，真是何苦来。从前四只眼睛的仓颉先生无中生有地造文字，害得好心的鬼哭了一夜，我怕最初类猿人里那一匹直着喉咙学说话的时候，说不定还着实引起了原始天尊的长叹了呢。人生营营所为何事，"饮食男女，人之大欲存焉"，既于大欲无亏，别的事岂不是就可以随便了么？中国处世哲学里很重要的一条是，多一事不如少一事，如哑巴者，可以说是能够少一事的了。

　　语云，"病从口入，祸从口出。"说话不但于人无益，反而有害，即此可见。一说话，话中即含有臧否，即是危险，这个年头儿。人不能老说"我爱你"等甜美的话——况且仔细检查，我爱你即含有我不爱他或不许他爱你等意思，也可以成为祸根，哲人见客寒暄，但云"今天天气……哈哈哈！"不再加说明，良有以也，盖天气虽无知，唯说其好坏终不甚妥，故以一笑了之。往读杨恽报孙会宗书，但记其"种一顷豆，落而为萁"等语，心窃好之，却不知杨公竟因此而腰斩，犹如湖南十五六岁的女学生们以读《落叶》（系郭沫若的，非徐志摩的《落叶》）而被枪决，同样地不可思议。然而这个世界就是这样不可思议的世界，其奈之何哉。几千年来受过这种经验的先民留下遗训曰，"明哲保身"。几十年来看惯这种情形的茶馆贴上标语曰，"莫谈国事"。吾家金人三缄其口，二千五百年来为世楷模，声闻弗替。若哑巴者岂非今之金人欤？

常人以能言为能，但亦有因装哑巴而得名者，并且上下古今这样的人并不很多，即此可知哑巴之难能可贵了。第一个就是那鼎鼎大名的息夫人。她以倾国倾城的容貌，做了两任王后，她替楚王生了两个儿子，可是没有对楚王说一句话。喜欢和死了的古代美人吊膀子的中国文人于是大做特做其诗，有的说她好，有的说她坏，各自发挥他们的臭美，然而息夫人的名声也就因此大起来了。老实说，这实是妇女生活的一场悲剧，不但是一时一地一人的事情，差不多就可以说是妇女全体的运命的象征。易卜生所作《玩物之家》一剧中女主人公娜拉说，她想不到自己竟替漠不相识的男子生了两个子女，这正是息夫人的运命，其实也何尝不就是资本主义下的一切妇女的运命呢。还有一位不说话的，是汉末隐士姓焦名先的便是。吾乡金古良作《无双谱》，把这位隐士收在里面，还有一首赞题得好：

孝然独处，绝口不语，默隐以终，笑杀狐鼠。

并且据说"以此终身，至百余岁"，则是装了哑巴，既成高士之名，又享长寿之福，哑巴之可赞美盖彰彰然明矣。

世道衰微，人心不古，现今哑巴也居然装手势说起话来了。不过这在黑暗中还是不能用，不能说话。孔子曰，"邦无道，危行言逊。"哑巴其犹行古之道也欤。

　　　　　　　　民国十八年十一月十三日，北平。

麻醉礼赞

麻醉，这是人类所独有的文明。书上虽然说，斑鸠食桑葚则醉，或云，猫食薄荷则醉，但这都是偶然的事，好像是人错吃了笑菌，笑得个一塌胡涂，并不是成心去吃了好玩的。成心去找麻醉，是我们万物之灵的一种特色，假如没有这个，人之所以异于禽兽者几希了。

麻醉有种种的方法。在中国最普通的一种是抽大烟。西洋听说也有文人爱好这件东西，一位散文家的杰作便是烟盘旁边的回忆，另一诗人的一篇《忽不列汗》的诗也是从芙蓉城的醉梦中得来的。中国人的抽大烟则是平民化的，并不为某一阶级所专享，大家一样地吱吱的抽吸，共享麻醉的洪福，是一件值得称扬的事。鸦片的趣味何在，我因为没有入过黑籍，不能知道，但总是麻苏苏地很有趣罢。我曾见一位烟户，穷得可以，真不愧为鹑衣百结，但头戴一顶瓜皮帽，前面顶边烧成一个大窟窿，乃是沉醉时把头屈下去在灯上烧去的，于此即可想见其陶然之状态了。近代传闻孙馨帅有一队烟兵，在烟瘾抽足的时候冲锋最为得力，则已失了麻醉的意义，至少在我以为总是不足为训的了。

中国古已有之的？国粹的麻醉法，大约可以说是饮酒。刘伶的"死便埋我",可以算是最彻底了,陶渊明的诗也总是三句不离酒,如云"拨置且莫念,一觞聊可挥",又云"天运苟如此,且进杯中物",又云"中觞纵遥情,忘彼千载忧,且极今朝乐,明日非所求",都是很好的例。酒,我是颇喜欢的,不过曾经声明过,殊不甚了解陶然之趣,只是乱喝一番罢了。但是在别人的确有麻醉的力量,它能引人着胜地,就是所谓童话之国土。我有两个族叔,尤是这样幸福的国土里的住民。有一回冬夜,他们沉醉回来,走过一乘吾乡所很多的石桥,哥哥刚一抬脚,棉鞋掉了,兄弟给他在地上乱摸,说道,"哥哥棉鞋有了。"用脚一踹,却又没有,哥哥道,"兄弟,棉鞋汪的一声又不见了!"原来这乃是一只黑小狗,被兄弟当作棉鞋捧了来了。我们听了或者要笑,但他们那时神圣的乐趣我辈外人那里能知道呢?的确,黑狗当棉鞋的世界于我们真是太远了,我们将棉鞋当棉鞋,自己说是清醒,其实却是极大的不幸,何为可惜十二文钱,不买一提黄汤,灌得倒醉以入此乐土乎。

信仰与梦,恋爱与死,也都是上好的麻醉。能够相信宗教或主义,能够做梦,乃是不可多得的幸福的性质,不是人人所能获得。恋爱要算是最好了,无论何人都有此可能,而且犹如采补求道,一举两得,尤为可喜。不过此事至难,第一须有对手,不比别的只要一灯一盏即可过瘾,所以即使不说是奢侈,至少也总是一种费事的麻醉罢。至于失恋以至反目,事属寻常,正如酒徒呕吐,烟客脾泄,不足为病,所当从头承认者也。末后说到死。死这东西,有些人以为还好,有些人以为很坏，但如当作麻醉品去看时，这似乎倒也不坏。依壁鸠鲁说过，死不足怕，因为死与我辈没有关系，我们在时尚未有死，死来时我们已没有了。快乐派是相信原子说的，这种唯物的说法可以消除死的恐怖，但由我们看来，死又何尝不是一种快乐，麻醉得使我们没有，这样乐趣恐非醇酒妇人所可比拟的罢？所难者是怎样才能如此麻醉、快乐？这个我想是另一问题，不是我们现在所要谈论的了。

醉生梦死，这大约是人生最上的生活法罢？然而也有人不愿意这样。普通外科手术总用全身或局部的麻醉，唯偶有英雄独破此例，如关云长刮骨疗毒，为世人所佩服，固其宜也。盖世间所有唯辱与苦，茹苦忍辱，斯乃得度。画廊派哲人（Stoics）之勇于自杀，自成宗派，若彼得洛纽思（Petronius）听歌饮酒，切脉以死，虽稍贵族的，故自可喜。达拉思布耳巴（Taras Bulba）长子为敌所获，毒刑致死，临死曰，父亲，你都看见么？达拉思匿观众中大呼曰，"儿子，我都看见！"此则哥萨克之勇士，北方之强也。此等人对于人生细细尝味，如啜苦酒，一点都不含胡，其坚苦卓绝盖不可及，但是我们凡人也就无从追踪了。话又说了回来，我们的生活恐怕还是醉生梦死最好罢。——所苦者我只会喝几口酒，而又不能麻醉，还是清醒地都看见听见，又无力高声大喊。此乃是凡人之悲哀，实为无可如何者耳。

民国十八年十一月三十日

奴才礼赞

　　天下自古有奴隶，唯奴才为希有可贵。为什么呢？你只要有强力，有财力，就可以弄到许多奴隶，在你的威武与契约之下，也只能低头给你服役，虽然心里不服或是正图谋反抗。至于奴才，那是甘心情愿替你做狗腿，无论你怎样待他，不要他，给他可以逃脱的机会，他总是非请安叩头或打屁股不行，一定要戴一顶空梁帽直站在门口，听候吩咐。总之，他是有奴瘾的，或说是奴性奴气，亦无不可。奴才与奴隶的不同，在于他是天生而非人为的（Born not made），在这一点上奴才的确与诗人一样，一样难得的。

　　不过在别处难得的东西，在咱们中华大抵都是很平常的，奴才也不是例外。要严格的统计奴才全数与人口的比例，去和别国比较，还没有人这样办过，我不知道到底成绩如何，但略为玄学一点照我们的感觉说去，中国似乎当得起是最富于奴才的国。例呢，可以不别举吧？姑且举远一点的，即如溥仪出宫时那班忠良的商民。喔，喔，这是何等的荣誉，我们有这许多像诗人一样难得的东西！倘若奴才少几个，中国怎么会精神文明得像现在这个样子，怎么会这样的幸福安吉？这的确是值得最高的顶礼的，最可尊重的了。

　　幼时听祖父说，有满洲武官朝见嘉庆皇帝，本应自称奴才的现在却口口声声称作奴家，嘉庆皇帝想笑，怕得他要得失仪之罪，勉强忍住，把下嘴唇都咬出血来了。我听了这个故事，觉得奴才这件物事不但是可贵而且也还有点可爱了。休哉！

生活之艺术

契诃夫（Chekhov）书简集中有一节道，（那时他在瑷珲附近旅行，）"我请一个中国人到酒店里喝烧酒，他在来饮之前举杯向着我和酒店主人及伙计们，说道'请。'这是中国的礼节。他并不像我们那样的一饮而尽，却是一口一口的啜，每啜一口，吃一点东西；随后给我几个中国铜钱，表示感谢之意。这是一种怪有礼的民族……"

一口一口的啜，这的确是中国仅存的饮酒的艺术：干杯者不能知酒味，泥醉者不能知微醺之味。中国人对于饮食还知道一点享用之术，但是一般的生活之艺术却早已失传了。中国生活的方式现在只是两个极端，非禁欲即是纵欲，非连酒字都不准说即是浸身在酒槽里，二者互相反动，各益增长，而其结果则是同样的污糟。动物的生活本有自然的调节，中国在千年以前文化发达，一时颇有臻于灵肉一致之象，后来为禁欲思想所战胜，变成现在这样的生活，无自由、无节制，一切在礼教的面具底下实行迫压与放恣，实在所谓礼者早已消灭无存了。

生活不是很容易的事。动物那样的，自然地简易地生活，是其一法；把生活当作一种艺术，微妙地美地生活，又是一法；二者之外别无道路，有之则是禽兽之下的乱调的生活了。

生活之艺术只在禁欲与纵欲的调和。蔼理斯对于这个问题很有精到的意见，他排斥宗教的禁欲主义，但以为禁欲亦是人性的一面，欢乐与节制二者并存，且不相反而实相成。人有禁欲的倾向，即所以防欢乐的过量，并即以增欢乐的程度。他在《圣芳济与其他》一篇论文中曾说道，"有人以此二者（即禁欲与耽溺）之一为其生活之唯一目的者，其人将在尚未生活之前早已死了。有人先将其一（耽溺）推至极端，再转而之他，其人才真能了解人生是什么，日后将被记念为模范的高僧。但是始终尊重这二重理想者，那才是知生活法的明智的大师。……一切生活是一个建设与破坏，一个取进与付出，一个永远的构成作用与分解作用的循环。要正当地生活，我们须得模仿大自然的豪华与严肃。"他又说过，"生活之艺术，其方法只在于微妙地混和取与舍二者而已"，更是简明的说出这个意思来了。

生活之艺术这个名词，用中国固有的字来说便是所谓礼。斯谛耳博士在《仪礼》序上说，"礼节并不单是一套仪式，空虚无用，如后世所沿袭者。这是用以养成自制与整饬的动作之习惯，惟有能领解万物感受一切之心的人才有这样安详的容止。"从前听说辜鸿铭先生批评英文《礼记》译名的不妥当，以为"礼"不是Rite而是Art，当时觉得有点乖僻，其实却是对的，不过这是指本来的礼，后来的礼仪礼教都是堕落了的东西，不足当这个称呼了。中国的礼早已丧失，只有如上文所说，还略存于茶酒之间而已。去年有西人反对上海禁娼，以为妓院是中国文化所在的地方，这句话的确难免有点荒谬，但仔细想来也不无若干理由。我们不必拉扯唐代的官妓，希腊的"女友"（Hetaira）的韵事来作辩护，只想起某外人的警句，"中国挟妓如西洋的求婚，中国娶妻如西洋的宿娼"，或者不能不感到《爱之术》（*Ars Amatoria*）真是只存在草野之间了。我们并不同某西人那样要保存妓院，只觉得在有些怪论里边，也常有真实存在罢了。

中国现在所切要的是一种新的自由与新的节制，去建造中国的新文明，也就是复兴千年前的旧文明，也就是与西方文化的基础之希腊文明相合一了。这些话或者说的太大太高了，但据我想舍此中国别无得救之道，宋以来的道学家的禁欲主义总是无用的了，因为这只足以助成纵欲而不能收调节之功。其实这生活的艺术在有礼节重中庸的中国本来不是什么新奇的事物，如《中庸》的起头说，"天命之谓性，率性之谓道，修道之谓教，"照我的解说即是很明白的这种主张。不过后代的人都只拿去讲章旨节旨，没有人实行罢了。我不是说半部《中庸》可以济世，但以表示中国可以了解这个思想。日本虽然也很受到宋学的影响，生活上却可以说是承受平安朝的系统，还有许多唐代的流风余韵，因此了解生活之艺术也更是容易。在许多风俗上日本的确保存这艺术的色彩，为我们中国人所不及，但由道学家看来，或者这正是他们的缺点也未可知罢。

民国十三年十一月

我们的敌人

我们的敌人是什么？不是活人，乃是野兽与死鬼，附在许多活人身上的野兽与死鬼。

小孩的时候，听了《聊斋志异》或《夜谈随录》的故事，黑夜里常怕狐妖僵尸的袭来；到了现在，这种恐怖是没有了，但在白天里常见狐妖僵尸的出现，那更可怕了。在街上走着，在路旁站着，看行人的脸色，听他们的声音，时常发现妖气，这可不是"画皮"么？谁也不能保证。我们为求自己安全起见，不能不对他们为"防御战"。

有人说，"朋友，小心点，像这样的神经过敏下去，怕不变成疯子——或者你这样说，已经有点疯意也未可知。"不要紧，我这样宽懈的人那里会疯呢？看见别人便疑心他有尾巴或身上长着白毛，的确不免是疯人行径，在我却不然，我是要用了新式的镜子从人群中辨别出这些异物而驱除之。而且这法子也并不烦难，一点都没有什么神秘；我们只须看他，如见了人便张眼露齿，口咽唾沫，大有拿来当饭之意，则必是"那件东西"，无论他在社会上是称作天地君亲师，银行家，拆白党或道学家。

据达尔文他们说，我们与虎狼狐狸之类讲起来本来有点远亲，而我们的祖先无一不是名登鬼箓的，所以我们与各色鬼等也不无多少世谊。这些话当然是不错的，不过远亲也好，世谊也好，他们总不应该借了这点瓜葛出来烦扰我们。诸位远亲如要讲亲谊，只应在山林中相遇的时节，拉拉胡须，或摇摇尾巴，对我们打个招呼，不必戴了骷髅来夹在我们中间厮混；诸位世交也应恬静的安息在草叶之阴，偶然来我们梦里会晤一下，还算有点意思，倘若像现在这样化作"重来"（Revenants），居然现形于化日光天之下，那真足以骇人视听了。他们既然如此胡为，要来侵害我们，我们也就不能再客气了；我们只好凭了正义人道以及和平等等之名来取防御的手段。

听说昔者欧洲教会和政府为救援异端起见，曾经用过一个很好的方法，便是将他们的肉体用一把火烧了，免得他的灵魂去落地狱。这实在是存心忠厚的办法，只可惜我们不能采用，因为我们的目的是相反的，我们是要从这所依附的肉体里赶出那依附着的东西，所以应得用相反的方法。我们去拿许多桃枝柳枝，荆鞭蒲鞭，尽力的抽打面有妖气的人的身体，务期野兽幻化的现出原形，死鬼依托的离去患者，留下借用的躯壳，以便招寻失主领回。这些赶出去的东西，我们也不想"聚而歼旃"，因为"嗖"的一声吸入瓶中用丹书封好重汤煎熬，这个方法现在似已失传，至少我们是不懂得用，而且天下大矣，万牲百鬼，汗牛充栋，实属办不胜办，所以我们敬体上天好生之德，并不穷追，只要兽走于圹，鬼归其穴，各安生业，不复相扰，也就可以罢手，随他们去了。

至于活人，都不是我们的敌人，虽然也未必全是我们的友人。——实在，活人也已经太少了，少到连打起架来也没有什么趣味了。等打鬼打完了之后。（假使有这一天，）我们如有兴致，喝一碗酒，卷卷袖子，再来比一比武，也好罢。（比武得胜，自然有美人垂青等等事情，未始不好，不过那是《劫后英雄略》的情景，现在却还是《西游记》哪。）

民国十三年十二月

情　理

　　管先生叫我替《实报》写点小文章，我觉得不能不答应，实在却很为难。这写些什么好呢。

　　老实说，我觉得无话可说。这里有三种因由。一，有话未必可说。二，说了未必有效。三，何况未必有话。

　　这第三点最重要，因为这与前二者不同，是关于我自己的。我想对于自己的言与行我们应当同样地负责任，假如明白这个道理而自己不能实行时便不该随便说，从前有人住在华贵的温泉旅馆而嚷着叫大众冲上前去革命，为世人所嗤笑，至于自己尚未知道清楚而乱说，实在也是一样地不应当。

　　现在社会上忽然有读经的空气继续金刚时轮法会而涌起，这现象的好坏我暂且不谈，只说读九经或十三经，我的赞成的成分倒也可以有百分之十，因为现在至少有一经应该读，这里边至少也有一节应该熟读。这就是《论语》的《为政第二》中的一节：

　　"子曰：由，诲女知之乎，知之为知之，不知为不知，是知也。"

　　这一节话为政者固然应该熟读，我们教书捏笔杆的也非熟读不可，否则不免误人子弟。我在小时候念过一点经史，后来又看过一点子集，深感到这种重知的态度，是中国最好的思想，也与苏格拉底可以相比，是科学精神的源泉。

我觉得中国有顶好的事情，便是讲情理，其极坏的地方便是不讲情理。随处皆是物理人情，只要人去细心考察，能知者即可渐进为贤人，不知者终为愚人，恶人。《礼记》云，饮食男女人之大欲存焉，死亡贫苦人之大恶存焉。《管子》云，仓廪实则知礼节，衣食足则知荣辱。这都是千古不变的名言，因为合于情理。现在会考的规则，功课一二门不及格可补考二次，如仍不及格，则以前考过及格的功课亦一律无效。这叫作不合理。全省一二门不及格学生限期到省会考，不考虑道路的远近，经济能力的及不及。这叫做不近人情。教育方面尚如此，其他可知。

这所说的似乎专批评别人，其实重要的还是借此自己反省，我们现在虽不做官，说话也要谨慎，先要认清楚自己究竟知道与否，切不可那样不讲情理地乱说。说到这里，对于自己的知识还没有十分确信，所以仍不能写出切实有主张的文章来，上边这些空话已经有几百字，聊以塞责，就此住笔了。

民国二十四年五月

常　识

　　轮到要写文章的时候了。文章照例写不出。这一个多月里见闻了许多事情，本来似乎应该有话可说，何况仅仅只是几百个字。可是不相干，不但仍旧写不出文章，而且更加觉得没有话说。

　　老实说，我觉得我们现在话已说得太多，文章也写得太多了。我坐在北平家里天天看报章杂志，所看的并不很多，却只看见天天都是话，话，话。回过头来再看实际，又是一塌糊涂，无从说起。一个人在此刻如不是闭了眼睛塞住耳朵，以至昧了良心，再也不能张开口说出话来。我们高叫了多少年的取消不平等条约的口号，实际上有若何成绩，连三十四年前的辛丑条约还条条存在。不知道那些专叫口号贴标语的先生那里去了，对于过去的事可以不必再多说，但是我想以后总该注重实行，不要再想以笔舌成事，因这与画符念咒相去不远，究竟不能有什么效用也。

　　古人云，为治者不在多言，顾力行何如耳。这原是很对的，但在有些以说话为职业的人，例如新闻记者，那怎么办呢？新闻而不说什么话，岂不等于酒店里没有酒，当然是不成。据我外行人想来，反正现在评论是不行，报告又不可，就是把北岩勋爵请来也是没有办法的，那么何妨将错就错，（还是将计就计呢，）去给读者做个谈天朋友，假如酒楼的柱子上贴着莫谈国事或其他二十年前的纸条，那么就谈谈天地万物，以交换智识而联络感情，不亦可乎。

我想，在言论不大自由的时代，不妨有几种报纸以评论政治报告消息为副课，去与平民为友，供给读者以常识。说到这里，图穷而匕首见，题目出来，文章也就可以完了。不过在这里要想说明一句，便是关于常识的解释。我们无论对于读者怎么亲切，在新闻上来传授洋蜡烛的制造法，或是复利的计算法，那总可不必罢。所谓常识乃只是根据现代科学证明的普通知识，在初中的几种学科里原已略备，只须稍稍活用就是了。如中国从前相信华人心居中，夷人才偏左，西洋人从前相信男人要比女人少一支肋骨，现在都明白并不是这么一回事。我们如依据了这种智识，实心实意地做切切实实的文章，给读者去消遣也好，捧读也好，这样弄下去三年五年十年，必有一点成绩可言。说这未必能救国，或者也是的，但是这比较用了三年五年的光阴再去背诵许多新鲜古怪的抽象名词总当好一点。至少我想也不至于会更坏一点吧。

民国廿四年六月

责　任

　　"天下兴亡，匹夫有责。"这是读书人常说的一句话，作为去干政治活动的根据的，据说这是出于顾亭林。查《日知录》卷十三有这样的几句云，"保国者，其君其臣肉食者谋之。保天下者，匹夫之贱与有责焉耳矣。"再查这一节的起首云，"有亡国，有亡天下。亡国与亡天下奚辨？曰，易姓改号，谓之亡国。仁义充塞而至于率兽食人，人将相食，谓之亡天下。"顾亭林谁都知道是明朝遗老，是很有民族意识的，这里所说的话显然是在排满清，表面上说些率兽食人的老话，后面却引刘渊石勒的例，可以知道他的意思。保存一姓的尊荣乃是朝廷里人们的事情，若守礼法重气节，使国家勿为外族所乘，则是人人皆应有的责任。我想原义不过如此，那些读书人的解法恐怕未免有点歪曲了吧。但是这责任重要的还是在平时，若单从死难着想毫无是处。倘若平生自欺欺人，多行不义，即使卜居柴市近旁，常往崖山踏勘，亦复何用。洪允祥先生的《醉余随笔》里有一节说得好：

　　"《甲申殉难录》某公诗曰，愧无半策匡时难，只有一死报君恩。天醉曰，没中用人死亦不济事。然则怕死者是欤？天醉曰，要他勿怕死是要他拼命做事，不是要他一死便了事。"

这是极精的格言，在此刻现在的中国正是对症服药。《日知录》所说匹夫保天下的责任在于守礼法重气节，本是一种很好的说法，现在觉得还太笼统一点，可以再加以说明。光是复古地搬出古时的德目来，把它当作符似地贴在门口，当作咒似地众在嘴里，照例是不会有效验的，自己不是巫祝而这样地祈祷和平，结果仍旧是自欺欺人，不负责任。我们现在所需要的是实行，不是空言，是行动，不是议论。这里没有多少繁琐的道理，一句话道，大家的责任就是大家要负责任。我从前曾说过，要武人不谈文，文人不谈武，中国才会好起来，也原是这个意思，今且按下不表，单提我们捏笔杆写文章的人应该怎样来负责任。这可以分作三点。一是自知。"知之为知之，不知为不知。"不知妄说，误人子弟，该当何罪，虽无报应，岂不惭愧。二是尽心。文字无灵，言论多难，计较成绩，难免灰心，但当尽其在我，锲而不舍，岁计不足，以五年十年计之。三是言行相顾。中国不患思想界之缺权威，而患权威之行不顾言，高卧温泉旅馆者指挥农工与陪姨太太者引导青年，同一可笑也。无此雅兴与野心的人应该更朴实的做，自己所说的话当能实践，自己所不能做的事可以不说，这样地办自然会使文章的虚华减少，看客掉头而去，但同时亦使实质增多，不误青年主顾耳。文人以外的人各有责任，兹不多赘，但请各人自己思量可也。

民国廿四年八月

畏天悯人

刘熙载著《艺概》卷一文概中有一则云：

"畏天悯人四字见文中子《周公篇》，盖论《易》也。今读《中说》全书，觉其心法皆不出此意。"查《中说》卷四云：

"文中子曰，《易》之忧患，业业焉，孜孜焉，其畏天悯人，思及时而动乎。"关于《周易》我是老实不懂，没有什么话说，《中说》约略翻过一遍，看不出好处来，其步趋《论语》的地方尤其讨厌，据我看来，文中子这人远不及王无功有意思。但是上边的一句话我觉得很喜欢，虽然是断章取义的，意义并不一样。

天就是"自然"。生物的自然之道是弱肉强食，适者生存。河里活着鱼虾虫豸，忽然水干了，多少万的生物立即枯死。自然是毫无感情的，《老子》称之曰天地不仁。人这生物本来也受着这种支配，可是他要不安分地去想，想出不自然的仁义来。仁义有什么不好，这是很合于理想的，只是苦于不能与事实相合。不相信仁义的有福了，他可以老实地去做一只健全的生物。相信的以为仁义即天道，也可以圣徒似地闭了眼祷告着过一生，这种人虽然未必多有。许多的人看清楚了事实却又不能抛弃理想，于是惟有烦闷。这有两条不同的路，但觉得同样地可怜。一是没有法。正如巴斯加耳说过，他受了自然的残害，一点都不能抵抗，可是他知道如此，而"自然"无知，只此他是胜过自然了。二是有法，即信自然是有知的。他也看见事实打坏了理想，却幻想这是自然用了别一方式去把理想实现了。说来虽似可笑，然而滔滔者天下皆是也，我们随便翻书，便可随时找出例子来。

最显明的例是讲报应。元来因果是极平常的事，正如药苦糖甜，由于本质，或杀人偿命，欠债还钱，是法律上所规定，当然要执行的。但所谓报应则不然。这是在世间并未执行，却由别一势力在另一时地补行之，盖是弱者之一种愿望也。前读笔记，见此类纪事很以为怪，曾云：

"我真觉得奇怪，何以中国文人这样喜欢讲那一套老话，如甘蔗滓的一嚼再嚼，还有那么好的滋味。最显著的一例是关于所谓逆妇变猪这类的记事。在阮元的《广陵诗事》卷九中有这样的一则云云。阮云台本非俗物，于考据词章之学也有成就，乃喜纪录此等恶滥故事，殊不可解。"近日读郝懿行的诗文随笔，此君文章学识均为我所钦敬，乃其笔录中亦常未能免俗。又袁小修日记上海新印本出版，比所藏旧本多两卷，重阅一过，发见其中谈报应的亦颇不少，而且多不高明。因此乃叹此事大难，向来乱读杂书，见关于此等事思想较清楚者只有清朝无名的两人，即汉军刘玉书四川王侃耳。若大多数的人则往往有两个世界，前世造了孽，所以在这世无端地挨了一顿屁股或其他，这世作了恶，再拖延到死后去下地狱，这样一来，世间种种疑难杂事大抵也就可以解决了。

从报应思想反映出几件事情来。一是人生的矛盾。理想是仁义，而事实乃是弱肉强食。强者口说仁义，却仍吃着肉。皇帝的事情是不敢说的了，武人官吏土豪流贼的无法无天怎么解说呢？这只能归诸报应，无论是这班杀人者将来去受报也好，或者被杀的本来都是来受报的也好，总之这矛盾就搪塞过去了。二是社会的缺陷。有许多恶事，在政治清明法律完备的国家大抵随即查办，用不着费阴司判官的心的，但是在乱世便不可能，大家只好等候侠客义贼或是阎罗老子来替他们出气，所以我颇疑《水浒传》《果报录》的盛行即是中国社会混乱的一种证据。可是也有在法律上不成大问题的，文人看了很觉得可恶，大有欲得而甘心之意，也就在他笔下去办他一下，那自然更是无聊，这里所反映出来的乃只是道学家的脾气罢了。

甘熙著《白下琐言》卷三有一则云："正阳门外有地不生青草，为方正学先生受刑处。午门内正殿堤石上有一凹，雨后拭之血痕宛然，亦传为草诏时齿血所溅。盖忠义之气融结宇宙间，历久不磨，可与黄公祠血影石并传。"这类的文字我总读了愀然不乐。孟德斯鸠临终有言，据严几道说，帝力之大如吾力之为微。人不承认自己的微，硬要说得阔气，这是很可悲的事。如上边所说，河水干了，几千万的鱼虾虫豸一齐枯死。一场恶战，三军覆没，一场株连，十族夷灭，死者以万千计。此在人事上自当看作一大变故，在自然上与前者事同一律，天地未必为变色，宇宙亦未必为震动也。河水不长则陆草生焉，水长复为小河，生物亦生长如故，战场及午门以至弼教坊亦然，土花石晕不改故常，方正学虽有忠义之气，岂能染污自然尺寸哉。俗人不悲方君的白死，宜早早湮没借以慰安之，乃反为此等曲说，正如茅山道士讳虎噬为飞升，称被杀曰兵解，弥复可笑矣。曾读英国某人文云，世俗确信公理必得最后胜利，此不尽然，在教派中有先屈后伸者，盖因压迫者稍有所顾忌，芟夷不力之故，古来有若干宗派确被灭尽，遂无复孑遗。此铁冷的事实正纪录着自然的真相，世人不察，却要歪曲了来说，天让正人义士被杀了，还很爱护他，留下血迹以示褒扬。倘若真是如此，这也太好笑，岂不与猎师在客座墙上所嵌的一个鹿头相同了么？王彦章曰，豹死留皮，人死留名。豹的一生在长林丰草间，及为虎咬蛇吞，便干脆了事，不幸而死于猎户之手，多留下一张皮毛为贵人作坐垫，此正是豹之"兽耻"也。彦章武夫，不妨随便说，若明达之士应知其非。闻有法国诗人微尼氏曾作一诗曰《狼之死》，有画廊派哲人之风，是殆可谓的当的人生观欤。

〔附记〕年纪大起来了，觉得应该能够写出一点冲淡的文章来吧。如今反而写得那么剑拔弩张，自己固然不中意，又怕看官们也不喜欢，更是过意不去。

民国廿四年十月三日记

死之默想

四世纪时希腊厌世诗人巴拉达思作有一首小诗道，

（Pollá laleis, anthrope. ——Palladas）
你太饶舌了，人呵，不久将睡在地下；
住口罢，你生存时且思索那死。

这是很有意思的话。关于死的问题，我无事时也曾默想过，（不坐在树下，大抵是在车上，）可是想不出什么来——这或者因为我是个"乐天的诗人"的缘故吧？但是其实我何尝一定崇拜死，有如曹慕管君，不过我不很能够感到死之神秘，所以不觉得有思索十日十夜之必要，于形而上的方面也就不能有所饶舌了。

窃察世人怕死的原因，自有种种不同，"以愚观之"可以定为三项，其一是怕死时的苦痛，其二是舍不得人世的快乐，其三是顾虑家族。苦痛比死还可怕，这是实在的事情。十多年前有一个远房的伯母，十分困苦，十二月底想去投河寻死（我们乡间的河是经冬不冻的），但是投了下去，她随即走了上来，说是因为水太冷了。有些人要笑她痴也未可知，但这却是真实的人情。倘若有人能够切实保证，诚如某生物学家所说，被猛兽咬死痒苏苏地很是愉快，我想一定有许多人裹粮入山去投身饲饿虎的了。可惜这一层不能担保，有些对于别项已无留恋的人因此也就不得不稍为踌躇了。

顾虑家族，大约是怕死的原因中之较小者，因为这还有救治的方法。将来如有一日，社会制度稍加改良，除施行善种的节制以外，大家不问老幼可以各尽所能，各取所需，凡平常衣食住，医药教育，均由公给，此上更好的享受再由个人自己的努力去取得，那么这种顾虑就可以不要，便是夜梦也一定平安得多了。不过我所说的原是空想，实现还不知在几十百年之后，而且到底未必实现也说不定，那么这也终是远水不救近火，没有什么用处。比较确实的办法还是设法发财，也可以救济这个忧虑。为得安闲的死而求发财，倒是很高雅的俗事；只是发财大不容易，不是我们都能做的事，况且天下之富人有了钱便反死不去，则此法亦颇有危险也。

人世的快乐自然是很可贪恋的，但这似乎只在青年男女才深切的感到，像我们将近"不惑"的人，尝过了凡人的苦乐，此外别无想做皇帝的野心，也就不觉得还有舍不得的快乐。我现在的快乐只想在闲时喝一杯清茶，看点新书，（虽然近来因为政府替我们储蓄，手头只有买茶的钱，）无论他是讲虫鸟的歌唱，或是记贤哲的思想，古今的刻绘，都足以使我感到人生的欣幸。然而朋友来谈天的时候，也就放下书卷，何况"无私神女"（Atropos）的命令呢？我们看路上许多乞丐，都已没有生人乐趣，却是苦苦的要活着，可见快乐未必是怕死的重大原因；或者舍不得人世的苦辛也足以叫人留恋这个尘世罢。讲到他们，实在已是了无牵挂，大可"来去自由"，实际却不能如此，倘若不是为了上边所说的原因，一定是因为怕河水比彻骨的北风更冷的缘故了。

对于"不死"的问题，又有什么意见呢？因为少年时当过五六年的水兵，头脑中多少受了唯物论的影响，总觉得造不起"不死"这个观念来，虽然我很喜欢听荒唐的神话。即使照神话故事所讲，那种长生不老的生活我也一点儿都不喜欢。住在冷冰冰的金门玉阶的屋里，吃着五香牛肉一类的麟肝凤脯，天天游手好闲，不在松树下着棋，便同金童玉女厮混，也不见得有什么趣味，况且永远如此，更是单调而且困倦了。又听人说，仙家的时间是与凡人不同的，诗云，"山中方七日，世上已千年"，所以烂柯山下的六十年在棋边只是半个时辰耳，那里会有日子太长之感呢？但是由我看来，仙人活了二百万岁也只抵得人间的四十春秋，这样浪费时间无裨实际的生活，殊不值得费尽了心机去求得他；倘若二百万年后劫波到来，就此溘然，将被五十岁的凡夫所笑。较好一点的还是那西方凤鸟（Phoenix）的办法，活上五百年，便尔蜕去，化为幼凤，这样的轮回倒很好玩的——可惜他们是只此一家，别人不能仿作。

大约我们还只好在这被容许的时光中，就这平凡的境地中，寻得些须的安闲悦乐，即是无上幸福；至于"死后，如何？"的问题，乃是神秘派诗人的领域，我们平凡人对于成仙做鬼都不关心，于此自然就没有什么兴趣了。

民国十三年十二月

无鬼论

中国向来似乎不大有人提倡无神论，——其实不但是无神论，便是无鬼论，也是寥落得很，就福申所编的《续同书》里看去，只录有两条，而结果也都是无成，因为给鬼打败了。不过事情讲的很有趣，如今都抄在下面：

"《晋书·阮瞻传》，瞻素执无鬼论，忽有客诣瞻，与言鬼神之事，反覆甚苦。客作色曰，鬼神圣贤所共传，君何得言无，即仆便是鬼。于是变为异相，须臾消灭。"

"《睽车志》，宗岱著《无鬼论》，无能屈者。一鬼化医生，振衣起曰，君绝我辈血食二十余年。"

这是因为著书的人都是主张有鬼的，所以使得鬼这方面占了优胜，近世的纪晓岚还是如此，他在《阅微草堂笔记》里说，有人入冥中，看见冥吏乃是他的故人，这时候一个老儒到来，看情形乃是冥吏熟识的人，所以对老儒笑着说：你向来主张无鬼，不知道此刻是变成什么东西了，老儒听了非常觉得局促。这也是同一的用意，不过说的更有风趣罢了。但是方法都不甚巧妙，因为他们除了叫鬼亲自出来说话以外，只有拜访阮瞻的一位举出圣贤来做见证，而这圣贤实在也即是鬼的伙计，所以没有什么做见证的资格。这话怎讲，且听我慢慢的说来。

中国从来没有宗教这名称，只是一直很看重礼教，换句话说就是封建的道德，而这礼教的建设与拥护者则是那圣贤，用宗教上名词来说即是先知。先知这个字原意是"代言人"。即是代神宣示意旨的人，先知实是后起的意思，所以圣贤是代神道立言的人，正同后代做八股的代圣贤立言一样。话说到这里，我的本意也明了，中国无鬼论实在是包括无神论在内，而且也比无神论更是重要，因为"鬼神圣贤所传"，这句话说明了一切了。中国没有创造宇宙的神，所以说无神没有大关系，但是不能说无鬼，这便是礼教上的问题，因为无鬼就牵涉到祖先崇拜上去。而这却正是封建道德的中心，它似乎与非孝的问题有关系了。

在六朝时代有过范缜的神灭论的主张，承汉末王充的统系而更加精密，但说是神灭却并不说是无神，其实亦是说无鬼的，只是说形在故神存，犹刀之有利，形亡则神灭矣，说明人死没有鬼。很是明白。可是话又得说回来，中国说鬼神其实原是一回事，因为中国的宗教就是礼教，天神地祇不过是句空话，实在不过是人鬼，假如人死投有鬼，没有鬼也就是没有神了。所以无鬼论在中国很是重要，然而它的成绩一向却不很好，虽然宋儒据说是主张无鬼的，可是他们又是极端拥护礼教，结果有似前门拒狼，后门进虎，而且后来儒教徒又变成道士化了，更是乌烟瘴气的了不得。到了现在无鬼论仍须从头做起，大家来做不怕鬼运动，实在是只有做"起讲"的意思，写得"且夫"两个字罢了。

我是不相信什么教的，但对于原始宗教却曾经很有兴趣，对于巫师的法术觉得稍能有所领会，不比大主教的神学一句都不能了解。法术乃是没有科学时代的科学，想用人力去控制自然，原始宗教的宗旨大抵是在祛邪降福，谋个人和种族之生存，其目的在造成一个可以安住的人世，换句话说即是理想的世界。但是那时不知道在现世可以实现，所以便着眼在现世以外，这就成为佛教的净土乐邦，以及此外宗教的一切天国。

从前看到一本英文书，是俄国教士所做的，他赞同苏维埃的一切办法，说这就是教会所应该做的，教会不曾做到而由它代办了，所以共产主义是可以赞成的，不过它有唯一的缺点，便是它相信没有上帝。我因为这话说得很有趣，一直记得它。宗教因为有神，（是天神，或是人神，即是先知，）所以为特权阶级所利用，成为人民的鸦片。中国是很幸运的，没有什么固定的宗教，不曾有过宗教战争，也没有什么宗教裁判，这些鬼神问题便单纯的当作迷信办理，事情就简单得多了。过去的无鬼论虽然成绩不很好，但是尚容许各自主张，就是神灭论的时代，害得皇帝兼和尚的萧衍亲自出马辩论，但也不曾给范缜什么处分。若是在西洋，这无神论者的名称加在头上，就是不在中古时代，也就吃不消了。

第二辑

人与生命

少年壮年中年老年，各有他的时代，各有他的内容，不可互相侵犯，也不可颠倒错乱。最好的办法还是顺其自然，各得其所。

伟大的捕风

我最喜欢读《旧约》里的《传道书》。传道者劈头就说，"虚空的虚空"，接着又说道，"已有的事后必再有，已行的事后必再行。日光之下并无新事。"这都是使我很喜欢读的地方。

中国人平常有两种口号，一种是说人心不古，一种是无论什么东西都说古已有之。我偶读拉瓦尔（Lawall）的《药学四千年史》，其中说及世界现存的埃及古文书，有一卷是基督前2250年的写本（照中国算来大约是舜王爷登基的初年！）里边大发牢骚，说人心变坏，不及古时候的好云云，可见此乃是古今中外共通的意见，恐怕那天雨粟时夜哭的鬼的意思也是如此罢。不过这在我无从判断，所以只好不赞一词，而对于古已有之说则颇有同感，虽然如说潜艇即古之螺舟，轮船即隋炀帝之龙舟等类，也实在不敢恭维。我想，今有的事古必已有，说的未必对，若云已行的事后必再行，这似乎是无可疑的了。

世上的人都相信鬼，这就证明我所说的不错。普通鬼有两类。一是死鬼，即有人所谓幽灵也，人死之后所化，又可投生为人，轮回不息。二是活鬼，实在应称僵尸，从坟墓里再走到人间，《聊斋》里有好些他的故事。此二者以前都已知道，新近又有人发见一种，即梭罗古勃（Sologub）所说的"小鬼"，俗称当云遗传神君，比别的更是可怕了。易卜生在《群鬼》这本剧中，曾借了阿尔文夫人的口说道，"我觉得我们都是鬼。不但父母传下来的东西在我们身体里活着，并且各种陈旧的思想信仰这一类的东西也都存留在里头。虽然不是真正的活着，但是埋伏在内也是一样。我们永远不要想脱身。有时候我拿起张报纸来看，我眼里好像看见有许多鬼在两行字的夹缝中间爬着。世界上一定到处都有鬼。他们的数目就像沙粒一样的数不清楚。"（引用潘家洵先生译文）我们参照法国吕滂（Le Bon）的《民族发展之心理》，觉得这小鬼的存在是万无可疑，古人有什么守护天使，三尸神等话头，如照古已有之学说，这岂不就是一则很有趣味的笔记材料么？

无缘无故疑心同行的人是活鬼，或相信自己心里有小鬼，这不但是迷信之尤，简直是很有发疯的意思了。然而没有法子。只要稍能反省的朋友，对于世事略加省察，便会明白，现代中国上下的言行，都一行行地写在二十四史的鬼帐簿上面。画符，念咒，这岂不是上古的巫师，蛮荒的"药师"的勾当？但是他的生命实在是天壤无穷，在无论那一时代，还不是一样地在青年老年，公子女公子，诸色人等的口上指上乎？即如我胡乱写这篇东西，也何尝不是一种鬼画符之变相？只此一例足矣！

已有的事后必再有，已行的事后必再行，此人生之所以为虚空的虚空也欤？传道者之厌世盖无足怪。他说，"我又专心察明智慧狂妄和愚昧，乃知这也是捕风，因为多有智慧就多有愁烦，加增智识就加增忧伤"。话虽如此，对于虚空的唯一的办法其实还只有虚空之追迹，而对于狂妄与愚昧之察明乃是这虚无的世间第一有趣味的事，在这里我不得不和传道者的意见分歧了。勃阑特思（Brandes）批评弗罗倍尔（Flaubert）说他的性格是用两种分子合成，"对于愚蠢的火烈的憎恶，和对于艺术的无限的爱。这个憎爱，与凡有的憎恶一例，对于所憎恶者感到一种不可抗的牵引。各种形式的愚蠢，如愚行迷信自大不宽容都磁力似的吸引他，感发他。他不得不一件件的把他们描写出来。"我听说从前张献忠举行殿试，试得一位状元，十分宠爱，不到三天忽然又把他"收拾"了，说是因为实在"太心爱这小子"的缘故，就是平常人看见可爱的小孩或女人，也恨不得一口水吞下肚去，那么倒过来说，憎恶之极反而喜欢，原是可以，殆正如金圣叹说，留得三四癞疮，时呼热汤关门澡之，亦是不亦快哉之一也。

　　察明同类之狂妄和愚昧，与思索个人之老死病苦，一样是伟大的事业，积极的人可以当一种重大的工作，在消极的也不失为一种有趣的消遣。虚空尽由他虚空，知道他是虚空，而又偏去追迹，去察明，那么这是很有意义的，这实在可以当得起说是伟大的捕风。法儒巴思加耳（Pascal）在他的《感想录》

上曾经说过：

"人只是一根芦苇，世上最脆弱的东西，但他是一根会思想的芦苇。这不必要世间武装起来，才能毁坏他。只须一阵风，一滴水，便足以弄死他了。但即使宇宙害了他，人总比他的加害者还要高贵，因为他知道他是将要死了，知道宇宙的优胜，宇宙却一点不知道这些。"

民国十八年五月十三日写于北平

初　恋

　　那时我十四岁，她大约是十八岁罢。我跟着祖父的妾宋姨太太寄寓在杭州的花牌楼，间壁住着一家姚姓，她便是那家的女儿。她本姓杨，住在清波门头，大约因为行三，人家都称她作三姑娘。姚家老夫妇没有子女，便认她做干女儿，一个月里有二十多天住在他们家里。宋姨太太和远邻的羊肉店石家的媳妇虽然很说得来，与姚宅的老妇却感情很坏，彼此都不交口，但是三姑娘并不管这些事，仍旧推进门来游嬉，她大抵先到楼上去，和宋姨太太搭讪一回，随后走下楼来，站在我同仆人阮升公用的一张板桌旁边，抱着名叫"三花"的一只大猫，看我映写陆润庠的木刻的字帖。

　　我不曾和她谈过一句话，也不曾仔细的看过她的面貌与姿态。大约我在那时已经很是近视，但是还有一层缘故，虽然非意识的对于她很是感到亲近，一面却似乎为她的光辉所掩，开不起眼来去端详她了。在此刻回想起来，仿佛是一个尖面庞，乌眼睛，瘦小身材，而且有尖小的脚的少女，并没有什么殊胜的地方，但是在我的性的生活里总是第一个人，使我于自己以外感到对于别人的爱着，引起我没有明隙的性之概念的，对于异性的恋慕的第一个人了。

我在那时候当然是"丑小鸭",自己也是知道的,但是终不以此而减灭我的热情。每逢她抱着猫来看我写字,我便不自觉的振作起来,用了平常所无的努力去映写,感着一种无所希求的迷蒙的喜乐。并不问她是否爱我,或者也还不知道自己是爱着她,总之对于她的存在感到亲近喜悦,并且愿为她有所尽力,这是当时实在的心情,也是她所给我的赐物了。在她是怎样不能知道,自己的情绪大约只是淡淡的一种恋慕,始终没有想到男女关系的问题。有一天晚上,宋姨太太忽然又发表对于姚姓的憎恨,末了说道:

"阿三那小东西,也不是好货,将来总要流落到拱辰桥去做婊子的。"

我不很明白做婊子这些是什么事情,但当时听了心里想道:

"她如果真是流落做了,我必定去救她出来。"

大半年的光阴这样的消费过了。到了七八月里因为母亲生病,我便离开杭州回家去了。一个月以后,阮升告假回去,顺便到我家里,说起花牌楼的事情,说道,

"杨家的三姑娘患霍乱死了。"

我那时也很觉得不快,想像她的悲惨的死相,但同时却又似乎很是安静,仿佛心里有一块大石头已经放下了。

民国十一年九月

狗抓地毯

　　美国人摩耳（J. H. Moore）给某学校讲伦理学，首五讲是说动物与人之"蛮性的遗留"（Survival of Savage）的，经英国的唯理协会拿来单行出版，是一部很有趣味与实益的书。他将历来宗教家道德家聚讼不决的人间罪恶问题都归诸蛮性的遗留，以为只要知道狗抓地毯，便可了解一切。我家没有地毯，已故的老狗Ess是古稀年纪了，也没力气抓，但夏天寄住过的客犬Bona与Petty却真是每天咕哩咕哩地抓砖地，有些狗临睡还要打许多圈：这为什么缘故呢？据摩耳说，因为狗是狼变成的，在做狼的时候，不但没有地毯，连砖地都没得睡，终日奔走觅食，倦了随地卧倒，但是山林中都是杂草，非先把它搔爬践踏过不能睡上去；到了现在，有现成的地方可以高卧，用不着再操心了，但是老牌气还要发露出来，做那无聊的动作。在人间也有许多野蛮（或者还是禽兽）时代的习性留存着，本是已经无用或反而有害的东西了，惟有时仍要发动，于是成为罪恶，以及别的种种荒谬迷信的恶习。

　　这话的确是不错的。我看普通社会上对于事不干己的恋爱事件都抱有一种猛烈的憎恨，也正是蛮性的遗留之一证。这几天是冬季的创造期，正如小孩们所说门外的"狗也正在打仗"，我们家里的青儿大抵拖着尾巴回来，他的背上还负着好些的伤，都是先辈所给的惩创。人们同情于失恋者，或者可以说是出于扶弱的"义侠心"，至于憎恨得恋者的动机却没有这样正大堂皇，实在只是一种咬青儿的背脊的变相，实行禁欲的或放纵的生活的人特别要干涉"风化"，便是这个缘由了。

　　还有一层，野蛮人都有生殖崇拜的思想，这本来也没有什么可笑，只是他们把性的现象看得太神奇了，便生出许多古怪的风俗。萧来则博士的《金枝》（J. G. Frazer, *The Golden Bough*——我所有的只是一卷的节本。据五六年前的《东方杂志》说，这乃是二千年前希腊的古书，现在已经散逸云！）上讲过"种植上之性的影响"很是详细。（在所著 *Psyche's Task* 中亦举例甚多。）野蛮人觉得植物的生育的手续与人类的相同，所以相信用了性行为的仪式可以促进稻麦果实的繁衍。这种实例很多，在瓜哇还是如此，欧洲现在当然找不到同样的习惯了，但遗迹也还存在，如德国某地秋收的时候，割稻的男妇要同在地上打几个滚，即其一例。两性关系既有这样伟大的感应力，可以催追动植的长养，一面也就能够妨害或阻止自然的进行，所以有些部落那时又特别厉行禁欲，以为否则将使诸果不实，百草不长。社会反对别人的恋爱事件，即是这种思想的重现。虽然我们看出其中含有动物性的嫉妒，但还以对于性的迷信为重要分子，他们非意识地相信两性关系有左右天行的神力，非常习的恋爱必将引起社会的灾祸，殃及全群（现代语谓之败坏风化），事关身命，所以才有那样猛烈的憎恨。我们查看社会对于常习的结婚的态度，更可以明了上文所说的非谬。普通人对于性的问题都怀着不洁的观念，持斋修道的人更避忌新婚生产等的地方，以免触秽：大家知道，宗教上的污秽其实是神圣的一面，多岛海的不可译的术语"太步"（Tabu）一语，即表示此中的消息。因其含有神圣的法力，足以损害不能承受的人物，这才把他隔离，无论他是帝王，法师，或成年的女子，以免危险，或称之曰污秽，污秽神圣实是一物，或可统称为危险的力。社会喜欢管闲事，而于两性关系为最严厉，这是什么缘故呢？我们从蛮性的遗留上着眼，可以看出一部分出于动物求偶的本能，一部分出于野蛮人对于性的危验力的迷信。这种老祖宗的遗产，我们各人分有一份，很不容易出脱，但是借了科学的力量，知道一点实在情形，使理智可以随时自加警戒，当然有点好处。道德进步，并不靠迷信之加多而在于理性之清明，我们希望中国性道德的整饬，也就不希望训条的增加，只希望知识的解放与趣味的修养。科学之光与艺术之空气，几时才能侵入青年的心里，造成一种新的两性观念呢？我们鉴于所谓西方文明国的大势，若不是自信本国得天独厚，一时似乎没有什么希望。然而说也不能不姑且说说耳。

民国十三年十二月

上下身

戈丹的三个贤人，

坐在碗里去漂洋去。

他们的碗倘若牢些，

我的故事也要长些。

　　　　　——英国儿歌

　　人的肉体明明是一整个（虽然拿一把刀也可以把他切开来），背后从头颈到尾闾一条脊椎，前面从胸口到"丹田"一张肚皮，中间并无可以卸拆之处，而吾乡（别处的市民听了不必多心）的贤人必强分割之为上下身——大约是以肚脐为界。上下本是方向，没有什么不对，但他们在这里又应用了大义名分的大道理，于是上下变面为尊卑，邪正，净不净之分了：上身是体面绅士，下身是"该办的"下流社会。这种说法既合于圣道，那么当然是不会错的了，只是实行起来却有点为难。不必说要想拦腰的"关老爷一大刀"分个上下，就未免断送老命，固然断乎不可，即使在该办的范围内稍加割削，最端正的道学家也决不答应的。平常淋浴时候（幸而在贤人们这不很多），要备两条手巾两只盆两桶水，分洗两个阶级，稍一疏忽不是连上便是犯下，紊了尊卑之序，深于德化有妨，又或坐在高凳上打盹，跌了一个倒栽葱，更是本末倒置，大非佳兆了。由我们愚人看来，这实在是无事自扰，一个身子站起睡倒或是翻个筋斗，总是一个身子，并不如猪肉可以有里脊五花肉等之分，定出贵贱不同的价值来。吾乡贤人之所为，虽曰合于圣道，其亦古代蛮风之遗留欤。

有些人把生活也分作片段，仅想选取其中的几节，将不中意的梢头弃去。这种办法可以称之曰抽刀断水，挥剑斩云。生活中大抵包含饮食，恋爱，生育，工作，老死这几样事情。但是联结在一起，不是可以随便选取一二的。有人希望长生而不死，有人主张生存而禁欲，有人专为饮食而工作，有人又为工作而饮食，这都有点像想齐肚脐锯断，钉上一块底板，单把上半身保留起来。比较明白而过于正经的朋友会全盘承受而分别其等级，如走路是上等而睡觉是下等，吃饭是上等而饮酒喝茶是下等是也。我并不以为人可以终日睡觉或用茶酒代饭吃，然而我觉得睡觉或饮酒喝茶不是可以轻蔑的事，因为也是生活之一部分。百余年前日本有一个艺术家是精通茶道的，有一回去旅行，每到驿站必取出茶具，悠然的点起茶来自喝。有人规劝他说，行旅中何必如此，他答得好："行旅中难道不是生活么。"这样想的人才真能尊重并享乐他的生活。沛德（W. Pater）曾说，我们生活的目的不是经验之果而是经验本身。正经的人们只把一件事当作正经生活，其余的如不是不得已的坏癖气是可有可无的附属物罢了：程度虽不同，这与吾乡贤人之单尊重上身（其实是，不必细说，正是相反），乃正属同一种类也。

戈丹（Gotham）地方的故事恐怕说来很长，这只是其中的一两节而已。

民国十四年二月

与友人论性道德书

雨村兄：

　　长久没有通信，实在因为太托熟了，况且彼此都是好事之徒，一个月里总有几篇文字在报纸上发表，看了也抵得过谈天，所以觉得别无写在八行书上之必要。但是也有几句话，关于《妇人杂志》的，早想对你说说，这大约是因为懒，拖延至今未曾下笔，今天又想到了，便写这一封信寄给你。

　　我如要称赞你，说你的《妇人杂志》办得好，即使是真话也总有后台喝彩的嫌疑，那是我所不愿意说的，现在却是别的有点近于不满的意见，似乎不妨一说。你的恋爱至上的主张，我仿佛能够理解而且赞同，但是觉得你的《妇人杂志》办得不好——因为这种杂志不是登载那样思想的东西。《妇人杂志》我知道是营业性质的，营业与思想——而且又是恋爱，差的多么远！我们要谈思想，三五个人自费赔本地来发表是可以的，然而在营业性质的刊物上，何况又是The LADY'S Journal……那是期期以为不可。我们要知道，营业与真理，职务与主张，都是断乎不可混同，你却是太老实地"借别人的酒杯浇自己的块垒"，虽不愧为忠实的妇女问题研究者，却不能算是一个好编辑员了。所以我现在想忠告你一声，请你留下那些"过激"的"不道德"的两性伦理主张预备登在自己的刊物上，另外重新依据营业精神去办公家的杂志，千万不要再谈为LADIES and gentlemen所不喜的恋爱；我想最好是多登什么做鸡蛋糕布丁杏仁茶之类的方法以及刺绣裁缝梳头束胸捷诀，——或者调查一点缠脚法以备日后需要时登载尤佳。《白话丛书》里的《女诫注释》此刻还可采取转录，将来读经潮流自北而南的时候自然应该改登《女儿经》了。这个时代之来一定不会很迟，未雨绸缪现在正是时候，不可错过。这种杂志青年男女爱读与否虽未敢预言，但一定很中那些有权威的老爷们的意，待多买几本留着给孙女们读，销路不愁不广。即使不说销路，跟着圣贤和大众走总是不会有过失的，纵或不能说有功于世道人心而得到褒扬。总之我希望你划清界限，把气力卖给别人，把心思自己留起，这是酬世锦囊里的一条妙计，如能应用，消灾纳福，效验有如《波罗密多心咒》。

然而我也不能赞成你太热心地发挥你的主张，即使是在自办的刊物上面。我实在可叹，是一个很缺少"热狂"的人，我的言论多少都有点游戏态度。我也喜欢弄一点过激的思想，拨草寻蛇地去向道学家寻事，但是如法国拉勃来（Rabelais）那样只是到"要被火烤了为止"，未必有殉道的决心。好像是小孩踢球，觉得是颇愉快的事，但本不期望踢出什么东西来。踢到倦了也就停止，并不预备一直踢到把腿都踢折，——踢折之后岂不还只是一个球么？我们发表些关于两性伦理的意见也只是自己要说，难道就希冀能够于最近的或最远的将来发生什么效力？耶稣，孔丘，释迦，梭格拉底的话，究竟于世间有多大影响，我不能确说，其结果恐不过自己这样说了觉得满足，后人读了觉得满足——或不满足，如是而已。我并非绝对不信进步之说，但不相信能够急速而且完全地进步；我觉得世界无论变到那个样子，争斗，杀伤，私通，离婚这些事总是不会绝迹的。我们的高远的理想境到底只是我们心中独自娱乐的影片，为了这种理想，我也愿出力，但是现在还不想拼命。我未尝不想志士似的高唱牺牲，劝你奋斗到底，但老实说我惭愧不是志士，不好以自己所不能的转劝别人，所以我所能够劝你的只是不要太热心，以致被道学家们所烤。最好是望见白炉子留心点，暂时不要走近前去，当然也不可就改入白炉子党，——白炉子的烟稍淡的时候仍旧继续做自己的工作，千万不要一下子就被"烤"得如翠鸟牌香烟。我也知道如有人肯拼出他的头皮，直向白炉子的口里钻，或者也可以把他掀翻；不过，我重复地说，自己还拼不出，不好意思坐在交椅里乱嚷，这一层要请你原谅。

上礼拜六晚写到这里，夜中我们的小女儿忽患急病，整整地忙了三日，现在虽然医生声明危险已过，但还需要十分慎重的看护，所以我也还没有执笔的工夫，不过这封信总得寄出了，不能不结束一句。总之，我劝你少发在中国是尚早的性道德论，理由就是如上边所说，至于青年黄年之误会或利用那都是不成问题。这一层我不暇说了，只把陈仲甫先生1921年所说的话（《新青年》随感录一一七）抄一部分在后面：

青年底误会

"教学者如扶醉人，扶得东来西又倒。"现代青年底误解，也和醉人一般。……你说婚姻要自由，他就专门把写情书寻异性朋友做日常重要的功课。……你说要脱离家庭压制，他就抛弃年老无依的母亲。你说要提倡社会主义共产主义，他就悍然以为大家朋友应该养活他。你说青年要有自尊底精神，他就目空一切，妄自尊大，不受善言了……

你看，这有什么办法，除了不理它之外？不然你就是只讲做鸡蛋糕，恐怕他们也会误解了，吃鸡蛋糕吃成胃病呢！匆匆不能多写了，改日再谈。

民国十四年四月十七日，署名。

蔼理斯的话

蔼理斯（Havelock Ellis）是我所最佩服的一个思想家，但是他的生平我不很知道，只看他自己说十五岁时初读斯温朋（Swinburne）的《日出前之歌》，计算大约生于一八五六年顷。我最初所见的是他的《新精神》，系《司各得丛书》之一，价一先令，近来收在美国的《现代丛书》里。其次是《随感录》及《断言》。这三种都是关于文艺思想的批评，此外有两性，犯罪，以及梦之研究，是专门的著述，都处处有他的对于文化之明智的批判，也是很可贵的。但其最大著作总要算是那六册的《性的心理研究》。这种精密的研究或者也还有别人能做，至于那样宽广的眼光，深厚的思想，实在是极不易得。我们对于这些学问原是外行人，但看了他的言论，得到不少利益，在我个人总可以确说，要比各种经典集合起来所给的更多。但是这样的思想，在道学家的群众面前，不特难被理解，而且当然还要受到迫害，所以这研究的第一卷出版，即被英国政府禁止发卖，后来改由美国的一个医学书局发行，才算能够出版。这部大著当然不是青年的读物，唯在常识完具的成人，看了必有好处；道学家在中国的流毒并不小于英国的清教思想，所以健全思想之养成是切要的事。

蔼理斯排斥宗教的禁欲主义，但以为禁欲亦是人性之一分子，欢乐与节制二者并存，且不相反而实相成；人有禁欲的倾向，即所以防欢乐的过量，并即以增欢乐的程度。他在《圣芳济与其他》一篇论文中曾说，"有人以此二者（即禁欲与耽溺）之一为其生活的唯一目的者，其人将在尚未生活之前早已死了。有人先将其一推至极端，再转而之他，其人才真能了解人生是什么，日后将被记念为模范的圣徒。但是始终尊重这二重理想者，那才是知生活法的明智的大师。一切生活是一个建设与破坏，一个取进与付出，一个永远的构成作用与分解作用的循环。要正当地生活，我们须得模仿大自然的豪华与其严肃。"他在上边又曾说道，"生活之艺术，其方法只在于微妙地混和取与舍二者而已，"很能简明的说出这个意思。

在《性的心理研究》第六卷跋文末尾有这两节话："有些人将以我的意见为太保守，有些人以为太偏激。世上总常有人很热心的想攀住过去，也常有人热心的想攫得他们所想象的未来。但是明智的人，站在二者之间，能同情于他们，却知道我们是永远在于过渡时代。在无论何时，现在只是一个交点，为过去与未来相遇之处，我们对于二者都不能有什么争向。不能有世界而无传统，亦不能有生命而无活动。正如赫拉克来多思（Herakleitus）在现代哲学的初期所说，我们不能在同一川流中入浴二次，虽然如我们在今日所知，川流仍是不断的回流。没有一刻无新的晨光在地上，也没有一刻不见日没。最好是闲

96

静地招呼那熹微的晨光，不必忙乱的奔向前去，也不要对于落日忘记感谢那曾为晨光之垂死的光明。"

"在道德的世界上，我们自己是那光明使者，那宇宙的顺程即实现在我们身上。在一个短时间内，如我们愿意，我们可以用了光明去照我们路程的周围的黑暗。正如在古代火炬竞走——这在路克勒丢思（Lucretius）看来似是一切生活的象征——里一样，我们手里持炬，沿着道路奔向前去。不久就要有人从后面来，追上我们。我们所有的技巧，便在怎样的将那光明固定的炬火递在他的手内，我们自己就隐没到黑暗里去。"

这两节话我最喜欢，觉得是一种很好的人生观。《现代丛书》本的《新精神》卷首，即以此为题词，（不过第一节略短些，）或者说是蔼理斯的代表思想亦无不可。最近在《人生之舞蹈》的序里也有相类的话，大意云，赫拉克来多思云人不能在同一川流中入浴二次，但我们实在不得不承认一连续的河流，有同一的方向与形状。关于河中的常变不住的浴者，也可以同样的说。"因此，世界不但有变化，亦有统一，多之差异与一之固定保其平均。此所以生活必为舞蹈，因为舞蹈正是这样：永久的微微变化的动作，而与全体的形状仍不相乖忤。"

（上边的话，有说的不很清楚的地方，由于译文词不达意之故，其责全在译者。）

民国十三年二月

承张崧年君指示，知道蔼理斯是一八五九年生的，特补注于此。

民国十四年十月

家之上下四旁

　　《论语》这一次所出的课题是"家"，我也是考生之一，见了不禁着急，不怨自己的肚子空虚得很，只恨考官促狭，出这样难题目来难人，的确这比前回的"鬼"要难做得多了，因为鬼是与我们没有关系的，虽然普通总说人死为鬼，我却不相信自己会得变鬼，将来有朝一日即使死了也总不想到鬼门关里去，所以随意谈论谈论也还无妨。若是家，那是人人都有的，除非是不打诳话的出家人，这种人现在大约也是绝无仅有了，现代的和尚热心于国大选举，比我们还要积极，如我所认识的绍兴阿毛师父自述，他们的家也比我们为多，即有父家妻家与寺家三者是也。总而言之，无论在家出家，总离不开家，那么家之与我们可以说，关系深极了，因为关系如此之深，所以要谈就大不容易。赋得家是个难题，我在这里就无妨坚决地把他宣布了。

　　话虽如此，既然接了这个题目，总不能交白卷了事，无论如何须得做他一做才行。忽然记起张宗子的一篇《岱志》来，第一节中有云：

故余之志岱，非志岱也。木华作《海赋》，曰，胡不于海之上下四旁言之。余不能言岱，亦言岱之上下四旁已耳。

但是抄了之后，又想道，且住，家之上下四旁有可说的么？我一时也回答不来。忽然又拿起刚从地摊买来的一本《醒闺编》来看，这是二十篇训女的韵文，每行分三三七共三句十三字，题目西园廖免骄编。首篇第三叶上有这几行云：

犯小事，由你说，倘犯忤逆推不脱。
有碑文，你未见，湖北有个汉川县。
邓汉祯，是秀才，配妻黄氏恶如豺。
打婆婆，报了官，事出乾隆五十三。
将夫妇，问剐罪，拖累左邻与右舍。
那邻里，最惨伤，先打后充黑龙江。
那族长，伯叔兄，有问绞来有问充。
后家娘，留省城，当面刺字充四门。
那学官，革了职，流徙三千杖六十。
坐的土，掘三尺，永不准人再筑室。
将夫妇，解回城，凌迟碎剐晓谕人。
命总督，刻碑文，后有不孝照样行。

我再翻看前后，果然在卷首看见"遵录湖北碑文"，文云：

乾隆五十三年正月奉　上谕：朕以孝治天下，海澨山陬无不一道同风。据湖北总督疏称汉川县生员邓汉祯之妻黄氏以辱母殴姑一案，朕思不孝之罪别无可加，唯有剥皮示众。左右邻居隐匿不报，律杖八十，乌龙江充军。族长伯叔兄等不教训子侄，亦议绞罪。教官并不训诲，杖六十，流徙三千里。知县知府不知究治，罢职为民，子孙永不许入仕。黄氏之母当面刺字，留省四门充军。汉祯之家掘土三尺，永不许居住。汉祯之母仰湖北布政使司每月给米银二两，仍将汉祯夫妇发回汉川县对母剥皮示众。仰湖北总督严刻碑文，晓谕天下，后有不孝之徒，照汉祯夫妇治罪。

我看了这篇碑文，立刻发生好几个感想。第一是看见"朕以孝治天下"这一句，心想这不是家之上下四旁么，找到了可谈的材料了。第二是不知道这碑在那里，还存在么，可惜弄不到拓本来一看。第三是发生"一丁点儿"的怀疑。这碑文是真的么？我没有工夫去查官书，证实这汉川县的忤逆案，只就文字上说，就许多破绽。十全老人的汉文的确欠亨的地方，但这种谕旨既已写了五十年，也总不至于还写得不合格式。我们难保皇帝不要剥人家的皮，在清初也确实有过，但乾隆时有这事么，有点将信将疑。看文章很有点像是老学究的手笔，虽然老学究不见得敢于假造上谕——这种事情直到光绪末革命党才会做出来，而且文句也仍旧造得不妥帖。但是无论如何，或乾隆五十三年真有此事，或是出于士大夫的捏造，都是同样的有价值，总之足以证明社会上有此种意思，即不孝应剥皮是也。从前翻阅阮云台的《广陵诗事》，在卷九有谈逆妇变猪的一则云：

> 宝应成安若康保《皖游集》载，太平寺中一豕现妇人足，弓样宛然，（案，此实乃妇人现豕足耳。）同游诧为异，余笑而解之曰，此必妒妇后身也，人彘之冤今得平反矣，因成一律，以《偶见》命题云。忆元幼时间林庚泉云，曾见某处一妇不孝其姑遭雷击，身变为彘，唯头为人，后脚犹弓样焉，越年余复为雷殛死。始意为不经之谈，今见安若此诗，觉天地之大事变之奇，真难于恒情度也。惜安若不向寺僧究其故而书之。

阮君本非俗物，于考据词章之学也有成就，今记录此等恶滥故事，未免可笑，我抄了下来，当作确实材料，用以证此种思想之普遍，无雅俗之分也。翻个转面就是勤孝，最重要的是大家都知道的《二十四孝图》说，这里边固然也有比较容易办的，如扇枕席之类，不过大抵都很难，例如喂蚊子，有些又难得有机会，一定要凑巧冬天生病，才可以找寻鱼或笋，否则终是徒然。最成问题的是郭巨埋儿掘得黄金一釜，这件事古今有人怀疑。偶看尺牍，见朱荫培著《芸香阁》《尺一书》（道光年刊）卷二有《致顾仲懿》书云：

> 所论岳武穆何不直捣黄龙，再请违旨之罪，知非正论，姑作快论，得足下引春秋大义辨之，所谓天王明圣臣罪当诛，纯臣之心惟知有君也。前春原稽丈评弟郭巨埋儿辨云，惟其愚之至，是以孝之至，事异论同，皆可补芸香一时妄论之失。

以我看来，颐稽二公同是妄论，纯是道学家不讲情理的门面话，但是社会上却极有势力，所以这就不妨说是中国的舆论，其主张与朕以孝治天下盖全是一致。从这劝与戒两方面看来，孝为百行先的教条那是确实无疑的了。

现在的问题是，这在近代的家庭中如何实行？老实说，仿造的二十四孝早已不见得有，近来是资本主义的时代，神道不再管事，奇迹难得出现，没有纸票休想得到笋和鱼，世上一切都已平凡现实化了。太史公曰，伤哉贫也，生无以为养，死无以为葬也。这就明白的说明尽孝的难处。对于孝这个字想要说点闲话，实在很不容易。中国平常通称忠孝节义，四者之中只有义还可以商量，其他三德分属三纲，都是既得权利，不容妄言有所侵犯。昔者，施存统著《非孝》，而陈仲甫顶了缸，至今读经尊孔的朋友犹津津乐道，谓其曾发表万恶孝为首的格言，而林琴南孝廉又拉了孔北海的话来胡缠，其实《独秀文存》具在，中间原无此言也。我写到这里殊不能无戒心，但展侧一想，余行年五十有几矣，如依照中国早婚的习惯，已可以有曾孙矣，余不敏今仅以父亲的资格论孝，虽固不及曾祖之阔气，但资格则已有了矣。以余观之，现代的儿子对于我们殊可不必再尽孝，何也，盖生活艰难，儿子们第一要维持其生活于出学校之后，上有对于国家的义务，下有对于子女的责任，如要衣食饱暖，成为一个贤父良夫好公民，已大须努力，或已力有不及，若更欲彩衣弄雏，鼎烹进食，势非贴公务亏公款不可，一朝捉将官里去，岂非饮鸩止渴，为之老太爷老太太者亦有何快乐耶。鄙意父母养育子女实止是还自然之债。此意与英语中所有者不同，须引《笑林》疏通证明之。有人见友急奔走，问何事匆忙，答云，二十年前欠下一笔债，即日须偿。再问何债，曰，实是小女明日出嫁。此是笑话，却非戏语。男子生而愿为之有室，女子生而愿为之有家，即此意也。自然无言，生物的行为乃其代言也，人虽灵长亦自不能出此民法外耳。债务既了而情谊长存，此生物亦有之，而于人为特显著，斯其所以为灵长也欤。我想五伦中以朋友之义为最高，母子男女的关系所以由本能而造于伦理者，岂不以此故乎。有富人父子不和，子甚倔强，父乃语之曰，他事即不论，尔我共处二十余年，亦是老朋友了，何必再闹意气。此事虽然滑稽，此语却很有意思。我便希望儿子们对于父母以最老的老朋友相处耳，不必再长跪请老太太加餐或受训诫，但相见怡怡，不至于疾言厉色，便已大佳。这本不是石破天惊的什么新发明，世上有些国土也就是这样做着，不过中国不承认，因为他是喜唱正调的。凡唱高调的亦并不能行低调，那是一定的道理。吾乡民间有目连戏，本是宗教剧而富于滑稽的插话，遂成为真正的老百姓的喜剧，其中有《张蛮打爹》一段，蛮爹对众说白有云：

现在真不成世界了，从前我打爹的时候爹逃就算了，现在我逃了他还要追着打哩。

这就老百姓的"犯话"，所谓犯话者盖即经验之谈，从事实中"犯"出来的格言，其精锐而讨人嫌处不下于李耳与伊索，因为他往往不留情面的把政教道德的西洋镜戳穿也。在士大夫家中，案头放着《二十四孝》和《太上感应篇》，父亲乃由暴君降级欲求为老朋友而不可得，此等事数见不鲜，亦不复讳，亦无可讳，恰似理论事实原是二重真理可以并存也者，不佞非读经尊孔人却也闻之骇然，但亦不无所得，现代的父子关系以老朋友为极则，此项发明实即在那时候所得到者也。

上边所说的一番话，看似平常，实在我也是很替老年人打算的。父母少壮时能够自己照顾，而且他们那时还要照顾子女呢，所以不成什么问题。成问题的是在老年，这不但是衣食等事，重要的还是老年的孤独。儿子阔了有名了，往往在书桌上留下一部《百孝图说》，给老人家消遣，自己率领宠妾到洋场官场里为国民谋幸福去了。假如那老头子是个希有的明达人，那么这倒也还没有什么。如曹庭栋在《老老恒言》卷二中所说。

世情世态，阅历久看应烂熟，心衰面改，老更奚求。谚曰：求人不如求己。呼牛呼马，亦可由人，毋少介意。少介意便生忿，忿便伤肝，于人何损，徒损乎己耳。

少年热闹之场非其类则弗亲，苟不见几知退，取憎而已。至与二三老友相对闲谈，偶闻世事，不必论是非，不必较长短，慎尔出话，亦所以定心气。

又沈赤然著《寒夜丛谈》卷一有一则云：

膝前林立，可喜也，虽不能必其皆贤，必其皆寿也。金钱山积，可喜也，然营田宅劳我心，筹婚嫁劳我心，防盗贼水火又劳我心矣。黄发台背，可喜也，然心则健忘，耳则重听，举动则须扶持，有不为子孙厌之，奴婢欺之，外人侮之者乎。故曰，多男子则多惧，富则多事，寿则多辱。

　　如能像二君的达观，那么一切事都好办，可惜千百人中不能得一，所以这就成为问题。社会上既然尚无国立养老院，本各尽所能各取所需的原则，对于已替社会做过相当工作的老年加以收养，衣食住药以至娱乐都充分供给，则自不能不托付于老朋友矣——这里不说子孙而必戏称老朋友者，非戏也，以言子孙似专重义务，朋友则重在情感，而养老又以消除其老年的孤独为要，唯用老朋友法可以做到，即古之养志也。虽然，不佞不续编《二十四孝》，而实际上这老朋友的孝亦大不容易，恐怕终亦不免为一种理想，不违反人情物理，不压迫青年，亦不委屈老年。颇合于中庸之道，比皇帝与道学家的意见要好得多了，而实现之难或与二十四孝不相上下，亦未可知。何也？盖中国家族关系唯以名分，以利害，而不以情义相维系也，亦已久矣。闻昔有龚橙自号半伦，以其只有一妾也，中国家庭之情形何如固然一言难尽，但其不为龚君所笑者殆几希矣。家之上下四旁如只有半伦，欲求朋友于父子之间又岂可得了。

〔附记〕

　　关于汉川县一案，我觉得乾隆皇帝（假如是他），处
　　分得最妙的是那邓老太太。当着她老人家的面把儿子媳妇
　　都剥了皮，剩下她一个孤老，虽是每月领到了藩台衙门的

二两银子，也没有家可住，因为这掘成一个茅厕坑了，走上街去，难免遇见黄宅亲家母面上刺着行金印，在那里看守城门，彼此都很难为情。教官族长都因为不能训诲问了重罪，那么邓老太太似乎也同一罪名，或者那样处分也就是这意思吧。甚矣皇帝与道学家之不测也，吾辈以常情推测，殊不能知共万一也。

民国廿五年十月十八日记

中　年

虽然四川开县有二百五十岁的胡老人，普通还只是说人生百年。其实这也还是最大的整数，若是人民平均有四五十岁的寿，那已经可以登入祥瑞志，说什么寿星见了。我们乡间称三十六岁为本寿，这时候死了，虽不能说寿考，也就不是夭折。这种说法我觉得颇有意思。日本兼好法师曾说，"即使长命，在四十以内死了最为得体，"虽然未免性急一点，却也有几分道理。

孔子曰，"四十而不惑。"吾友某君则云，人到了四十岁便可以枪毙。两样相反的话，实在原是盾的两面。合而言之，若曰，四十可以不惑，但也可以不不惑，那么，那时就是枪毙了也不足惜云尔。平常中年以后的人大抵胡涂荒谬的多，正如兼好法师所说，过了这个年纪，便将忘记自己的老丑。想在人群中胡混，执著人生，私欲益深，人情物理都不复了解，"至可叹息"是也。不过因为怕献老丑，便想得体地死掉，那也似乎可以不必。为什么呢？假如能够知道这些事情，就很有不惑的希望，让他多活几年也不碍事。所以在原则上我虽赞成兼好法师的话，但觉得实际上还可稍加斟酌，这倒未必全是为自己道地，想大家都可见谅的罢。

　　我决不敢相信自己是不惑，虽然岁月是过了不惑之年好久了，但是我总想努力不至于不不惑，不要人情物理都不了解。本来人生是一贯的，其中却分几个段落，如童年，少年，中年，老年，各有意义，都不容空过。譬如少年时代是浪漫的，中年是理智的时代，到了老年差不多可以说是待死堂的生活罢。然而中国凡事是颠倒错乱的，往往少年老成，摆出道学家超人志士的模样，中年以来重新来秋冬行春令，大讲其恋爱等等，这样地跟着青年跑，或者可以免于落伍之讥，实在犹如将昼作夜，"拽直照原"，只落得不见日光而见月亮，未始没有好些危险。我想最好还是顺其自然，六十过后虽不必急做寿衣，唯一只脚确已踏在坟里，亦无庸再去请斯坦那赫博士结扎生殖腺了，至于恋爱则在中年以前应该毕业，以后便可应用经验与理性去观察人情与物理，即使在市街坡斗或示威运动的队伍里少了一个人，实在也有益无损，因为后起的青年自然会去补充，（这是说假如少年不是都老成化了，不在那里做各种八股，）而别一队伍里也就多了一个人，有如退伍兵去研究动物学，反正于参谋本部的作战计划并无什么妨害的。

　　话虽如此，在这个当儿要使它不发生乱调，实在是不大容易的事。世间称四十左右曰危险时期，对于名利，特别是色，时常露出好些丑态，这是人类的弱点，原也有可以容忍的地方。但是可容忍与可佩服是绝不相同的事情，尤其是无惭愧地，得意似地那样做，还仿佛是我们的模范似地那样做，那么容忍也还是我们从数十年的世故中来最大的应许，若鼓吹护持似乎可以无须了罢。我们少年时浪漫地崇拜好许多英雄，到了中年再一回顾，那些旧日的英雄，无论是道学家或超人志士，此时也都是老年中年了，差不多尽数地不是显出泥脸便即露出羊脚，给我们一个不客气的幻灭。这有什么办法呢？自然太太的计划谁也难违拗它。风水与流年也好，遗传与环境也好，总之是说明这个的可怕。这样说来，得体地活着这件事或者比得体地死要难得多，假如我们过了四十却还能平凡地生活，虽不见得怎么得体，也不至于怎样出丑，这实在要算是侥天之幸，不能不知所感谢了。

人是动物，这一句老实话，自人类发生以至地球毁灭，永久是实实在在的，但在我们人类则须经过相当年龄才能明白承认。所谓动物，可以含有科学家一视同仁的"生物"与儒教徒骂人的"禽兽"这两种意思，所以对于这一句话人们也可以有两样态度。其一，以为既同禽兽，便异圣贤，因感不满，以至悲观。其二，呼铲曰铲，本无不当，听之可也。我可以说就是这样地想，但是附加一点，有时要去纵核名实言行，加以批评。本来棘皮动物不会肤如凝脂，怒毛上指栋的猫不打着呼噜，原是一定的理，毋庸怎么考核，无如人这动物是会说话的，可以自称什么家或主唱某主义等，这都是别的众生所没有的。我们如有闲一点儿，免不得要注意及此。譬如普通男女私情我们可以不管，但如见一个社会栋梁高谈女权或社会改革，却照例纳妾等等，那有如无产首领浸在高贵的温泉里命令大众冲锋，未免可笑，觉得这动物有点变质了。我想文明社会上道德的管束应该很宽，但应该要求诚实，言行不一致是一种大欺诈，大家应该留心不要上当。我想，我们与其伪善还不如真恶，真恶还是要负责任，冒危险。

我这些意思恐怕都很有老朽的气味，这也是没有法的事情。年纪一年年的增多，有如走路一站站的过去，所见既多，对于从前的意见自然多少要加以修改。这是得呢失呢，我不能说。不过，走着路专为贪看人物风景，不复去访求奇遇，所以或者比较地看得平静仔细一点也未可知。然而这又怎么能够自信呢？

民国十九年三月

老　年

　　偶读《风俗文选》，见有松尾芭蕉所著《闭关辞》一篇，觉得很有意思，译其大意云：

　　"色者君子所憎，佛亦列此于五戒之首，但是到底难以割舍，不幸而落于情障者，亦复所在多有。有如独卧人所不知的藏部山梅树之下，意外地染了花香，若忍冈之眼目关无人守者，其造成若何错误亦正难言耳。因渔妇波上之枕而湿其衣袖，破家失身，前例虽亦甚多，唯以视老后犹复贪恋前途，苦其心神于钱米之中，物理人情都不了解，则其罪尚大可恕也。人生七十世称稀有，一生之盛时乃仅二十余年而已。初老之至，有如一梦。五十六十渐就颓龄，衰朽可叹，而黄昏即寝，黎明而起，觉醒之时所思惟者乃只在有所贪得。愚者多思，烦恼增长，有一艺之长者亦长于是非。以此为渡世之业，在贪欲魔界中使心怒发，溺于沟洫，不能善遂其生。南华老仙破除利害，忘却老少，但令有闲，为老后乐，斯知言哉。人来则有无用之辩，外出则妨他人之事业，亦以为憾。孙敬闭户，杜五郎锁门，以无友为友，以贫为富，庶乎其可也。五十顽夫，书此自戒。

"朝颜花呀，白昼还是下锁的门的围墙。"

末行是十七字的小诗，今称俳句，意云早晨看初开的牵牛花或者出来一走，平时便总是关着门罢了。芭蕉为日本"俳谐"大师，诗文传世甚多，这一篇俳文作于元禄五年（1693），芭蕉年四十九，两年后他就去世了。文中多用典故或双关暗射，难于移译，今只存意思，因为我觉得有趣味的地方也就是芭蕉的意见，特别是对于色欲和老年的两件事。芭蕉本是武士后来出家，但他毕竟还是诗人，所以他的态度很是温厚，他尊重老年的纯净，却又宽恕恋爱的错误，以为比较老不安分的要好得多，这是很难得的高见达识。这里令人想起本来也是武士后来出家的兼好法师来。兼好所著《徒然草》共二百四十三段，我曾经译出十四篇，论及女色有云：

"惑乱世人之心者莫过于色欲。人心真是愚物：色香原是假的，但衣服如经过熏色，虽明知其故，而一闻妙香，必会心动。相传久米仙人见浣女胫白，失其神通，实在女人的手足肌肤艳美肥泽，与别的颜色不同。这也是至有道理的话。"本来诃欲之文出于好色，劝戒故事近于淫书，亦是常事，但那样明说色虽可憎而实可爱，殊有趣味，正可见老和尚不打诳语也。此外同类的话尚多，但最有意思的还是那顶有名的关于老年的一篇：

"倘仇野之露没有消时，鸟部山之烟也无起时，人生能够常住不灭，恐世间将更无趣味。人世无常，倒正是很妙的事罢。

"遍观有生，唯人最长生。蜉蝣及夕而死，蟪蛄不知春秋。倘若优游度日，则一岁的光阴也就很是长闲了。如不知厌足，虽历千年亦不过一夜的梦罢。在不能常住的世间活到老丑，有什么意思？语云，寿则多辱。即使长命，在四十以内死了最为得体。过了这个年纪便将忘记自己的老丑，想在人群中胡混，到了暮年还溺爱子孙，希冀长寿得见他们的繁荣，执着人生，私欲益深，人情物理都不复了解，至可叹息。"兼好法师生于日本南北朝（1332—1392）的前半，遭逢乱世，故其思想或倾于悲观，芭蕉的元禄时代正是德川幕府的盛时，而诗文亦以枯寂为主，可知二人之基调盖由于趣味性的相似，汇合儒释，或再加一点庄老，亦是一种类似之点。中国文人中想找这样的人殊不易得，六朝的颜之推可以算是一个了，他的《家训》也很可喜，不过一时还抄不出这样一段文章来。倒是降而求之于明末清初却见到一位，这便是阳曲傅青主。在山阳丁氏刻《霜红龛集》卷三十六杂记中有一条云：

"老人与少时心情绝不相同，除了读书静坐如何过得日子。极知此是暮气，然随缘随尽，听其自然，若更勉强向世味上浓一番，恐添一层罪过。"青主也是兼通儒释的，他又自称治庄列者。所以他的意见很是通达。其实只有略得一家的皮毛的人才真是固陋不通。若是深入便大抵会通达到相似的地方。如陶渊明的思想总是儒家的，但《神释》末云：

"甚念伤吾生，正宜委运去。纵浪大化中，不喜亦不惧。应尽便须尽，无复独多虑。"颇与二氏相近，毫无道学家方巾气，青主的所谓暮气实在也即从此中出也。

专谈老年生活的书我只见过乾隆时慈山居士所著的《老老恒言》五卷，望云仙馆重刊本。曹庭栋著书此外尚多，我只有一部《逸语》，原刻甚佳，意云论语逸文也。《老老恒言》里的意思与文章都很好，只可惜多是讲实用的，少发议论，所以不大有可以抄录的地方。但如下列诸节亦复佳妙，卷二"省心"项下云：

"凡人心有所欲，往往形诸梦寐，此妄想或乱之确证。老年人多般涉猎过来，其为可娱可乐之事滋味不过如斯，追忆间亦同梦境矣。故妄想不可有，并不必有，心逸则日休也。"又卷一"饮食"项下云：

"应璩三叟诗云，三叟前致辞，量腹节所受。量腹二字最妙，或多或少非他人所知，须自己审量。节者，今日如此，明日亦如此，宁少无多。又古诗云，努力加餐饭。老年人不减足矣，加则必扰胃气。况努力定觉勉强，纵使一餐可加，后必不继，奚益焉。"我尝可惜李笠翁《闲情偶寄》中不谈到老年，以为必当有妙语，或较随园更有理解亦未可知，及见《老老恒言》觉得可以补此缺恨了。曹君此书前二卷详晨昏动定之宜，次二卷列居处备用之要，末附粥谱一卷，娓娓陈说，极有胜解，与《闲情偶寄》殆可谓异曲而同工也。关于老年虽无理论可供誊录，但实不愧为一奇书，凡不讳言人有生老病死苦者不妨去一翻阅，即作闲书看看亦可也。

民国廿四年十二月十一日，于北平。

两个鬼

在我们的心头住着Du Daimone，可以说是两个——鬼。我踌躇着说鬼，因为他们并不是人死所化的鬼，也不是宗教上的魔，善神与恶神，善天使与恶天使。他们或者应该说是一种神，但这似乎太尊严一点了，所以还是委屈他们一点称之曰鬼。

这两个是什么呢？其一是绅士鬼，其二是流氓鬼。据王学的朋友说人是有什么良知的，教士说有灵魂，维持公理的学者们也说凭着良心，但我觉得似乎都没有这些，有的只是那两个鬼，在那里指挥我的一切的言行。这是一种双头政治，而两个执政还是意见不甚协和的，我却像一个钟摆在这中间摇着。有时候流氓占了优势，我便跟了他去彷徨，什么大街小巷的一切隐密无不知悉，酗酒，斗殴，辱骂，都不是做不来的，我简直可以成为一个精神上的"破脚骨"。但是在我将真正撒野，如流氓之"开天堂"等的时候，绅士大抵就出来高叫"带住，着即带住！"说也奇怪，流氓平时不怕绅士，到得他将要撒野，一听绅士的吆喝，不知怎的立刻一溜烟地走了。可是他并不走远，只在弄头弄尾探望，他看绅士领了我走，学习对淑女们的谈吐与仪容，渐渐地由说漂亮话而进于摆臭架子，于是他又赶出来大骂道，"Nohk oh dausangtzr keh niargsaeh, fiaulctōng tserntseuzeh doodzang kaeh moavaeh toang yuachu!"（案此流氓文大半有音无字。故今用拼音，文句也不能直译，大意是说"你这混帐东西，不要臭美，肉麻当作有趣。"）这一下之子，棋又全盘翻过来了。而流氓专政即此渐渐地开始。

诺威的巨人易卜生有一句格言曰，"全或无。"诸事都应该彻底才好，那么我似乎最好是去投靠一面，"以身报国"似的做去，必有发达之一日，一句话说，就是如不能做"受路足"的无赖便当学为水平线上的乡绅。不过我大约不能够这样做。我对于两者都有点舍不得，我爱绅士的态度与流氓的精神。绅士不肯"叫一个铲子是铲子"，我想也是对的，倘若叫铲子便有了市侩的俗恶味，但是也不肯叫作别的东西那就很错了。我不很愿意在作文章时用电码八三一一，然而并不是不说，只是觉得可以用更好的字，有时或更有意思。我为这两个鬼所迷，着实吃苦不少，但在绅士的从肚脐画一大圈及流氓的"村妇骂街"式的言语中间，也得到了不少的教训，这总算还是可喜的。我希望这两个鬼能够立宪，不，希望他们能够结婚，倘若一个是女流氓，那么中间可以生下理想的王子来，给我们作任何种的元首。

民国十五年七月

两个鬼的文章

鄙人读书于今五十年，学写文章亦四十年矣，累计起来已有九十年，而学业无成，可为叹息。但是不论成败，经验总是事实，可以说是功不唐捐的，有如买旧墨买石章，花了好些冤钱，不曾得到什么好东西，可是这双眼睛磨炼出来的一点功夫，能够辨别好坏了，因为他知道花钱买了些次货，即此便是证据。我以数十年的光阴用在书卷笔墨上面，结果只得到这一个觉悟，自己的文章写不好，古人的思想可取的也不多，这明明是一个失败，但这失败是很值得的，比起古今来自以为成功的人，总是差胜一筹了。陆放翁《冬夜对书卷有感》诗中有句云：

"万卷虽多当具眼，一言惟恕可铭膺。"这话说得很好，可是两句话须是分开来说，恕字终身可行，是属于处世接物的事，若是读书既当具眼，就万不能再客气，固然不可故意苛刻，总之要有自信，看了贵人和花子同样不眨眼的态度。以前读论语，多少还徇俗论，特别看重他，近来觉得这态度不诚实，就改正了，黄式三的《论语后案》我认为颇好，但仔细阅过之后，我想这也是诸子之一，与老庄佛经都有可取处，若要作为现代国民的经训缺漏甚多，虽然原是儒家思想的重要史料。看古人的言论，有如披沙拣金，并不是全无所得，却是非常苦劳，而且略不当心，便要上当，不但认鱼目为明珠，见笑大方，或者误食蜋蜋，有中毒之危险。我以多年的苦辛，于此颇有所见，古人云，只可自怡悦，不堪持赠君，今则持赠固难得解人，中国事情想来很多懊恼，因此亦不见得可怡悦，只是生为中国人，关于中国的思想文章总该知道个大概，现在既能以自力略为辨别，不落前人的窠臼，未始不是可喜的事也。

我所写的文章都是小篇，所以篇数颇多，至于自己觉得满意的实在也没有，所以文章是自己的好，这句成语在我并不一定是确实的。人家看来不知道是如何？这似乎有两种说法。其一是说我所写的都是谈吃茶喝酒的小品文，是不革命的，要不得。其二又说可惜少写谈吃茶喝酒的文章，却爱讲那些顾亭林所谓国家治乱之原，生民根本之计，与文学离得太远。这两派对我的看法迥异，可是看重我的闲适的小文，在这一点上是意见相同的。我的确写了些闲适文章，但同时也写正经文章，而这正经文章里面更多的含有我的思想和意见，在自己更觉得有意义。甲派的朋友认定闲适文章做目标，至于别的文章一概不提，乙派则正相反，他明白看出这两类文章，却是赏识闲适的在正经文章之上。因为各人的爱好不同，原亦言之成理，我不好有什么异议，但这一点说明似乎必要。我写闲适文章，确是吃茶喝酒似的，正经文章则仿佛是馒头或大米饭。在好些年前我做了一篇小文，说我的心中有两个鬼，一个是流氓鬼，一个是绅士鬼。这如说得好一点，也可以说叛徒与隐士，但也不必那么说，所以只说流氓与绅士就好了。我从民国八年在《每周评论》上写《祖先崇拜》和《思想革命》两篇文章以来，意见一直没有什么改变。所主张的是革除三纲主义的伦理以及附属的旧礼教旧气节旧风化等等，这种态度当然不能为旧社会的士大夫所容，所以只可自承是流氓的。《谈虎集》上下两册中所收自《祖先崇拜》起，以至《永日集》的《闭户读书论》止，前后整十年间乱说的真不少，那时北京正在混乱黑暗时期，现在想起来，居然容得这些东西印出来，当局的宽大也总是难得的了。但是杂文的名誉虽然好，整天骂人虽然可以出气，久了也会厌足，而且我不主张反攻的，一件事来回的指摘论难，这种细巧工作非我所堪，所以天性不能改变，而兴趣则有转移，有时想写点闲适的所谓小品，聊以消遣，这便是绅士鬼出头来的时候了。话虽如此，这样的两个段落也并不分得清，有时是综错间隔的，在个人固然有此不同的嗜好，在工作上也可以说是调剂作用，所以要指定那个时期专写闲适或正经文章，实在是不可能的事。去年写过一篇《灯下读书论》，与十七年所写的《闭户读书论》相比，时间相隔十有六年，却是同样的正经文章，而在这中间写了不少零碎文字，性质很不一律，正是一个好例。民国十四年《雨天的书》序中说：

"我平素最讨厌的是道学家，岂知这正因为自己是一个道德家的缘故，我想破坏他们的伪道德不道德的道德，其实却同时非意识地想建设起自己所信的新的道德来。"三十三年《苦口甘口》序中有云：

"我一直不相信自己能写好文章，如或偶有可取，那么所可取者也当在于思想而不是文章。总之我是不会做所谓纯文学的，我写文章总是有所为，于是不免于积极，这个毛病大约有点近于吸大烟的瘾，虽力想戒除而甚不容易，但想戒的心也常是存在的。"这也可以算作一例，其间则相差有二十个年头了。我未尝不知道谦虚是美德，也曾努力想学，但又相信过谦也就是不诚实，所以有时不敢不直说，特别是自己觉得知之为知之的时候，虽然仿佛似乎不谦虚也是没有法子。自从《新青年》《每周评论》及《语丝》以来，不断的有所写作。我自信这于中国不是没意义的事，当时有陈独秀钱玄同鲁迅诸人也都尽力于这个方向，现今他们已经去世了，新起来的自当有人，不过我孤陋寡闻不曾知道。做这种工作并不是图什么名与利，世评的好坏全不足计较，只要他认识得真，就好。我自己相信，我的反礼教思想是集合中外新旧思想而成的东西，是自己诚实的表现，也是对于本国真心的报谢，有如道士或狐所修炼得来的内丹，心想献出来，人家收受与否那是别一问题，总之在我是最贵重的贡献了。至于闲适的小品我未尝不写，却不是我主要的工作，如上文说过，只是为消遣或调剂之用，偶尔涉笔而已。外国的作品，如英吉利法兰西的随笔，日本的俳文，以及中国的题跋笔记，平素也稍涉猎，很是爱好，不但爱诵，也想学了做，可是自己知道性情才力都不及，写不出这种文字，只有偶然撰作一二篇，使得思路笔调变换一下，有如饭后喝一杯浓普洱茶之类而已。这种文章材料难找，调理不易。其实材料原是遍地皆是，牛溲马勃只要使用得好，无不是极妙文料，这里便有作者的才情问题，实做起来没有空说这样容易了。我的学问根柢是儒家的，后来又加上些佛教的影响，平常的理想是中庸，布施度忍辱度的意思也颇喜欢，但是自己所信毕竟是神灭论与民为贵论，这便与诗趣相远，与先哲疾虚妄的精神合在一起，对于古来道德学问的传说发生怀疑，这样虽然对于名物很有兴趣，也总是赏鉴里混有批判，几篇草木虫鱼有的便是这种毛病，有的心想避免而生了别的毛病，即是平板单调。那种平淡而有情味的小品文我是向来仰慕，至今爱读，也是极想仿做的，可是如上文所述实力不够，一直未能写出一篇满意的东西来。以此与正经文章相比，那些文章也是同样写不好，但是原来不以文章为重，多少总已说得出我的思想来了，在我自己可以聊自满足的了。乙派以为闲适的文章更好，希望我多作，未免认错门面，有如云南火腿店带卖普洱茶，他便要求他专开茶栈，虽然原出好意，无奈栈房里没有这许多货色，摆设不起来，此种实情与苦衷亦期望友人予以谅解者也。以店而论，我这店是两个鬼板开的，而其股份与生意的分配究竟绅士鬼还只居其小部分，所以结果如此，亦正是为事实所限，无可如何也。

　　我不承认是文士，因为既不能写纯文学的文章，又最厌恶士流，即所谓清流名流者是也。中国的士大夫的遗传性是言行不一致，所作的事是做八股，吸鸦片，玩小脚，争权夺利，却是满口的礼教气节，如大花脸说白，不再怕脸红，振古如斯，于今为烈。人生到此，吾辈真以摆脱士籍，降于堕贫为荣幸矣。我又深自欣幸的是凡所言必由衷，非是自己真实相信以为当然的事理不敢说，而且说了的话也有些努力实行，这个我自己觉得是值得自夸的。其实这样的做也只是人之常道，有如人不学狗叫或去咬干矢橛，算不得什么奇事，然而在现今却不得不当作奇事说，这样算来我的自夸也就很是可怜的了。我平常自己知道思想知识极是平凡，精神也还健全，不至于发疯打人或自大称王，可是近来仔细省察，乃觉得谦逊与自信同时并进，难道真将成为自大狂了么？假如这样下去，我很忧虑会使得我堕落。俗语云，无鸟村里蝙蝠称王。蝙蝠本何足道，可哀的是无鸟村耳，而蝙蝠乃幸或不幸而生于如是村，悲哉悲哉，蝙蝠如竟代燕雀而处于村子堂屋，则诚为蝙蝠与村的最大不幸矣。

　　　　　　　　　　　　　　民国三十四年十一月十六日

黑背心

我不知怎地觉得是生在黑暗时代，森林中虺蝎虎狼之害总算是没有了，无形的鬼魅却仍在周围窥伺，想吞吃活人的灵魂。我对于什么民有民享，什么集会言论自由，都没有多大兴趣，我所觉得最关心的乃是文字狱信仰狱等思想不自由的事实。在西洋文化史里中古最牵引我的注意，宗教审问所的"信仰行事"（Auto-da-fé）喽，满画火焰与鬼的黑背心（Sambenito）喽，是我所顶心爱的事物，犹如文明绅士之于交易所的消息。不过虽有这个嗜好而很难得满足，在手头可以翻阅的只是柏利（Bury）教授的《思想自由史》和洛柏孙（Robertson）的《古今自由思想小史》等，至于素所羡慕的黎（H. Lea）氏的《中古及西班牙宗教审问史》则在此刻"竭诚枵腹"的时候无缘得见，虽然在南城书店的尘封书架上看见书背金字者已逾十次，但终未曾振起勇气抽出一卷来看它一看。

日本废姓外骨的《笔祸史》早看过了，虽有些离奇的地方，不能算什么，倘若与中国相比。在内田鲁庵的《獏之舌》里见到一篇讲迫害基督教徒的文章，知道些十七世纪时日本政府对于所谓邪宗门所用的种种毒奇的刑法，但是很略，据说有公教会发行的《鲜血遗书》及《公教会之复活》两书记载较详，却也弄不到手。最近得到姊崎正治博士所著《切支丹宗门之迫害及潜伏》，知道一点迫害者及被迫害者的精神状态，使我十分高兴。切支丹即"南蛮"（葡萄牙）语Cristão的译音，还有吉利支丹，鬼理死丹，切死丹等等译法，现代记述大都采用这个名称，至于现今教徒则从英语称Christan了。书中有几章是转录当时流传的鼓励殉道的文书，足以考见教徒的心情，固然很可宝重，但特别令我注意的是在禁教官吏所用的手段。其一是恩威并用，大略像雍正之对付曾静，教门审问记录第七种中有这一节话可供参考："先前一律处斩，挂杀或火焚之时，神甫仍时时渡来，其后改令弃教，归依日本佛教，安置小日向切支丹公所内，赏给妻女，神甫则各给十人口粮，赐银百两，讯问各项事情，有不答者即付拷问，自此以后教徒逐渐减少"。如意大利人约瑟喀拉（Giuseppe Chiara）弃教后入净土宗，纳有司所赐死刑囚之妻，承受其先夫的姓名曰冈本三右卫门，在教门审问处办事，死后法号"入专净真信土"，即其一例。

其二是零碎查办，不用一网打尽的办法。教门审问记录第五种中有一条云，"如有人告密，举发教徒十人者，其时应先捕三人或五人查办，不宜一举逮捕十人。但'有特别情形之时'应呈请指示机宜办理"。不过这只是有司手段之圆滑，在被迫害者其苦痛或更甚于一网打尽。试举葛木村权之丞妻一生三十三年中的大事，可以想见这是怎样的情形。

```
1636  生
  59  母病死
  60  夫权之丞被捕旋死刑
  61  先夫之妹四人被捕
  62  夫妹四人死刑
      侄婿权太郎被捕
      再嫁平兵卫
  65  夫弟太兵卫夫之从妹阿松被捕
  66  夫弟太兵卫死刑
      夫之从妹阿渊被捕
  67  本人与先夫之继母同被捕
  68  本人与夫之从妹二人同时死刑
      夫平兵卫被捕
  72  夫平兵卫死刑
```

其三是利用告密。据延宝二年（1674）所出赏格，各项价
目如下：

神甫　银五百枚

教士　银三百枚

教友　银五十或一百枚

这种手段虽然一时或者很有成效，但也担负不少的牺牲，因为这恶影响留下在国民道德上者至深且大。在中国则现今还有些人实行此策，恬不为怪，战争时的反间收买，或互出赏格，不必说了，就是学校闹潮的时候，校长也常用些小手段，"釜底抽薪"，使多数化为少数，然而学风亦因此败坏殆尽。还有旧式学校即在平时也利用告密，使学生互相侦察秘密报告于监督，则尤足以使学生品格堕落。据同乡田成章君说他有一个妹子在一教会女校读书，校规中便有奖励学生告密的文句，此真是与黑暗时代相称之办法。

我们略知清朝诛除大逆之文字狱的事迹，但是排斥异端之禁教事件却无从去查考，我觉得这是很可惜的。如有这样的一部书出现，我当如何感激，再有一部佛教兴废史那自然是更好了。读《弘明集》《佛道论衡》等书，虽是一方面之言，也已给予我们不少的趣味与教训，若有系统的学术的叙述，其益岂有限量，我愿预约地把它写入"青年必读书"十部之内了。

我觉得中国现在最切要的是宽容思想之养成。此刻现在决不是文明世界，实在还是二百年前黑暗时代，所不同者以前说不得甲而现今则说不得乙，以前是皇帝而现今则群众为主，其武断专制却无所异。我相信西洋近代文明之精神只是宽容，我们想脱离野蛮也非从这里着力不可。着力之一法便是参考思想争斗史，从那里看出迫害之愚与其罪恶，反抗之正当，而结果是宽容之必要。昔罗志希君译柏利的《思想自由史》登在《国民公报》上，因赴美留学中辍，时时想起，深觉得可惜，不知他回国后尚有兴致做这样工作否？我颇想对他劝进，像他劝吴稚晖先生似的。

民国十四年六月

吃烈士

这三个字并不是什么音译，虽然读起来有点佶屈聱牙，其实乃是如字直说，就是说把烈士一块块地吃下去了，不论生熟。

中国人本来是食人族，象征地说有吃人的礼教，遇见要证据的实验派可以请他看历史的事实，其中最冠冕的有南宋时一路吃着人腊去投奔江南行在的山东忠义之民。不过这只是吃了人去做义民，所吃的还是庸愚之肉，现在却轮到吃烈士，不可谓非旷古未闻的口福了。

前清时捉到行刺的革党，正法后其心脏大都为官兵所炒而分吃，这在现在看去大有吃烈士的意味，但那时候也无非当作普通逆贼看，实行国粹的寝皮食肉法，以维护纲常，并不是如妖魔之于唐僧，视为十全大补的特品。若现今之吃烈士，则知其为——且正因其为烈士而吃之，此与历来之吃法又截然不同者也。

民国以来久矣没有什么烈士，到了这回五卅——终于应了北京市民的杞天之虑，因为阳历五月中有两个四月，正是庚子豫言中的"二四加一五"——的时候，才有几位烈士出现于上海。这些烈士的遗骸当然是都埋葬了，有亲眼见过出丧的人可以为凭，但又有人很有理由地怀疑，以为这恐怕全已被人偷吃了。据说这吃的有两种方法，一曰大嚼，一曰小吃。大嚼是整个的吞，其功效则加官进禄，牛羊繁殖，田地开拓；有此洪福者闻不过一二武士，所吞约占十分七八，下余一两个的烈士供大众知味者之分尝。那些小吃者多不过肘臂，少则一指一甲之微，其利益亦不厚，仅能多卖几顶五卅纱秋，几双五卅弓鞋，或在墙上多标几次字号，博得蝇头之名利而已。呜呼，烈士殉国，于委蜕更有何留恋，苟有利于国人，当不惜举以遗之耳。然则国人此举既得烈士之心，又能废物利用，殊无可以非议之处，而且顺应潮流，改良吃法，尤为可喜，西人尝称中国人为精于吃食的国民，至有道理。我自愧无能，不得染指，但闻"吃烈士"一语觉得很有趣味，故作此小文以申论之。

乙丑大暑之日。

民国十四年七月

代快邮

万羽兄：

　　这回爱国运动可以说是盛大极了，连你也挂了白文小章跑的那么远往那个地方去。我说"连你"，意思是说你平常比较的冷静，并不是说你非爱国专家，不配去干这宗大事，这一点要请你原谅。但是你到了那里，恐怕不大能够找出几个志士——自然，揭帖，讲演，劝捐，查货，敲破人家买去的洋灯罩（当然是因为仇货），这些都会有的，然而城内的士商代表一定还是那副脸嘴吧？他们不谈钱水，就谈稚老鹤老，或者仍旧拿头来比屁股，至于在三伏中还戴着尖顶纱秋，那还是可恶的末节了。在这种家伙队里，你能够得到什么结果？所以我怕你这回的努力至少有一半是白费的了。

　　我很惭愧自己对于这些运动的冷淡一点都不轻减。我不是历史学家，也不是遗传学者，但我颇信丁文江先生所谓的诺牒学，对于中国国民性根本地有点怀疑：吕滂（G. Le Bon）的《民族发展之心理》及《群众心理》（据英日译本，前者只见日译）于我都颇有影响，我不很相信群众或者也与这个有关。巴枯宁说，历史的唯一用处是教我们不要再这样，我以为读史的好处是在能预料又要这样了；我相信历史上不曾有过的事中国此后也不会有，将来舞台上所演的还是那几出戏，不过换了脚色，衣服与看客。五四运动以来的民气作用，有些人诧为旷古奇闻，以为国家将兴之兆，其实也是古已有之，汉之党人，宋之太学生，明之东林，前例甚多，照现在情形看去与明季尤相似；门户倾轧，骄兵悍将，流寇，外敌，其结果——总之不是文艺复兴！孙中山未必是崇祯转生来报仇，我觉得现在各色人中倒有不少是几社复社，高杰左良玉，李自成吴三桂诸人的后身。阿尔文夫人看见她的儿子同他父亲一样地在那里同使女调笑，叫道"僵尸"！我们看了近来的情状怎能不发同样的恐怖与惊骇？佛教我是不懂的，但这"业"——种性之可怕，我也痛切地感到。即使说是自然的因果，用不着怎么诧异，灰心，然而也总不见得可以叹许，乐观：你对高山说希望中国会好起来，我不能赞同你，虽然也承认你的热诚与好意。

其实我何尝不希望中国会好起来？不过看不见好起来的征候，所以还不能希望罢了。好起来的征候第一是有勇气。古人云："知耻近乎勇。"中国人现在就不知耻。我们大讲其国耻，但是限于"一致对外"，这便是卑鄙无耻的办法。三年前在某校讲演，关于国耻我有这样几句话：

我想国耻是可以讲的，而且也是应该讲的。但是我这所谓国耻并不专指丧失什么国家权利的耻辱，乃是指一国国民丧失了他们做人的资格的羞耻。这样的耻辱才真是国耻……

中国女子的缠足，中国人之吸鸦片，买卖人口，都是真正的国耻，比被外国欺侮还要可耻。缠足，吸鸦片，买卖人口的中国人，即使用了俾士麦毛奇这些人才的力量，凭了强力解决了一切的国耻问题，收回了租界失地以至所谓藩属，这都不能算作光荣，中国人之没有做人的资格的羞耻依然存在。固然，缠足，吸鸦片，买卖人口的国民，无论如何崇拜强权，到底能否强起来，还是别一个问题……

这些意见我到现在还没有什么更改。我并不说不必反抗外敌，但觉得反抗自己更重要得多，因为不但这是更可耻的耻辱，而且自己不改悔也就决不能抵抗得过别人。所以中国如要好起来，第一应当觉醒，先知道自己没有做人的资格至于被人欺侮之可耻，再有勇气去看定自己的丑恶，痛加忏悔，改革传统的谬思想恶习惯，以求自立，这才有点希望的萌芽：总之中国人如没有自批巴掌的勇气，一切革新都是梦想，因为凡有革新皆从忏悔生的。我们不要中国人定期正式举行忏悔大会，对证古本地自怨自艾，号泣于旻天，我只希望大家伸出一只手来摸摸胸前脸上这许多疮毒和疙瘩。照此刻的样子，以守国粹夸国光为爱国，一切中国所有都是好的，一切中国所为都是对的，在这个期间，中国是不会改变的，不会改好，即使也不至于变得再坏。革命是不会有的，虽然可以有换朝代；赤化也不会有的，虽然可以有扰乱杀掠。可笑日本人称汉族是革命的国民，英国人说中国要赤化了，他们对于中国事情真是一点都不懂。

近来为了雪耻问题平伯和西谛大打其架，不知你觉得怎样？我的意思是与平伯相近。他所说的话有些和"敌报"相像，但这也不足为奇，萧伯讷罗素诸人的意见在英国看来何尝不是同华人一鼻孔出气呢？平伯现在固然难与萧罗诸公争名，但其自己谴责的精神我觉得是一样地可取的。

密思忒西替羌不久将往西藏去了，他天天等着你回来，急于将一件关系你的尊严的秘密奉告。现在我暗地里先通知了你，使你临时不至仓皇失措。其事如下：有一天我的小侄儿对我们臧否人物，他说："那个报馆的小孩儿最可恶，他这样地（做手势介），'喂，小贝！小贝！'……"他自己虽只有三岁半，却把你认做同僚，你的蓄养多年的胡须在他眼睛里竟是没有，这种大胆真可佩服，虽然对于你未免有点失敬。——连日大雨，苦雨斋外筑起了泥堤，总算侥幸免于灌浸，那个夜半乱跳吓坏了疑古君的老虾蟆，又出来呱呱地大叫了，令我想起去年的事，那时你正坐在黄河船里哪。草草。

民国十四年七月二十七日

136

关于家训

古人的家训这一类东西我最喜欢读，因为在一切著述中这总是比较的诚实，虽然有些道学家的也会益发虚假得讨厌。我们第一记起来的总是见于《后汉书》的马援《诫兄子严敦书》，其中有云：

"龙伯高敦厚周慎，口无择言，谦约节俭，廉公有威，吾爱之重之，愿汝曹效之。杜季良豪侠好义，忧人之忧，乐人之乐，清浊无所失，父丧致客，数郡毕至，吾爱之重之，不愿汝曹效也。效伯高不得，犹为谨敕之士，所谓刻鹄不成尚类鹜者也。效季良不得，陷为天下轻薄子，所谓画虎不成反类狗者也。"这段文章本来很有名，因为刻鹄画虎的典故流传很广，但是我觉得有意思的乃是他对于子侄的诚实的态度，他同样的爱重龙伯高杜季良，却希望他们学这个不学那个，这并不是好不好学的问题，实在是在计算利害，他怕豪侠好义的危险，这老虎就是画得像他也是不赞成的。故下文即云：

"迄今季良尚未可知，郡将下车辄切齿，州郡以为言，吾常为寒心，是以不愿子孙效也。"后人或者要笑伏波将军何其胆怯也，可是他的态度总是很老实近人情，不像后世宣传家自己猴子似的安坐在洞中只叫猫儿去抓炉火里的栗子。我常想，一个人做文章，要时刻注意，这是给自己的子女去看去做的，这样写出来的无论平和或激烈，那才够得上算诚实，说话负责任。谢在杭的《五杂组》卷十三有云：

"今人之教子读书不过取科第耳。其于立身行己不问也。……非独今也，韩文公有道之士也，训子之诗有一为公与相潭潭府中居之句，而俗诗之劝世者又有书中自有黄金屋等语，语愈俚而见愈陋矣。"这也可以算是老实了罢，却又要不得，殆伪善之与怙恶亦犹过与不及欤。

陶集中《与子俨等疏》实是一篇好文章，读下去只恨其短，假如陶公肯写得长一点，成一两卷的书，那么这一定大有可观，《颜氏家训》当不能专美了。其实陶诗多说理，本来也可抵得他的一部语录，我只因为他散文又写得那么好，所以不免起了贪心，很想多得一点看看，乃有此妄念耳。《颜氏家训》成于隋初，是六朝名著之一，其见识情趣皆深厚，文章亦佳，赵敬夫作注将以教后生小子，卢抱经序称其委曲近情，纤悉周备，可谓知言。伍绍棠跋彭兆荪所编《南北朝文钞》云：

"窃谓南北朝人所著书多以骈俪行之，亦均质雅可诵，如范蔚宗沈约之史论，刘勰《文心雕龙》，钟嵘《诗品》，郦道元《水经注》，杨衒之《洛阳伽蓝记》，斯皆篇章之珠泽，文采之邓林，诚使勒为一书，与此编相辅而行，足为词章家之圭臬。"这一番话很合我的意思，就只漏了一部《颜氏家训》。

伍氏说六朝人的书用骈而面质雅可诵，我尤赞成。韩愈文起八代之衰，其文章实乃虚骄粗犷，正与质雅相反，即《盘谷序》或《送孟东野序》也是如此。唐宋以来受了这道统文学的影响，一切都没有好事情，家训因此亦遂无什么可看的了。

从前在《涵芬楼秘笈》中得一读明霍渭崖家训，觉得通身不愉快。此人本是道学家中之蛮悍者，或无足怪，但其他儒先训迪亦是百步五十步之比。在明末清初我遇见了两个人，傅青主与冯钝吟，傅集卷二十五为《家训》，冯有《家戒》两卷，又《诫子帖》《遗言》等，收在《钝吟杂录》中。青主为明遗老中之铮铮者，通二氏之学，思想通达，非凡夫所及。钝吟虽儒家而反宋儒，不喜宋人论史及论政事文章的意见，故有时亦颇有见解能说话。《家戒》上第一节类似小引，其下半云：

"我无行，少年不自爱，不堪为子弟之法式，然自八九岁读古圣贤之书，至今六十余年，所知不少，更历事故，往往有所悟。家有四子，每思以所知示之。少年性快，老人谆谆之言非所乐闻，不至头触屏风而睡，亦已足矣。无如之何，笔之于书，或冀有时一读，未必无益也。"我们再看《颜氏家训》的"序致第一"云：

"夫圣贤之书教人诚孝，慎言检迹，立身扬名，亦已备矣。魏晋已来所著诸子，理重事复，递相模效，犹屋下架屋，床上施床耳。吾今所以复为此者，非敢轨物范世也，业以整齐门内，提撕子孙。夫同言而信，信其所亲，同命而行，行其所

服。禁童子之暴谑，则师友之诫不如傅婢之指挥；止凡人之斗
阋，则尧舜之道不如寡妻之诲谕。吾望此书为汝曹之所信，犹
贤于傅婢寡妻耳。"两相比较，颜文自有胜场，冯理却亦可
取，盖颜君自信当为子孙所信，冯君则不是这样乐观，似更懂
得人情物理也。陶渊明《杂诗十二首》之六云：

"昔闻长者言，掩耳每不喜，奈何五十年，忽已亲此
事。"意大利诗人勒阿巴耳地（G. Leopardi）曾云，儿子与父
亲决不会讲得来，因为两者年龄至少总要差二十岁。这都足以
证明冯君的忧虑不是空的，"无如之何，笔之于书，或冀有时
一读"，乃实为写家训的最明达勇敢的态度，其实亦即是凡从
事著述者所应取的态度也。古人云，藏之名山传诸其人，原
未免太宽缓一点，但急于求救，强聒不舍，至少亦是徒然。
诗云：

"风雨凄凄，鸡鸣喈喈，既见君子，云胡不夷。"王瑞玉
夫人在《诗问》中释曰，"故人未必冒雨来，设辞尔。"钝吟
居士之意或亦如此，此正使人觉得可以佩服感叹者也。

民国廿五年一月十七日，于北平书。

教训之无用

蔼理斯在《道德之艺术》这一篇文章里说,"虽然一个社会在某一时地的道德,与别个社会——以至同社会在异时异地的道德决不相同,但是其间有错综的条件,使它发生差异,想故意的做成它显然是无用的事。一个人如听人家说他做了一本'道德的'书,他既不必无端的高兴,或者被说他的书是'不道德的',也无须无端的颓丧。这两个形容词的意义都是很有限制的。在群众的坚固的大多数之进行上面,无论是甲种的书或乙种的书都不能留下什么重大的影响。"

斯宾塞也曾写信给人,说道德教训之无效。他说,"在宣传了爱之宗教将近二千年之后,憎之宗教还是很占势力;欧洲住着二万万的外道,假装着基督教徒,如有人愿望他们照着他们的教旨行事,反要被他们所辱骂。"

这实在都是真的。希腊有过梭格拉底,印度有过释迦,中国有过孔老,他们都被尊为圣人,但是在现今的本国人民中间他们可以说是等于"不曾有过"。我想这原是当然的,正不必代为无谓地悼叹。这些伟人倘若真是不曾存在,我们现在当不知怎的更是寂寞,但是如今既有言行流传,足供有艺术趣味的人的欣赏，那就尽够好了。至于期望他们教训的实现，有如枕边摸索好梦，不免近于痴人，难怪要被骂了。

对于世间"不道德的"文人，我们同圣人一样的尊敬他。他的"教训"在群众中也是没有人听的，虽然有人对他投石，或袖着他的书，——但是我们不妨听他说自己的故事。

民国十三年二月

十字街头的塔

厨川白村著有两本论文集，一本名《出了象牙之塔》，又一本名为《往十字街头》，表示他要离了纯粹的艺术而去管社会事情的态度。我现在模仿他说，我是在十字街头的塔里。

我从小就是十字街头的人。我的故里是华东的西朋坊口，十字街的拐角有四家店铺，一个麻花摊，一爿矮癞胡所开的泰山堂药店，一家德兴酒店，一间水果店，我们都称这店主人为华佗，因为他的水果奇贵又如仙丹。以后我从这条街搬到那条街，吸尽了街头的空气，所差者只没有在相公殿里宿过夜，因此我虽不能称为道地的"街之子"，但是总是与街有缘，并不是非戴上耳朵套不能出门的人物，我之所以喜欢多事，缺少绅士态度，大抵即由于此，从前祖父也骂我这是下贱之相。话虽如此，我自认是引车卖浆之徒，却是要乱想的一种，有时想掇个凳子坐了默想一会，不能像那些"看看灯的"人们长站在路旁，所以我的卜居不得不在十字街头的塔里了。

说起塔来，我第一想到的是故乡的怪山上的应天塔。据说琅琊郡的东武山，一夕飞来，百姓怪之，故曰怪山，后来怕它又要飞去，便在上边造了一座塔。开了前楼窗一望，东南角的一幢塔影最先映到眼里来，中元前后塔上满点着老太婆们好意捐助去照地狱的灯笼，夜里望去更是好看。可惜在宣统年间塔竟因此失了火，烧得只剩了一个空壳，不能再容老太婆上去点灯笼了。十年前我曾同一个朋友去到塔下徘徊过一番，拾了一块断砖，砖端有阳文楷书六字，曰"护国禅师月江"，——终于也没有查出这位和尚是什么人。

但是我所说的塔，并不是那"窣堵波"，或者"救人一命胜造七级浮图"的那件东西，实在是像望台角楼之类，在西国称作——用了大众欢迎的习见的音义译写出来——"塔围"的便是；非是异端的，乃是帝国主义的塔。浮图里静坐默想本颇适宜，现在又什么都正在佛化，住在塔里也很时髦，不过我的默想一半却是口实，我实在是想在喧闹中得安全地，有如前门的珠宝店之预备着铁门，虽然廊房头条的大楼别有禳灾的象征物。我在十字街头久混，到底还没有入他们的帮，挤在市民中间，有点不舒服，也有点危险（怕被他们挤坏我的眼镜），所以最好还是坐在角楼上，喝过两斤黄酒，望着马路吆喝几声，以出胸中闷声，不高兴时便关上楼窗，临写自己的"九成宫"，多么自由而且写意。写到这里忽然想起欧洲中古的民间传说，木板画上表出哈多主教逃避怨鬼所化的鼠妖，躲在荒岛上好像大烟通似的砖塔内，露出头戴僧冠的上半身在那里着急，一大队老鼠都渡水过来，有几只大老鼠已经爬上塔顶去了，——后来这位主教据说终于被老鼠们吃下肚去。你看，可怕不可怕？这样说来，似乎那种角楼又不很可靠了。但老鼠可进，人则不可进，反正我不去结怨于老鼠，也就没有什么要紧。我再想到前门外铁栅门之安全，觉得我这塔也可以对付，倘若照雍涛先生的格言亭那样建造，自然更是牢固了。

别人离了象牙的塔走往十字街头，我却在十字街头造起塔来住，未免似乎取巧罢？我本不是任何艺术家，没有象牙或牛角的塔，自然是站在街头的了，然而又有点怕累，怕挤，于是只好住在临街的塔里，这是自然不过的事。只是在现今中国这种态度最不上算，大众看见塔，便说这是知识阶级，（就有罪）。绅士商贾见塔在路边，便说这是党人，（应取缔），不过这也没有什么妨害，还是如水竹村人所说"听其自然"，不去管他好罢，反正这些闲话都靠不住也不会久的。老实说，这塔与街本来并非不相干的东西，不问世事而缩入塔里原即是对于街头的反动，出在街头说道工作的人也仍有他们的塔，因为他们自有其与大众乖戾的理想。总之只有预备跟着街头的群众去瞎撞胡混，不想依着自己的意见说一两句话的人，才真是没有他的塔。所以我这塔也不只是我一个人有，不过这个名称是由我替它所取的罢了。

民国十四年二月

沉　默

　　林玉堂先生说，法国一个演说家劝人缄默，成书三十卷，为世所笑，所以我现在做讲沉默的文章，想竭力节省，以原稿纸三张为度。

　　提倡沉默从宗教方面讲来，大约很有材料，神秘主义里很看重沉默。美忒林克便有一篇极妙的文章。但是我并不想这样做，不仅因为怕有拥护宗教的嫌疑，实在是没有这种知识与才力。现在只就人情世故上着眼说一说罢。

　　沉默的好处第一是省力。中国人说，多说话伤气，多写字伤神。不说话不写字大约是长生之基，不过平常人总不易做到。那么一时的沉默也就很好，于我们大有裨益，三十小时草成一篇宏文，连睡觉的时光都没有，第三天必要头痛；演说家在讲台上呼号两点钟，难免口干喉痛，不值得甚矣。若沉默，则可无此种劳苦，——虽然也得不到名声。

　　沉默的第二个好处是省事。古人说"口是祸门"，关上门，贴上封条，祸便无从发生，（"闭门家里坐，祸从天上来。"那只算是"空气传染"，又当别论。）此其利一。自己想说服别人，或是有所辩解，照例是没什么影响，而且愈说愈是渺茫，不如及早沉默，虽然不能因此而说服或辩明，但至少是不会增添误会。又或别人有所陈说，在这面也照例不很能理解，极不容易答复，这时候沉默是适当的办法之一。古人说不言是最大的理解，这句话或者有深奥的道理，据我想则在我至少可以藏过不理解，而在他也就可以有猜想被理解了之自由。沉默之好处的好处，此其二。

善良的读者们，不要以为我太玩世（Cynical）了罢？老实说，我觉得人之互相理解是至难——即使不是不可能的事，而表现自己之真实的感情思想也是同样地难。我们说话作文，听别人的话，读别人的文，以为互相理解了，这是一个聊以自娱的如意的好梦，好到连自己觉到了的时候也还不肯立即承认，知道是梦了却还想在梦境中多流连一刻。其实我们这样说话作文无非只是想这样做，想这样聊以自娱，如其觉得没有什么可娱，那么尽可简单地停止。我们在门外草地上翻几个筋斗，想像那对面高楼上的美人看着，（明知她未必看见，）很是高兴，是一种办法；反正她不会看见，不翻筋斗了，且卧在草地上看云罢，这也是一种办法。两者都是对的，我这回是在做第二个题目罢了。

我是喜翻筋斗的人，虽然自己知道翻得不好。但这也只是不巧妙罢了，未必有什么害处，足为世道人心之忧。不过自己的评语总是不大靠得住的，所以在许多知识阶级的道学家看来，我的筋斗都翻得有点不道德，不是这种姿势足以坏乱风俗，便是这个主意近于妨害治安。这种情形在中国可以说是意表之内的事，我们也并不想因此而变更态度，但如民间这种倾向到了某一程度，翻筋斗的人至少也应有想到省力的时候了。

三张纸已将写满，这篇文应该结束了。我费了三张纸来提倡沉默，因为这是对于现在中国的适当办法。——然而这原来只是两种办法之一，有时也可以择取另一办法：高兴的时候弄点小把戏，"藉资排遣"。将来别处看有什么机缘，再来噪聒，也未可知。

民国十三年七月二十日

论泄气

俞曲园先生《茶香室三抄》卷六论大小便及泄气一条中引明李日华《六砚斋三笔》云：

"李赤肚禁人泄气，遇腹中发动，用意坚忍，甚有十日半月不容走泄，久之则气亦静定，不妄动矣。此气乃谷神所生，与我真气相为联属，留之则真气得其协佐而日壮，轻泄之，真气亦将随之而走。"后又加案语颇为幽默，"案《东山经》云，泚水多蚌鱼，食之不糪。糪即屁字。《玉篇》尸部，屁泄气也，米部，糪失气也，二字音近义同。然则如此鱼者，殆亦延年之良药耶？"

中国的修道的人很像是极啬的守财奴，什么一点东西都不肯拿出去，至于可以拿进来的自然更是无所不要了。大抵野蛮人对于人身看得很是神秘，所以有吃人种种礼俗，取敌人的心肝脑髓做醒酒汤吃，就能把他的勇气增加在自己的上面。后代的医药里还保留着不少的遗迹，一方面有孝子的割股，一方面有方书上的天灵盖紫河车，红铅秋石，人中白人中黄，至今大约还很有人爱用，只是下气通这一件因为无可把握，未曾被收入药笼中，想起来未始不是一桩恨事。唯一的方法只有不让他放出去，留他在腹中协佐真气，大有补剂的效力，这与修道的咽自己的吐沫似是同样的手段，不过更是奇妙，却也更为难能罢了。

在某种时地泄气算是失仪。史梦兰的《异号类编》卷七引《乐善录》云："邵篪以上殿泄气，出知东平。邵高鼻圈鬓发，王景亮目为泄气师子。"记得孙中山先生说中国人的坏脾气，也有两句云："随意吐痰，自由放屁。"由此看来，在礼仪上这泄气的确是一种过失，不必说在修道求仙上是一个大障碍了。但是，仔细一想，这种过失却也情可原，因为这实在是一种毛病。吐痰放屁，与呕吐遗矢溺原是同样的现象，不过后者多在醉倒或惊惶昏瞀中发现，而前者则在寻常清醒时，所以其一常被宽假为病态，其他却被指斥为恶相了。其实一个人整天到晚咯咯的吐痰，假如不真是十足好事去故意训练成这一套本领，那么其原因一定是实在有些痰，其为呼吸系统的毛病无疑。同样的可以知道多泄气者亦来必出于自愿，只因消化系统稍有障害，腹中发生这些气体，必须求一出路耳。上边所说的无论哪一项，失态固然都是失态，但论其原因可以说是由于卫生状况之不良，而不知礼不知清洁还在其次。那么归根结底神仙家言仍是不可厚非，泄气不能成为仙人，也就不能成为健全国民，不健全即病也。病固可原谅，然而不能长生必矣。

中国人许多缺点的原因都是病。如懒惰，浮嚣，狡猾，虚伪，投机，喜刺激麻醉，不负责任，都是因为虚弱之故，没有力气，神经衰弱，为善为恶均力不从心：故至于此，原不止放屁一事为然也。世有医国手不知对于此事有何高见与良方，若敝人则对于医方别无心得，亦并无何种弟子可以负责介绍耳。

论骂人

有一天，一个友人问我怕骂否。我答说，从前我骂人的时候，当然不能怕被人家回骂，到了现在不再骂人了，觉得骂更没有什么可怕了。友人说这上半是"瓦罐不离井上破"的道理，本是平常，下半的话有李卓吾的一则语录似乎可作说明。这是李氏《焚书》附录《寒灯小话》的第二段，其文如下：

"是夜（案第一段云九月十三夜）怀林侍次，见有猫儿伏在禅椅之下，林曰，这猫儿日间只拾得几块带肉的骨头吃了，便知痛他者是和尚，每每伏在和尚座下而不去。和尚叹曰，人言最无义者是猫儿，今看养他顾他时，他即恋着不去，以此观之，猫儿义矣。林曰，今之骂人者动以禽兽奴狗骂人，强盗骂人，骂人者以为至重，故受骂者亦目为至重，吁，谁知此岂骂人语也。夫世间称有义者莫过于人，你看他威仪礼貌，出言吐气，好不和美，怜人爱人之状，好不切至，只是还有一件不如禽兽奴狗强盗之处。盖世上做强盗者有二，或被官司逼迫，怨气无伸，遂尔遁逃，或是盛有才力，不甘人下，倘有一个半个怜才者，使之得以效用，彼必杀身图报，不宜忘恩矣。然则以强盗骂人，是不为骂人了，是反为赞叹称美其人了也。狗虽人奴，义性尤重，守护家主，逐亦不去，不与食吃，彼亦无嗔，自去吃屎，将就度日，所谓狗不厌家贫是也。今以奴狗骂人，又岂当乎？吾恐不是以狗骂人，反是以人骂狗了也。至于奴之一字，但为人使而不足以使人者咸谓之奴。世间曷尝有使人之人哉？为君者汉唯有孝高孝文孝武孝宣耳，余尽奴也，则以奴名人，乃其本等名号，而反怒人，何也？和尚谓禽兽畜生强盗奴狗既不足以骂人，则当以何者骂人，乃为恰当。林遂引数十种，如蛇如虎之类，俱是骂人不得者，直商量至夜分，亦竟不得。乃叹曰，呜呼，好看者人也，好相处者人也，只是一幅肚肠甚不可看不可处。林曰，果如此，则人真难形容哉。世谓人皮包倒狗骨头，我谓狗皮包倒人骨头，未审此骂何如？和尚曰，亦不足以骂人。遂去睡。"

此文盖系怀林所记，《坚瓠集》甲三云，"李卓吾侍者怀林甚颖慧，病中作诗数首，袁小修随笔载其一绝云：哀告太阳光，且莫急如梭，我有禅未参，念佛尚不多，亦可念也。"所论骂人的话也很聪明，要是仔细一想，人将真有无话可骂之概，不过我的意思并不是完全一样，无话可骂固然是一个理由，而骂之无用却也是别一个理由。普通的骂除了极少数的揭发阴私以外都是诅咒，例如什么杀千刀，乌焦火灭啦，什么王八兔子啦，以及辱及宗亲的所谓国骂，皆是。——有些人以为国骂是讨便宜，其实不是，我看英国克洛来（E. Crawle）所著《性与野蛮之研究》中一篇文章，悟出我们的国骂不是第一人称的直叙，而是第二人称的命令，是叫他去犯乱伦的罪，好为天地所不容，神人所共嫉，所以王八虽然也是骂的材料之一，而那种国骂中决不涉及他的配偶，可以为证。但是我自从不相信符咒以来，对于这一切诅骂也失了兴趣，觉得只可作为研究的对象，不值得认真地去计较我骂他或他骂我。我用了耳朵眼睛看见听见人家口头或纸上费尽心血地相骂，好像是见了道士身穿八卦衣手执七星木剑划破纸糊的酆都城，或是老太婆替失恋的女郎作法，拿了七支绣花针去刺草人的五官四体，常觉得有点忍俊不禁。我想天下一切事只有理与不理二法，不理便是不理，要理便干脆地打过去。可惜我们礼义之邦另有两句格言，叫做"君子动口，小人动手"，于是有所谓"口诛笔伐"的玩艺儿，这派的祖师大约是作《春秋》的孔仲尼先生，这位先生的有些言论我也还颇佩服，可是这一件事实在是不高明，至少在我看来总很缺少绅士态度了。本来人类是有点儿夸大狂的，他从四条腿爬变成两条腿走，从吱吱叫变成你好哇，又（不知道其间隔了几千或万年）把这你好哇一画一画地画在土石竹木上面，实在是不容易，难怪觉得了不得，对于语言文字起了一种神秘之感，于是而有符咒，于是而有骂，或说或写。然而这有什么用呢，在我没有信仰的人看来。出出气，这也是或种解释，不过在不见得否则要成鼓胀病的时候这个似乎也非必须。——天下事不能执一而论，凡事有如鸦片，不吃的可以不吃，吃的便非吃不可，不然便要拖鼻泪打呵欠，那么骂不骂也没有多大关系，总之只"存乎其人"罢了。

闭户读书论

自唯物论兴而人心大变。昔者世有所谓灵魂等物，大智固亦以轮回为苦，然在凡夫则未始不是一种慰安，风流士女可以续未了之缘，壮烈英雄则曰："二十年后又是一条好汉。"但是现在知道人的性命只有一条，一失足成千古恨，再回头已百年身，只有上联而无下联，岂不悲哉！固然，知道人生之不再，宗教的希求可以转变为社会运动，不求未来的永生，但求现世的善生，勇猛地冲上前去，造成恶活不如好死之精神，那也是可能的。然而在大多数凡夫却有点不同，他的结果不但不能砭顽起懦，恐怕反要使得懦夫有卧志了吧。

"此刻现在"，无论在相信唯物或是有鬼论者都是一个危险时期。除非你是在做官，你对于现时的中国一定会有好些不满或是不平。这些不满和不平积在你的心里，正如噎膈患者肚里的"痞块"一样，你如没有法子把他除掉，总有一天会断送你的性命。那么，有什么法子可以除掉这个痞块呢？我可以答说，没有好法子。假如激烈一点的人，且不要说动，单是乱叫乱嚷起来，想出出一口鸟气，那就容易有共党朋友的嫌疑，说不定会同逃兵之流一起去正了法。有鬼论者还不过白折了二十年光阴，只有一副性命的就大上其当了。忍耐着不说呢，恐怕也要变成忧郁病，倘若生在上海，迟早总跳进黄浦江里去，也不管公安局钉立的木牌说什么死得死不得。结局是一样，医好了烦闷就丢掉了性命，正如门板夹直了驼背。那么怎么办好呢？我看，苟全性命于乱世是第一要紧，所以最好是从头就不烦闷。不过这如不是圣贤，只有做官的才能够，如上文所述，所以平常下级人民是不能仿效的。其次是有了烦闷去用方法消遣。抽大烟，讨姨太太，赌钱，住温泉场等，都是一种消遣法，但是有些很要用钱，有些很要用力，寒士没有力量去做。我想了一天才算想到了一个方法，这就是"闭户读书"。

记得在没有多少年前曾经有过一句很行时的口号，叫做"读书不忘救国"。其实这是很不容易的。西儒有言，二鸟在林不如一鸟在手，追两兔者并失之。幸而近来"青运"已经停止，救国事业有人担当，昔日辘轳体的口号今成截上的小题，专门读书，此其时矣，闭户云者，聊以形容，言其专一耳，非真辟札则不把卷，二者有必然之因果也。

但是，敢问读什么呢？《经》，自然，这是圣人之典，非读不可的，而且听说三民主义之源盖出于《四书》，不特维礼教即为应考试计，亦在所必读之列，这是无可疑的了。但我所觉得重要的还是在于乙部，即是四库之史部。老实说，我虽不大有什么历史癖，却是很有点历史迷的。我始终相信《二十四史》是一部好书，他很诚恳地告诉我们过去曾如此，现在是如此，将来要如此。历史所告诉我们的在表面的确只是过去，但现在与将来也就在这里面了：正史好似人家祖先的神像，画得特别庄严点，从这上面却总还看得出子孙的面影，至于野史等更有意思，那是行乐图小照之流，更充足地保存真相，往往令观者拍案叫绝，叹遗传之神妙。正如獐头鼠目再生于十世之后一样，历史的人物亦常重现于当世的舞台，恍如夺舍重来，慑人心目，此可怖的悦乐为不知历史者所不能得者也。通历史的人如太乙真人目能见鬼，无论自称为什么，他都能知道这是谁的化身，在古卷上找得他的元形，自盘庚时代以降一一具在，其一再降凡之迹若示诸掌焉。浅学者流妄生分别，或以20世纪，或以北伐成功，或以农军起事划分时期，以为从此是另一世界，将大有改变，与以前绝对不同，仿佛是旧人霎时死绝，新人自天落下，自地涌出，或从空桑中跳出来，完全是两种生物的样子：此正是不学之过也。宜趁现在不甚适宜于说话做事的时候，关起门来努力读书，翻开故纸，与活人对照，死书就变成活书，可以得道，可以养生，岂不懿欤？——喔，我这些话真说得太抽象而不得要领了。但是，具体的又如何说呢？我又还缺少学问，论理还应少说闲话，多读经史才对，现在赶紧打住吧。

民国十七年十一月吉日

读禁书

禁书目的刻板大约始于《咫进斋丛书》，其后有《国粹学报》的排印本，最近有杭州影印本与上海改编索引式本。这代表三个时期，各有作用：一是讲掌故，学术的；二是排满，政治的；三是查考，乃商业的了。在现今第三时期中，我们想买几本旧书看的人于是大吃其亏，有好些明末清初的著作都因为是禁书的缘故价格飞涨，往往一册书平均要卖十元以上，无论心里怎么想要也终于没有法子可以"获得"。果真是好书善本倒也罢了，事实却并不这样，只要是榜上有名的，在旧书目的顶上便标明禁书字样，价钱便特别地贵，如尹会一王锡侯的著述实在都是无聊的东西，不值得去看，何况更花了大钱。话虽如此，好奇心到底都有的，说到禁书谁都想看一看，虽然那蓝胡子的故事可为鉴戒，但也可以知道禁的效力一半还是等于劝。假如不很贵，王锡侯的《字贯》我倒也想买一部，否则想借看一下如是太贵而别人有这部书。至于看了不免多少要失望，则除好书善本外的禁书大抵都不免，我也是预先承认的。近时上海禁书事件发生，大家谈起来都知道，可是《闲话皇帝》一文谁也没有见过，以前不注意，以后禁绝了。听说从前有《闲话扬州》一文激怒了扬州人，闹了一个小问题，那篇《闲话》我也还不曾见到。这篇《闲话》因为事情更大了，所以设法去借了一个抄本来，从头至尾用心读了一遍，觉得文章还写得漂亮，此外还是大失望。这是我最近读禁书的一个经验。

不过天下事都有例外。我近日看到明末的一册文集，十足有可禁的程度，然而不是禁书。这书叫作《拜环堂文集》，会稽陶崇道著，即陶石篑石梁的侄子，我所有的只是残本，第五六两卷，内容都是尺牍。从前我翻阅姚刻《禁书目》，仿佛觉得晚明文章除七子外皆在禁中，何况这陶路甫的文中有许多奴虏字样，其宜全毁明矣，然而重复检查索引式的《禁书总录》，却终未发见他的名字，这真真是大运气吧。虽然他的文集至今也一样地湮没，但在发现的时候头上可以不至于加上标识，定价也不至过高，我们或者还有得到的机会，那么这又可以算是我们读者的运气了。

文集卷四复杨修翎总督云：

"古人以犬羊比夷虏，良有深意。触我啮我则屠之，弭耳乞怜则抚而驯之。"又与张雨苍都掌科云：

"此间从虏中逃归者言，虏张甚，日则分掠，暮则饱归。为大头目者二，胡妓满帐中，醉后鼓吹为乐。此虽贼奴常态，然非大创势不即去，奈何。"看这两节就该禁了。此外这类文字尚多，直叙当时的情形，很足供今日的参考。最妙的如答毛帅（案即毛文龙）云：

"当奴之初起也，彼密我疏，彼狡我拙，彼合我离，彼捷我钝，种种皆非敌手，及开铁一陷，不言守而言战，不言战而且言剿。正如衰败大户，仍先世余休，久驾人上，邻居小民见室中虚实，故来挑撞，一不胜而怒目张牙，诧为怪事，必欲尽力惩治之，一举不胜，墙垣户牖尽为摧毁，然后紧闭门扇，面面相觑，各各相讥。此时从颓垣破壁中一人跃起，招摇僮仆，将还击邻居，于是群然色喜，望影纳拜，称为大勇，岂知终是一人之力。"形容尽致，真可绝倒，不过我们再读一遍之后，觉得有点不好单笑明朝人了，仿佛这里还有别的意义，是中国在某一时期的象征，而现今似乎又颇相像了。集中也有别的文章，如复朱金岳尚书云：

"凡人作文字，无首无尾，始不知何以开，后不知何以阖，此村郎文字也。有首有尾，未曾下笔，便可告人或用某事作开，或用某事作阖，如观旧戏，锣鼓未响，关目先知，此学究文字也。苏文忠曰，吾文如万斛源泉，不择地而布，行乎不得不行，止乎不得不止。夫所谓万斛者，文忠得而主之者也；不得不行不得不止者，文忠不得而主之者也。识此可以谈文，可以谈兵矣。"作者原意在谈兵，因为朱金岳本来就是兵家，但是这当作谈文看，也说得很有意思。谢章铤《赌棋山庄笔记》云：

"窃谓文之未成体者冗剿芜杂，其气不清，桐城诚为对症之药。然桐城言近而境狭，其美亦殆尽矣，而迤逦陵迟，其势将合于时文。"这所说的正是村郎文字与学究文字，那与兵法合的乃是文学之文耳。陶路甫毕竟是石篑石梁的犹子，是懂得文章的，若其谈兵如何，则我是外行，亦不能知其如何也。

民国廿四年八月十六日

古书可读否的问题

我以为古书绝对的可读，只要读的人是"通"的。

我以为古书绝对的不可读，倘若是强迫的令读。

读思想的书如听讼，要读者去判分事理的曲直；读文艺的书如喝酒，要读者去辨别味道的清浊：这责任都在我不在它。人如没有这样判分事理辨别味道的力量，以致曲直颠倒清浊混淆，那么这毛病在他自己，便是他的知识趣味都有欠缺，还没有"通"（广义的，并不单指文字上的作法），不是书的不好：这样未通的人便是叫他去专看新书——列宁，马克思，斯妥布思，爱罗先珂……也要弄出毛病来的。我们第一要紧是把自己弄"通"，随后什么书都可以读，不但不会上它的当，还可以随处得到益处：古人云，"开卷有益"，良不我欺。

或以为古书是传统的结晶，一看就要入迷，正如某君反对淫书说"一见《金瓶梅》三字就要手淫"一样，所以非深闭固拒不可。诚然，旧书或者会引起旧念，有如淫书之引起淫念，但是把这个责任推给无知的书本，未免如蔼里斯所说"把自己客观化"了，因跌倒而打石头吧？恨古书之叫人守旧，与恨淫书之败坏风化与共产社会主义之扰乱治安，都是一样的原始思想。禁书，无论禁的是哪一种的什么书，总是最愚劣的办法，是小孩子，疯人，野蛮人所想的办法。

然而把人教"通"的教育，此刻在中国有么？大约大家都不敢说有。

据某君公表的通信里引《群强报》的一节新闻，说某地施行新学制，其法系废去论理心理博物英语等科目，改读四书五经。某地去此不过一天的路程，不知怎的在北京的大报上都还不见记载，但"群强"是市民第一爱读的有信用的报，所说一定不会错的。那么，大家奉宪谕读古书的时候将到来了。然而，在这时候，我主张，大家正应该绝对地反对读古书了。

民国十四年四月

读书的经验

买到一册新刻的《汴宋竹枝词》，李于潢著，卷头有蒋湘离的一篇李李村墓志铭，写得诙诡而又朴实，读了很是喜欢，查《七经楼文钞》里却是没有。我看着这篇文章，想起自己读书的经验，深感到这件事之不容易，摸着门固难，而指点向人亦几乎无用。在书房里我念过四书、五经，《唐诗三百首》与《古文析义》，只算是学了识字，后来看书乃是从闲书学来，《西游记》与《水浒传》，《聊斋志异》与《阅微草堂笔记》，可以说是两大类。至于文章的好坏，思想的是非，知道一点别择，那还在其后，也不知道怎样的能够得门径，恐怕其实有些是偶然碰着的吧。即如蒋子潇，我在看见《游艺录》以前，简直不知道有这么一个人，父师的教训向来只说周程张朱，便是我爱杂览，不但道咸后的文章，即使今人著作里，也不曾告诉我蒋子潇的名字，我之因《游艺录》而爱好他，再去找《七经楼文》与《春晖阁诗》来读，想起来真是偶然。可是不料偶然又偶然，我在中国文人中又找出俞理初，袁中郎，李卓吾来，大抵是同样的机缘，虽然今人推重李卓老者不是没有，但是我所取者却非是破坏而在其建设，其可贵处是合理有情，奇辟横肆都只是外貌而已。我从这些人里取出来的也就是这一些些，正如有取于佛菩萨与禹稷之传说，以及保守此传说精神之释子与儒家。这话有点说得远了，总之这些都是点点滴滴的集合拢来，所谓粒粒皆辛苦的，在自己看来觉得很可珍惜，同时却又深知道对于别人无甚好处，而仍不免常要饶舌，岂真敝帚自珍，殆是旧性难改乎。

外国书读得很少，不敢随便说，但取舍也总有的。在这里我也未能领解正统的名著，只是任意挑了几个，别无名人指导，差不多也就是偶然碰着，与读中国书没有什么两样。我所找着的，在文学批评是丹麦勃兰兑思，乡土研究是日本柳田国男，文化人类学是英国蔼来则，性的心理是蔼理斯。这都是世界的学术大家，对于那些专门学问我不敢伸一个指头下去，可是拿他们的著作来略为涉猎，未始没有益处，只要能吸收一点进来，使自己的见识增深或推广一分也好，回过去看人生能够多少明白一点，就很满足了。近年来时常听到一种时髦话，慨叹说中国太欧化了，我想这在服用娱乐方面或者还勉强说得，若是思想上哪里有欧化气味，所有的恐怕只是道士气秀才气以及官气而已。想要救治，却正用得着科学精神，这本来是希腊文明的产物，不过至近代而始光大，实在也即是王仲任所谓疾虚妄的精神，也本是儒家所具有者也。我不知怎的觉得西哲如蔼理斯等的思想实在与李俞诸君还是一鼻孔出着气的，所不同的只是后者靠直觉懂得了人情物理，前者则从学理通过了来，事实虽是差不多，但更是确实，盖智慧从知识上来者其根基自深固也。这些洋书并不怎么难于消化，只须有相当的常识与虚心，如中学办的适宜，这与外国文的学力都不难习得，此外如再有读书的兴趣，这件事便已至少有了八分光了。我自己读书一直是暗中摸索，虽然后来找到一点点东西，总是事倍功半，因此常想略有陈述，贡其一得，若野芹蜇口，恐亦未免，唯有惶恐耳。

近来因为渐已懂得文章的好坏，对于自己所写的决不敢自以为好，若是里边所说的话，那又是别一问题。我从民国六年以来写白话文，近五六年写的多是读书随笔，不怪小朋友们的厌恶，我自己也戏称曰文抄公，不过说尽是那么说，写也总是写着，觉得这里边不无有些可取的东西。对于这种文章不以为非的，想起来有两个人，其一是一位外国的朋友，其二是亡友烨斋①。烨斋不是他的真名字，乃是我所戏题，可是写信时也曾用过，可以算是受过默许的。他于最后见面的一次还说及，他自己觉得这样的文很有意思，虽然青年未必能解，有如他的小世兄，便以为这些都是小品文，文抄公，总是该死的。那时我说，自己并不以为怎么了不得，但总之要想说自己所能说的话，假如关于某一事物，这些话别人来写也会说的，我便不想来写。有些话自然也是颇无味的，但是如《瓜豆集》的头几

---

① 烨斋，即钱玄同。

篇，关于鬼神，家庭，妇女特别是娼妓问题，都有我自己的意见在，而这些意见有的就是上边所说的读书的结果，我相信这与别人不尽同，就是比我十年前的意见也更是正确。所以人家不理解，于别人不能有好处，虽然我十分承认，且以为当然，然而在同时也相信这仍是值得写，因为我终于只是一个读书人，读书所得就只这一点，如不写点下来，未免可惜。在这里我知道自己稍缺少谦虚，却也是无法。我不喜欢假话，自己不知道的都已除掉，略有所知的就不能不承认，如再谦让也即是说诳了。至于此外许多事情，我实在不大清楚，所以我总是竭诚谦虚的。

民国二十九年十月作

入厕读书

郝懿行著《晒书堂笔录》卷四有《入厕读书》一条云：

"旧传有妇人笃奉佛经，虽入厕时亦讽诵不辍，后得善果而竟卒于厕，传以为戒，虽出释氏教人之言，未必可信，然亦足见污秽之区，非讽诵所宜也。《归田录》载钱思公言平生好读书，坐则读经史，卧则读小说，上厕则阅小词，谢希深亦言宋公垂每走厕必挟书以往，讽诵之声琅然闻于远近。余读而笑之，入厕脱裤，手又携卷，非惟太亵，亦苦甚忙，人即笃学，何至乃尔耶。至欧公谓希深言平生所作文章多在三上，乃马上枕上厕上也，盖惟此尤可以属思尔，此语却妙，妙在亲切不浮也。"郝君的文章写得很有意思，但是我稍有异议，因为我是颇赞成厕上看书的。小时候听祖父说，北京的跟班有一句口诀云，老爷吃饭快，小的拉矢快，跟班的话里含有一种讨便宜的意思，恐怕也是事实。一个人上厕的时间本来难以一定，但总未必很短，而且这与吃饭不同，无论时间怎么短总觉得这是白费的，想方法要来利用他一下。如吾乡老百姓上茅坑时多顺便喝一筒旱烟，或者有人在河沿石磴下淘米洗衣，或有人挑担走过，又可以高声谈话，说这米几个铜钱一升或是到什么地方去。读书，这无非是喝旱烟的意思罢了。

话虽如此，有些地方原来也只好喝旱烟，于读书是不大相宜的。上文所说浙江某处一带沿河的茅坑，是其一。从前在南京曾经寄寓在一个湖南朋友的书店里，这位朋友姓刘，我从赵伯先那边认识了他，那年有乡试，他在花牌楼附近开了一家书店，我患病住在学堂里很不舒服，他就叫我住到他那里去，替我煮药煮粥，招呼考相公卖书，暗地还要运动革命，他的精神实在是很可佩服的。我睡在柜台里面书架子的背后，吃药喝粥都在那里，可是便所却在门外，要走出店门，走过一两家门面，一块空地的墙根的垃圾堆上。到那地方去我甚以为苦，这一半固然由于生病走不动，就是在康健时也总未必愿意去的，是其二。民国八年夏我到日本日向去访友，住在一个名叫木城的山村里，那里的便所虽然同普通一样上边有屋顶，周围有板壁门窗，但是他同住房离开有十来丈远，孤立田间，晚间要提了灯笼去，下雨还得撑伞，而那里雨又似乎特别多，我住了五天总有四天是下雨，是其三。末了是北京的那种茅厕，只有一个坑两垛砖头，雨淋风吹日晒全不管。去年往定州访伏园，那里的茅厕是琉球式的，人在岸上，猪在坑中，猪咕咕的叫，不习惯的人难免要害怕，那有工夫看什么书，是其四。《语林》云，石崇厕有绛纱帐大床，茵蓐甚丽，两婢持锦香囊，这又是太阔气了，也不适宜。其实我的意思是很简单的，只要有屋顶，有墙有窗有门，晚上可以点灯，没有电灯就点白蜡烛亦可，离住房不妨有二三十步，虽然也要用雨伞，好在北方不大下雨。如有这样的厕所，那么上厕时随意带本书去读读我想倒还是呒啥的吧。

谷崎润一郎著《摄阳随笔》中有一篇《阴翳礼赞》，第二节说到日本建筑的厕所的好处。在京都奈良的寺院里，厕所都是旧式的，阴暗而扫除清洁，设在闻得到绿叶的气味青苔的气味的草木丛中，与住房隔离，有板廊相通。蹲在这阴暗光线之中，受着微明的纸障的反射，耽于冥想，或望着窗外院中的景色，这种感觉真是说不出地好。他又说：

"我重复地说，这里须得有某种程度的阴暗，彻底的清洁，连蚊子的呻吟声也听得清楚地寂静，都是必须的条件。我很喜欢在这样的厕所里听潇潇地下着的雨声。特别在关东的厕所，靠着地板装有细长的扫出尘土的小窗，所以那从屋檐或树叶上滴下来的雨点，洗了石灯笼的脚，润了贴脚石上的苔，幽幽地沁到土里去的雨声，更能够近身地听到。实在这厕所是宜于虫声，宜于鸟声，亦复宜于月夜，要赏识四季随时的物情之最相适的地方，恐怕古来的俳人曾从此处得到过无数的题材吧。这样看来，那么说日本建筑之中最是造得风流的是厕所，也没有什么不可。"谷崎压根儿是个诗人，所以说得那么好，或者也就有点华饰，不过这也只是在文字上，意思却是不错的。日本在近古的战国时代前后，文化的保存与创造差不多全在五山的寺院里，这使得风气一变，如由工笔的院画转为水墨的枯木竹石，建筑自然也是如此，而茶室为之代表，厕之风流化正其余波也。

佛教徒似乎对于厕所向来很是讲究。偶读大小乘戒律，觉得印度先贤十分周密地注意于人生各方面，非常佩服，即以入厕一事而论，后汉译《大比丘三千威仪》下列举"至舍后者有二十五事"，宋译《萨婆多部毗尼摩得勒伽》六自"云何下风"至"云何筹草"凡十三条，唐义净著《南海寄归内法传》二有第十八"便利之事"一章，都有详细的规定，有的是很严肃而幽默，读了忍不住五体投地。我们又看《水浒传》鲁智深做过菜头之后还可以升为净头，可见中国寺里在古时候也还是注意此事的。但是，至少在现今这总是不然了，民国十年我在西山养过半年病，住在碧云寺的十方堂里，各处走到，不见略略像样的厕所，只如在《山中杂信》五所说：

"我的行踪近来已经推广到东边的水泉。这地方确是还好，我于每天清早没有游客的时候去徜徉一会，赏鉴那山水之美。只可惜不大干净，路上很多气味，——因为陈列着许多《本草》上的所谓人中黄。我想中国真是一个奇妙的国，在那里人们不容易得着营养料，也没有方法处置他们的排泄物。"

在这种情形之下，中国寺院有普通厕所已经是大好了，想去找可以冥想或读书的地方如何可得。出家人那么拆烂污，难怪白衣矣。

但是假如有干净的厕所，上厕时看点书却还是可以的，想作文则可不必。书也无须分好经史子集，随便看看都成。我有一个常例，便是不拿善本或难懂的书去，虽然看文法书也是寻常。据我的经验，看随笔一类最好，顶不行的是小说。至于朗诵，我们现在不读八大家文，自然可以无须了。

民国廿四年十月

《镜花缘》

　　我的祖父是光绪初年的翰林，在二十年前已经故去了，他不曾听到国语文学这些名称，但是他的教育法却很特别。他当然仍教子弟做诗文，唯第一步的方法是教人自由读书，尤其是奖励读小说，以为最能使人"通"，等到通了之后，再弄别的东西便无所不可了。他所保举的小说，是《西游记》《镜花缘》《儒林外史》这几种，这也就是我最初所读的书。（以前也曾念过"四子全书"，不过那只是"念"罢了。）

　　我幼年时候所最喜欢的是《镜花缘》。林之洋的冒险，大家都是赏识的，但是我所爱的是多九公，因为他能识得一切的奇事和异物。对于神异故事之原始的要求，长在我们的血脉里，所以《山海经》《十洲记》《博物志》之类千余年前的著作，在现代人的心里仍有一种新鲜的引力：九头的鸟，一足的牛，实在是荒唐无稽的话，但又是怎样的愉快呵。《镜花缘》中飘海的一部分，就是这些分子的近代化，我想凡是能够理解希腊史诗《阿迭绥亚》的趣味的，当能赏识这荒唐的故事。

　　有人要说，这些荒唐的话即是诳话。我当然承认。但我要说明，以欺诈的目的而为不实之陈述者才算是可贵，单纯的——为说诳而说的诳话，至少在艺术上面，没有是非之可言。向来大家都说小孩喜说谎话是作贼的始基，现代的研究才知道并不如此。小孩的谎话大都是空想的表现，可以说是艺术的创造；他说我今天看见一条有角的红蛇，决不是想因此行诈得到什么利益，实在只是创作力的活动，用了平常的材料，组成特异的事物，以自娱乐。叙述自己想像的产物，与叙述现世的实生活是同一的真实，因为经验并不限于官能的一方面。我们要小孩诚实，但这当推广到使他并诚实于自己的空想。谎话的坏处在于欺蒙他人；单纯的谎话则只是欺蒙自己，他人也可以被其欺蒙——不过被欺蒙到梦幻的美里去，这当然不能算是什么坏处了。

王尔德有一篇对话，名*The Decay of Lying*（《说谎的衰颓》），很叹息于艺术的堕落。《狱中记》译者的序论里把Lying译作"架空"，仿佛是忌避说谎这一个字（日本也是如此），其实有什么要紧。王尔德哪里会有忌讳呢？他说文艺上所重要者是"讲美的而实际上又没有的事"，这就是说谎。但是他虽然这样说，实行上却还不及他的同乡丹绥尼；"这世界在歌者看来，是为了梦想者而造的"，正是极妙的赞语。科伦（P. Colum）在丹绥尼的《梦想者的故事》的序上说：

> 他正如这样的一个人，走到猎人的寓居里，说道，你们看这月亮很奇怪，我将告诉你，月亮是怎样做的，又为什么而做的。既然告诉他们月亮的事情之后，他又接续着讲在树林那边的奇异的都市，和在独角兽的角里的珍宝。

倘若别人责他专讲梦想与空想给人听，他将回答说，我是在养活他们的惊异的精神，惊异在人是神圣的。

我们在他的著作里，几乎不能发见一点社会的思想。但是，却有一个在那里，这便是一种对于减缩人们想像力的一切事物——对于凡俗的都市，对于商业的实利，对于从物质的组织所发生的文化之严厉的敌视。

梦想是永远不死的。在恋爱中的青年与在黄昏下的老人都有他的梦想，虽然她们的颜色不同。人之子有时或者要反叛她，但终究还回到她的怀中来。我们读王尔德的童话，赏识他种种好处，但是《幸福的王子》和《渔夫与其魂》里的叙述异景总要算是最美之一了。我对于《镜花缘》，因此很爱他这飘洋的记述。我也爱《呆子伊凡》或《麦加尔的梦》，然而我或者更幼稚地爱希腊神话。

记得《聊斋志异》卷头有一句诗道："姑妄言之姑听之。"这是极妙的话。《西游记》《封神榜》以及别的荒唐的话（无聊的模拟除外），在这一点上自有特别的趣味，不过这也是对于所谓受戒者（The Initiated）而言，不是一般的说法，更非所论于那些心思已入了牛角弯的人们。他们非用纪限仪显微镜来测看艺术，便对着画钟馗供香华灯烛：在他们看来，则《镜花缘》若不是可恶的妄语必是一部信史了。

民国十二年四月

谈 文

这几天翻阅近人笔记，见叶松石著《煮药漫抄》卷下有这一节，觉得很有意思。

"少年爱绮丽，壮年爱豪放，中年爱简练，老年爱淡远。学随年进，要不可以无真趣，则诗自可观。"

叶松石在同治末年曾受日本文部省之聘，往东京外国语学校教汉文，光绪五六年间又去西京住过一年多，《煮药漫抄》就是那时候所著。但他压根儿还是诗人，《漫抄》也原是诗话之流，上边所引的话也是论诗的，虽然这可以通用于文章与思想，我觉得有意思的就在这里。

学随年进，这句话或者未可一概而论，大抵随年岁而变化，似乎较妥当一点。因了年岁的不同，一个人的爱好与其所能造作的东西自然也异其特色，我们如把绮丽与豪放并在一处，简练与淡远并在一处，可以分作两类，姑以中年前后分界，称之曰前期后期。中国人向来尊重老成，如非过了中年不敢轻言著作，就是编订自己少作，或评论人家作品的时候也总以此为标准，所以除了有些个性特别强的人，又是特别在诗词中，还留存若干绮丽豪放的以外，平常文章几乎无不是中年老年即上文所云后期的产物，也有真的，自然也有仿制的。我们看唐宋以至明清八大家的讲义法的古文，历代文人讲考据或义理的笔记等，随处可以证明。那时候叫青年人读书，便是强迫他们磨灭了纯真的本性，慢慢人为地造成一种近似老年的心境，使能接受那些文学的遗产。这种办法有的也很成功的，不过他需要相当的代价，有时往往还是得不偿失。少年老成的人是把老年提先了，少年未必就此取消，大抵到后来再补出来，发生冬行春令的景象。我们常见智识界的权威平日超人似地发表高尚的教训，或是提倡新的或是拥护旧的道德，听了着实叫人惊服，可声不久就有些浪漫的事实出现，证明言行不一致，于是信用扫地，一塌胡涂，我们见了破口大骂，本可不必，而且也颇冤枉，这实是违反人性的教育习惯之罪，这些都只是牺牲耳。《大学》有云："是谓拂人之性，灾必逮夫身。"现今正是读经的时代，经训不可不三思也。

少年壮年中年老年，各有他的时代，各有他的内容，不可互相侵犯，也不可颠倒错乱，最好的办法还是顺其自然，各得其所。北京有一首儿歌说得好，可以唱给诸公一听：

新年来到，糖瓜祭灶。

姑娘要花，小子要炮。

老头子要戴新呢帽，

老婆子要吃大花糕。

民国廿四年七月

再谈文

　　鄙人近来很想写文章，却终于写不出什么文章来。这为什么缘故呢？力量不够，自然是其一。然而此外还有理由。

　　写文章之难有二，自古已然，于今为烈。这可以用《笑林》里的两句话来做代表，一是妙不可言，二是不可言妙。

　　情动于中而形于言，这自是定理，但是言往往不足以达情，有言短情长之感。佛教里的禅宗不立文字，就是儒家也有相似的意思，如屈翁山在《广东新语》中记"白沙之学"云：

　　"白沙先生又谓此理之妙不可言，吾或有得焉，心得而存之，口不可而言之。比试言之，则已非吾所存矣，故凡有得而可言，皆不足以得言。"这还是关于心性之学的话，在文学上也是如此。司空表圣有"不着一字尽得风流"一境，固然稍嫌玄虚，但陶渊明诗亦云，"此中有真意，欲辩已忘言"，可知这是实在有的，不过在我们凡人少遇见这些经验而已。没有经验，便不知此妙境，知道了时又苦于不可得而言，所以结果终是难也。

　　有人相信文字有灵，于是一定要那么说，仿佛是当做咒语用，当然也就有人一定不让那么说。这在文字有灵说的立场上都是讲得通的，两方面该是莫逆于心，相视而笑了，但是也有觉得文字无灵的，他们想随便写写说说，却有些不大方便。因为本来觉得无灵，所以也未必非说不可地想硬说，不过可以说的话既然有限制，那么说起来自然有枯窘之苦了。

话虽如此，这于我都没有多大关系，因为我并无任何的"妙"要说，无论是说不出或是说不得的那一种。我写文章，一半为的是自己高兴，一半也想给读者一点好处，不问是在文章或思想上。我常想普通在杂志新闻上写文章不外三种态度。甲曰老生常谈，是启蒙的态度。乙曰市场说书，是营业的。丙曰差役传话，是宣传的。我自己大约是甲加一点乙，本是老翁道家常，却又希望看官们也还肯听，至少也不要一句不听地都走散。但是，这是大难大难。有些朋友是专喜欢听差役传话的，那是无法应酬，至于喜说书原是人情之常，我们固然没有才能去学那一套，但也不可不学他们一点，要知道一点主顾的嗜好。这个便绝不容易。中年知识阶级的事情我略知一二，他们不能脱除专制思想与科举制度的影响，常在口头心头的总不出道德仁义与爵禄子女，这个恕难奉陪，所以中年的读物虽然也应该供给却是无从下手，只好暂且不谈。大众是怎样呢？这是大家所很想知道的，特别是在我们现今在报上写点小文章的人。可惜我还未能明确地知道。约略一估量，难道他们竟是承受中年知识阶级的衣钵的么？这个我不敢信，也不敢就断然不信。总之，我还不清楚大众喜欢听什么话，因此未能有所尽言，我所说的文章（写了聊以自娱的文章在外）之难写就是这个缘故。

民国廿四年九月

论八股文

我考查中国许多大学的国文学系的课程，看出一个同样的极大的缺陷，便是没有正式的八股文的讲义。我曾经对好几个朋友提议过，大学里——至少是北京大学应该正式地"读经"，把儒教的重要的经典，例如易，诗，书，一部部地来讲读，照在现代科学知识的日光里，用言语历史学来解释它的意义，用"社会人类学"来阐明它的本相，看它到底是什么东西，此其一。在现今大家高呼伦理化的时代，固然也未必会有人胆敢出来提倡打倒圣经，即使当日真有"废孔子庙罢其祀"的呼声，他们如没有先去好好地读一番经，那么也还是白呼的。我的第二个提议即是应该大讲其八股，因为八股是中国文学史上承先启后的一个大关键，假如想要研究或了解本国文学而不先明白八股文这东西，结果将一无所得，既不能通旧的传统之极致，亦遂不能知新的反动之起源。所以，除在文学史大纲上公平地讲过之外，在本科二三年应礼聘专家讲授八股文，每周至少二小时，定为必修科，凡此课考试不及格者不得毕业。这在我是十二分地诚实的提议，但是，呜呼哀哉，朋友们似乎也以为我是以讽刺为业，都认作一种玩笑的话，没有一个肯接受这个条陈。固然，人选困难的确也是一个重要的原因，精通八股的人现在已经不大多了，这些人又未必都适于或肯教，只有夏曾佑先生听说曾有此意，然而可惜这位先觉早已归了道山了。

八股文的价值却决不因这些事情而跌落。它永久是中国文学——不，简直可以大胆一点说中国文化的结晶，无论现在有没有人承认这个事实，这总是不可遮掩的明白的事实。八股算是已经死了，不过，它正如童话里的妖怪，被英雄剁作几块，它老人家整个是不活了，那一块一块的却都活着，从那妖形妖势上面看来，可以证明老妖的不死。我们先从汉字看起。汉字这东西与天下的一切文字不同，连日本朝鲜在内：它有所谓六书，所以有象形会意，有偏旁；有所谓四声，所以有平仄。从这里，必然地生出好些文章上的把戏。有如对联，"云中雁"对"鸟枪打"这种对法，西洋人大抵还能了解。至于红可以对绿而不可以对黄，则非黄帝子孙恐怕难以懂得了。有如灯谜，诗钟。再上去，有如律诗，骈文，已由文字游戏而进于正宗的文学。自韩退之文起八代之衰，化骈为散之后，骈文似乎已交末运，然而不然：八股文生于宋，至明而少长，至清而大成，实行散文的骈文化，结果造成一种比六朝的骈文还要圆熟的散文诗，真令人有观止之叹。而且破题的作法差不多就是灯谜，至于有些"无情搭"显然须应用诗钟的手法才能奏效，所以八股不但是集合古今骈散的精华，凡是从汉字的特别性质演出的一切微妙的游艺也都包括在内，所以我们说它是中国文学的结晶，实在是没有一丝一毫的虚价。民国初年的文学革命，据我的解释，也原是对于八股文化的一个反动，世上许多褒贬都不免有点误解，假如想了解这个运动的意义而不先明了八股是什么东西，那犹如不知道清朝历史的人想懂辛亥革命的意义，完全是不可能的了。

其次，我们来看一看八股里的音乐的分子。不幸我于音乐是绝对的门外汉，就是顶好的音乐我听了也只是不讨厌罢了，全然不懂它的好处在哪里，但是我知道，中国国民酷好音乐，八股文里含有重量的音乐分子，知道了这两点，在现今的谈论里也就勉强可以对付了。我常想中国人是音乐的国民，虽然这些音乐在我个人偏偏是不甚喜欢的。中国人的戏迷是实在的事，他们不但在戏园子里迷，就是平常一个人走夜路，觉得有点害怕，或是闲着无事的时候，便不知不觉高声朗诵出来，是《空城计》的一节呢，还是《四郎探母》，因为是外行我不知道，但总之是唱着什么就是。昆曲的句子已经不大高明，皮簧更是不行，几乎是"八部书外"的东西，然而中国的士大夫也乐此不疲，虽然他们如默读脚本，也一定要大叫不通不止，等到在台上一发声，把这些不通的话拉长了，加上丝弦家伙，他们便觉得滋滋有味，颠头摇腿，至于忘形：我想，这未必是中国的歌唱特别微妙，实在只是中国人特别嗜好节调罢。从这里我就联想到中国人的读诗，读古文，尤其是读八股的上面去。

他们读这些文章时的那副情形大家想必还记得，摇头摆脑，简直和听梅畹华先生唱戏时差不多，有人见了要诧异地问，哼一篇烂如泥的烂时文，何至于如此快乐呢？我知道，他是麻醉于音乐里哩。他读到这一出股："天地乃宇宙之乾坤，吾心实中怀之在抱，久矣夫千百年来已非一日矣，溯往事以追维，曷勿考记载而诵诗书之典要，"耳朵里只听得自己琅琅的音调，便有如置身戏馆，完全忘记了这些狗屁不通的文句，只是在抑扬顿挫的歌声中间三魂渺渺七魂茫茫地陶醉着了。（说到陶醉，我很怀疑这与抽大烟的快乐有点相近，只可惜现在还没有充分的材料可以证明。）再从反面说来，做八股文的方法也纯粹是音乐的。它的第一步自然是认题，用做灯谜诗钟以及喜庆对联等法，检点应用的材料，随后是选谱，即选定合宜的套数，按谱填词，这是极重要的一点；从前的一个族叔，文理清通，而屡试不售，遂发愤用功，每晚坐高楼上朗读文章，（《小题正鹄》？），半年后应府县考皆列前茅，次年春间即进了秀才。这个很好的例可以证明八股是文义轻而声调重，做文的秘诀是熟记好些名家旧谱，临时照填，且填且歌，跟了上句的气势，下句的调子自然出来，把适宜的平仄字填上去，便可成为上好时文了。中国人无论写什么都要一面吟哦着，也是这个缘故，虽然所做的不是八股，读书时也是如此，甚至读家信或报章也非朗诵不可，于此更可以想见这种情形之普遍了。

其次，我们再来谈一谈中国的奴隶性罢。几千年的专制养成很顽固的服从与模仿根性，结果是弄得自己没有思想，没有话说，非等候上头的吩咐不能有所行动，这是一般的现象，而八股文就是这个现象的代表。前清末年有过一个笑话，有洋人到总理衙门去，出来了七八个红顶花翎的大官，大家没有话可讲，洋人开言道"今天天气好。"首席的大声答道"好。"其余的红顶花翎接连地大声答道好好好……其声如狗叫云。这个把戏，是中国做官以及处世的妙诀，在文章上叫作"代圣贤立言"，又可以称作"赋得"，换句话就是奉命说话。做"制艺"的人奉到题目，遵守"功令"，在应该说什么与怎样说的范围之内，尽力地显出本领来，显得好时便是"中式"，就是新贵人的举人进士了。我们不能轻易地笑前清的老腐败的文物制度，它的精神在科举废止后在不曾见过八股的人们的心里还是活着。吴稚晖公说过，中国有土八股，有洋八股，有党八股，我们在这里觉得未可以人废言。在这些八股做着的时候，大家还只是旧日的士大夫，虽然身上穿着洋服，嘴里咬着雪茄。要想打破一点这样的空气，反省是最有用的方法，赶紧去查考祖先的窗稿，拿来与自己的大作比较一下，看看土八股究竟死绝了没有，是不是死了之后还是夺舍投胎地复活在我们自己的心里。这种事情恐怕是不大愉快的，有些人或者要感到苦痛，有如洗刮身上的一个大疔疮。这个，我想也可以各人随便，反正我并不相信统一思想的理论，假如有人怕感到幻灭之悲哀，那么让他仍旧把膏药贴上也并没有什么不可罢。

总之我是想来提倡八股文之研究，纲领只此一句，其余的说明可以算是多余的废话，其次，我的提议也并不完全是反话或讽刺，虽然说得那么地不规矩相。

民国十九年五月

关于写文章

　　去年除夕在某处茶话，有一位朋友责备我近来写文章不积极，无益于社会。我诚实的自白，从来我写的文章就都写不好，到了现在也还不行，这毛病便在于太积极。我们到底是一介中国人，对于本国种种事情未免关心，这原不是坏事，但是没有实力，奈何不得社会一分毫，结果只好学圣人去写文章出口鸟气。虽然孟子舆说，孔子作春秋而乱臣贼子惧，又蒋观云咏卢梭云，文字成功日，全球革命潮，事实却并不然。文字在民俗上有极大神秘的威力，实际却无一点教训的效力，无论大家怎样希望文章去治国平天下，归根结蒂还是一种自慰。这在我看去正如神灭论的自明，无论大家怎样盼望身灭神存，以至肉身飞升。但是怕寂寞的历代都有，这也本是人情吧？眼看文章不能改变社会，于是门类分别出来了，那一种不积极而无益于社会者都是"小摆设"，其有用的呢，没有名字不好叫，我想或者称作"祭器"罢。祭器放在祭坛上，在与祭者看去实在是颇庄严的，不过其祝或诅的功效是别一问题外，祭器这东西到底还是一种摆设，只是大一点罢了。这其实也还不尽然，花瓶不是也有颇大的么？而且我们又怎能断言瓶花原来不是供养精灵的呢？吾乡称香炉烛台为三事，两旁各加一瓶则称五事，钟鼎尊彝莫非祭器，而今不但见于闲人的案头，亦列于古董店的架上矣。只有人看它作有用无用而生分别，器则一也，反正摆设而已。

我写文章的毛病，直到近来还是这样，便是病在积极。我不想写祭器文学，因为不相信文章是有用的，但是总有愤慨，做文章说话知道不是画符念咒，会有一个霹雳打死妖怪的结果，不过说说也好，聊以出口闷气。这是毛病，这样写是无论如何写不好的。我自己知道，我所写的最不行的是那些打架的文章，就是单对事的也多不行，至于对人的更是要不得，虽然大抵都没有存留在集子里，而且写的也还不很多。我觉得与人家打架的时候，不管是动手动口或是动笔，都容易现出自己的丑态来，如不是卑怯下劣，至少有一副野蛮神气，动物中间恐怕只有老虎狮子，在它的凶狠中可以有美，不过这也是说所要被咬的不是我们自己。中国古来文人对于女人可以说是很有研究的了，他们形容描写她们种种的状态，却并不说她怒时的美，就是有也还是薄愠娇嗔，若是盛怒之下那大约非狄希陈辈不能赏识吧。女人尚尔，何况男子。然而说也奇怪，世人却似乎喜看那些打架的文章，正如喜看路旁两个人真的打架一样。互相咒骂，互相揭发，这是很好看的事，如一人独骂，有似醉门发酒风，便少精彩，虽然也不失为热闹，有围而看之之价值。某国有一部滑稽小说，第三编下描写两个朋友闹别扭，互骂不休，可以作为标本：

甲，带了我去镶边，亏你说得出！你付了那二百文的嫖钱，可是在马市叫了凉拌蛤蜊豆腐滓汤喝的酒钱都是我给你付的。

乙，说你的诳！

甲，说什么诳！那时你吃刀鱼骨头鲠住咽喉，不是吞了五六碗白饭的么？

乙，胡说八道。你在水田胡同喝甜酒，烫坏了嘴，倒不说了。

甲，嘿，倒不如你在那堤上说好个护书掉在这里，一手抓了狗矢么？真活出丑。

我举这个例虽然颇好玩，实际上不很妥帖。因为现在做文章相骂的都未必像弥次北八两人那样熟识，骂的材料不能那样多而且好，其次则文人总是文雅的，无论为了政治或商业的目的去骂人，说的不十分痛快，只让有关系的有时单是被骂的看了知道。我尝说，现今许多打架的文章好有一比，这正如贪官污吏暮夜纳贿，痴男怨女草野偷情。为什么呢？因为这只有尔知我知，至于天知地知在现代文明世界很是疑问了。既然是这样，那就何妨写了直接寄给对方，岂不省事。可是话又得说回来，卫道卫文或为别的而相骂是一件事，看官们要看又是一件事，因为有人要看，也就何妨印出来给他们看看呢。如为满足读者计，则此类文章大约是顶合式吧。

我想写好文章第一须得不积极。不管他们卫道卫文的事，只看看天，想想人的命运，再来乱谈，或者可以好一点，写得出一两篇比较可以给人看的文章，目下却还未能，我的努力也只好看赖债的样以明天为期耳。

民国廿四年三月

关于写文章二

写文章的时候，文章写不好是一件苦事，觉得写出来的文章无用又是别一种无聊。话得说明白，我以为我们所写的文章可以分作两类，性质不大相同，第一类大抵可以说是以文章为主，第二类是以对象为主。第一类的文章固然也要有思想有感情，也还是以人生与自然为题材，不过这多是永久的烦恼或愉乐，号哭笑歌可以表示而不能增减其分毫，所以只要文章写得好，表现得满足，那就行了。第二类的对于什么一件事物发表意见，其目的并不以表现自己为限，却是想多少引起某一部分人的注意，多少对于那一件事物会发生点影响，这就是说文章要有一点效力或用处。无论主张文学有用或无用的人，老实说这两类的文章大约都是写的，不过写的多少有点不同罢了。我是不相信文章有用的，所以在原则上如写文章第一要把文章写的可以看得，此外的事情都是其次，但是这种文章实在不容易写，我辈尚须努力。多年的习惯觉得那第二类的文章容易写，而且对于社会国家的事也的确不能全然忘怀，明知无用而写之，然而愈写也愈少了。为什么呢？因此乃无聊事也。

关于社会上某一件事写了一篇文章，以文章论是不会写得好的，以效力言是本来没有期待的，那么剩下的写文章的兴趣还有什么呢？或者说，也就给人们看看吧，——所谓人们总得数目稍多一点，若还是几个熟人，那倒不如寄原稿去传观一下子了。《论语·卫灵公》十五云：

"子曰，可与言而不与之言，失人。不可与言而与之言，失言。知者不失人，亦不失言。"我们不是知者，要两不失是很难的，只希望能避免一失也就好了。究竟怎么办好呢？从前我大约是失言居多，近来想想却觉得还是失人要好些。除自然科学外恐怕世上再也没有一定的道理罢，不但宗教道德哲学政治，便是艺术文学也是如此，所以两人随时有隔阂之可能，要说得投机是不大容易遇见的事情。人非圣贤岂能先知，还只得照常说话，只要看一言两语谈得不对，便即打住，不至失言，亦免打架，斯为善耳。有些朋友不赞成不打架，这也不妨各行其是。盖打架亦一人生之消遣法也。消遣可以成癖即俗云上瘾，如嗜痂之癖恐至死不能改，诚属无法，苟不至是则消遣之法亦须稍选择，取其佳良者，至少亦不可太难看。如钓鱼以至泗水取蚌蛤以消遣均不难看，而匍匐泥塘中则欠佳矣，又饮酒或喝豆汁皆不妨，而喝小便即美其名曰回龙汤亦将为人所笑矣。打架可给观者以好玩之感，正如看两狗相咬，若打架者自身的形相乃未必好看，故除有重大宿瘾外，若单为消遣之打架则往往反露出丑态，为人家消遣之资，不可不注意也。虽然，文章至此亦遂有了用处，大值得写了，且写到对自身如此不客气，虽曰消遣实已十分严肃深刻，甚可佩服矣。此一说也，不过我们无此热心与决意者便不能做到，结果遂常觉得不满，不是感觉无聊便苦于文章之写不好，只好搁笔而叹罢了。

民国廿四年三月

本　色

　　阅郝兰皋《晒书堂集》，见其《笔录》六卷，文字意思均多佳胜，卷六有"本色"一则，其第三节云：

　　"西京一僧院后有竹园甚盛，士大夫多游集其间，文潞公亦访焉，大爱之。僧因具榜乞命名，公欣然许之，数月无耗，僧屡往请，则曰，吾为尔思一佳名未得，姑少待。逾半载，方送榜还，题曰'竹轩'。妙哉题名，只合如此，使他人为之，则绿筼潇碧，为此君上尊号者多矣。（《艮斋续说》八）余谓当公思佳名未得，度其胸中亦不过绿筼潇碧等字，思量半载，方得真诠，千古文章事业同作是观。"郝君常引王渔洋尤西堂二家之说，而《艮斋杂说》为多，亦多有妙解。近来读清初笔记，觉有不少佳作，王渔洋与宋牧仲，尤西堂与冯钝吟，刘继庄与傅青主，皆是。我因《笔录》而看《艮斋杂说》，其佳处却已多被郝君引用了，所以这里还是抄的《笔录》，而且他的案语也有意思，很可以供写文章的人的参考。

　　写文章没有别的诀窍，只有一字曰简单。这在普通的英文作文教本中都已说过，叫学生造句分章第一要简单，这才能得要领。不过这件事大不容易，所谓三岁孩童说得，八十老翁行不得者也。《钝吟杂录》卷八有云：

"平常说话，其中亦有文字。欧阳公云，见人题壁，可以知人文字。则知文字好处正不在华绮，儒者不晓得，是一病。"其实平常说话原也不容易，盖因其中即有文字，大抵说话如华绮便可以稍容易，这只要用点脂粉工夫就行了，正与文字一样道理，若本色反是难。为什么呢？本色可以拿得出去，必须本来的质地形色站得住脚，其次是人情总缺少自信，想依赖修饰，必须洗去前此所涂脂粉，才会露出本色来，此所以为难也。想了半年这才丢开绿筠潇碧等语，找到一个平凡老实的竹轩，此正是文人的极大的经验，亦即后人的极好的教训也。

好几年前偶读宋唐子西的《文录》，见有这样一条，觉得非常喜欢。文云：

"关子东一日寓辟雍，朔风大作，因得句云，夜长何时旦，苦寒不成寐。以问先生云，夜长对苦寒，诗律虽有锉对，亦似不稳。先生云，正要如此，一似药中要存性也。"这里的锉对或蹉对或句中对的问题究竟如何，现在不去管他，我所觉得有意思的是药中存性的譬喻，那时还起了"煅药庐"这个别号。当初想老实地叫存性庐，嫌其有道学气，又有点像药酒店，叫做药性庐呢，难免被人认为国医，所以改做那个样子。煅药的方法我实在不大了然，大约与煮酒焙茶相似，这个火候很是重要，才能使药材除去不要的分子而仍不失其本性，此手法如学得，真可通用于文章事业矣。存性与存本色未必是一件事，我却觉得都是很好的话，很有益于我们想写文章的人，所以就把他抄在一起了。

《钝吟杂录》卷八遗言之末有三则，都是批评谢叠山所选的《文章轨范》的，其第一则说得最好。文云：

"大凡学文初要小心，后来学问博，识见高，笔端老，则可放胆。能细而后能粗，能简而后能繁，能纯粹而后能豪放。叠山句句说倒了。至于俗气，文字中一毫着不得，乃云由俗入雅，真戏论也。东坡先生云，尝读《孔子世家》，观其言语文章循循然莫不有规矩，不敢放言高论。然则放言高论，夫子不为也，东坡所不取也。谢枋得叙放胆文，开口便言初学读之必能放言高论，何可如此，岂不教坏了初学。"钝吟的意见我未能全赞同，但其非议宋儒宋文处大抵是不错的，这里说要小心，反对放言高论，我也觉得很有道理。卷一《家戒上》云：

"士人读书学古，不免要作文字，切忌勿作论。"这说得极妙，他便是怕大家做汉高祖论，故说霸道，学上了坏习气，无法救药也。卷四《读古浅说》中云：

"余生仅六十年，上自朝廷，下至闾里，其间风习是非，少时所见与今日已迥然不同，况古人之事远者数千年，近者犹百年，一以今日所见定其是非，非愚则诬也。宋人作论多俗，只坐此病。"作论之弊素无人知，祸延文坛，至于今日，冯君的话真是大师子吼，惜少有人能倾听耳。小心之说很值得中小学国文教师的注意，与存性之为文人说法不同，应用自然更广，利益也就更大了。不佞作论三十余年，近来始知小心，他无进益，放言高论庶几可以免矣，若夫本色则犹望道而未之见也。

文艺上的异物

古今的传奇文学里，多有异物——怪异精灵出现，在唯物的人们看来，都是些荒唐无稽的话，即使不必立刻排除，也总是了无价值的东西了。但是唯物的论断不能为文艺批评的标准，而且赏识文艺不用心神体会，却"胶柱鼓瑟"的把一切叙说的都认作真理与事实，当作历史与科学去研究他，原是自己走错了路，无怪不能得到正当的理解。传奇文学尽有他的许多缺点，但是跳出因袭轨范，自由的采用任何奇异的材料，以能达到所欲得的效力为其目的，这却不能不说是一个大的改革，文艺进化上的一块显著的里程碑。这种例证甚多，现在姑取异物中的最可怕的东西——僵尸——作为一例。

在中国小说上出现的僵尸，计有两种。一种是尸变，新死的人忽然"感了戾气"，起来作怪，常把活人弄死，所以他的性质是很凶残的。一种是普通的僵尸，据说是久殡不葬的死人所化，性质也是凶残，又常被当作旱魃，能够阻止天雨，但是一方面又有恋爱事件的传说，性质上更带了一点温暖的彩色了。中国的僵尸故事大抵很能感染恐怖的情绪，舍意义而论技工，却是成功的了；《聊斋志异》里有一则"尸变"，纪旅客独宿，为新死的旅馆子妇所袭，逃到野外，躲在一棵大树后面，互相撑拒，末后惊恐倒地，尸亦抱树而僵。我读这篇虽然已在二十多年前，那时恐怖的心情还未忘记，这可以算是一篇有力的鬼怪故事了。儿童文学里的恐怖分子，确是不甚适宜，若在平常文艺作品本来也是应有的东西，美国亚伦坡的小说含这种分子很多，便是莫泊桑也作有若干鬼怪故事，不过他们多用心理的内面描写，方法有点不同罢了。

外国的僵尸思想，可以分作南欧与北欧两派，以希腊及塞耳比亚为其代表。北派的通称凡披耳（Vampyr），从墓中出，迷魇生人，吸其血液，被吸者死复成凡披耳；又患狼狂病（Lycanthropia）者，俗以为能化狼，死后亦成僵尸，故或又混称"人狼"（Vljkodlak），性质凶残，与中国的僵尸相似。南派的在希腊古代称亚拉思妥耳（Alastor），在现代虽袭用斯拉夫的名称"苻吕科拉加思"（Vrykolakas，原意云人狼），但从方言"鼓状"（Tympaniaios）、"张口者"（Katachanas）等名称看来，不过是不坏而能行动的尸身，虽然也是妖异而性质却是和平的，民间传说里常说他回家起居如常人，所以正是一种"活尸"罢了。他的死后重来的缘因，大抵由于精气未尽或怨恨未报，以横死或夭亡的人为多。古希腊的亚拉思妥耳的意思本是游行者，但其游行的目的大半在于追寻他的仇敌，后人便将这字解作"报复者"，因此也加上多少杀伐的气质了。希腊悲剧上常见这类的思想，如爱斯吉洛思

（Aeschylus）的《慈惠女神》（*Eumenides*）中最为显著，厄林奴思（Erinys）所歌"为了你所流的血，你将使我吸你活的肢体的红汁。你自身必将为我的肉，我的酒，"即是好例。阿勒恩德斯（Orestes）为父报仇而杀其母，母之怨灵乃借手厄林奴思以图报复，在民间思想图报者本为其母的僵尸，唯以艺术的关系故代以报仇之神厄林奴思，这是希腊中和之德的一例，但恐怖仍然存在，运用民间信仰以表示正义，这可以说是爱斯吉洛思的一种特长了。近代欧洲各国亦有类似"游行者"的一种思想，易卜生的戏剧《群鬼》里便联带说及，他这篇名本是《重来者》（*Gengangere*），即指死而复出的僵尸，并非与肉体分离了的鬼魂，第一幕里阿尔文夫人看见儿子和使女调戏，叫道"鬼，鬼！"意思就是这个，这鬼（Ghosts）字实在当解作"从（死人里）回来的人们"（Revenants）。条顿族的叙事民歌（Popular ballad）里也很多这些"重来者"，如《门子井的妻》一篇，纪死者因了母子之爱，兄弟三人同来访问他们的老母；但是因恋爱而重来的尤多，《可爱的威廉的鬼》从墓中出来，问他的情人要还他的信誓，造成一首极凄婉美艳的民歌。威廉说，"倘若死者为生人而来，我亦将为你而重来。"这死者来迎取后死的情人的趣意，便成了《色勿克的奇迹》的中心，并引起许多近代著名的诗篇，运用怪异的事情表示比死更强的爱力。在这些民歌里，表面上似乎只说鬼魂，实在都是那"游行者"一类的异物，《门子井的妻》里老母听说她的儿子死在海里了，她诅咒说，"我愿风不会停止，浪不会平静，直到我的三个儿子回到我这里来，带了（他们的）现世的血肉的身体"，便是很明白的证据了。

民间的习俗大抵本于精灵信仰（Animism），在事实上于文化发展颇有障害，但从艺术上平心静气的看去，我们能够于怪异的传说的里面瞥见人类共通的悲哀或恐怖，不是无意义的事情。科学思想可以加入文艺里去，使他发生若干变化，却决不能完全占有他，因为科学与艺术的领域是迥异的。明器里人面兽身独角有翼的守坟的异物，常识都知道是虚假的偶像，但是当作艺术，自有他的价值，不好用唯物的判断去论定的。文艺上的异物思想也正是如此。我想各人在文艺上不妨各有他的一种主张，但是同时不可不有宽阔的心胸与理解的精神去赏鉴一切的作品，庶几能够贯通，了解文艺的真意。安特来夫在《七个绞死者的故事》的序上说的好，"我们的不幸，便是大家对于别人的心灵生命苦痛习惯意向愿望，都很少理解，而且几于全无。我是治文学的，我之所以觉得文学可尊者，便因其最高上的功业是拭去一切的界限与距离。"

民国十一年四月发表

情书写法

八月三十日北平报载法院复审刘景桂逯明案，有逯明的一节供词极妙，让我把它抄在后边：

"问，你给她的信内容不明白的地方甚多，以十月二十五日十一月三十日信看来，恐怕你们另有什么计划。

"答，爱情的事，无经验的人是不明白的，普通情书常常写言过其实的肉麻话，不如此写不能有力量。"

据报上说逯君正在竭力辩明系女人诱惑男人，却又说出这样的老实话来，未免稍有不利，但对于谈者总是很有意思，可感谢的一句话。有经验的人对于无经验的有所指教，都是非常有益的，虽然有时难免戳穿西洋镜，听了令人有点扫兴。恋爱经验与宗教经验战争经验一样地难得，何况又是那样深刻的，以致闹成事件，如世俗称为"桃色惨案"——顺便说一句，这种名称我最不喜欢，只表示低级趣味与无感情而已，刘荷影案时有《留得残荷听雨声》的小标题，尤其不愉快。闲话休提，我只说，犯罪就是一种异常的经验，只要是老实地说话，不要为了利害是非而歪曲了去感伤地申诉或英雄地表演，于我们都有倾听的价值。日本有古用人次郎要为同志大杉荣复仇，杀人谋财，又谋刺福田大将未成，被捕判处死刑，不上诉而就死，年二十五，所著有《死之忏悔》，为世人所珍重，其一例也。

逯君关于情书的几句话真可谓苦心之谈，不愧为有经验者。第一，这使人知道怎么写情书。言过其实地说肉麻话，或者觉得不大应该。然而为得要使情书有力量，却非如此不可。这实在是一条兵法，看过去好像有一股冷光，正如一把百炼钢刀，捏在手里，你要克敌制胜，便须得直劈下去。古人云，鸳鸯绣出从君看，莫把金针度与人。今却将杀手拳传授与普天下看官，真可谓难得之至矣。第二，这又使人知道怎么看情书。那些言过其实的肉麻话怎么发落才好，既然知道是为得要有力量而写的，那么这也就容易解决了，打来的一拳无论怎么凶，明白了他的打法，自然也有了解法。有这知识的人看那有本领的所写的情书，正是所谓"灯笼照火把"，相视而笑，莫逆于心，结果是一局和棋。我只挂念，逯君情书的受信人不知当时明白这番道理否？假如知道，那么其力量究竟何如，事件的结果或当如何不同，可惜现在均无从再说也。

我在这里并不真是来讨论情书的写法及其读法，看了那段供词我觉得有趣味的乃因其可以应用于文学上也。窃见文学上写许多言过其实的肉麻话者多矣，今乃知作者都在写情书也。我既知道了这秘密，便于读人家的古今文章大有帮助，虽然于自己写文章没有多少用处，因为我不曾想有什么力量及于别人耳。

民国廿四年九月

死　法

"人皆有死"，这句格言大约是确实的，因为我们没有见过不死的人，虽然在书本上曾经讲过有这些东西，或称仙人，或是"尸忒卢耳不卢格"（Strulbrug），这都没有多大关系。不过我们既然没有亲眼见过，北京学府中静坐道友又都剩下蒲团下山去了，不肯给予凡人以目击飞升的机会，截至本稿上版时止本人遂不能不暂且承认上述的那句格言，以死为生活之最末后的一部分，犹之乎恋爱是中间的一部分——自然，这两者有时并在一处的也有，不过这仍然不会打破那个原则，假如我们不相信死后还有恋爱生活。总之，死既是各人都有分的，那么其法亦可得而谈谈了。

统计世间死法共有两大类，一曰"寿终正寝"，二曰"死于非命"。寿终的里面又可以分为三部。一是老熟，即俗云灯尽油干，大抵都是"喜丧"，因为这种终法非八九十岁的老太爷老太太莫办，而伵们此时必已四世同堂，一家里拥上一两百个大大小小男男女女，实在有点住不开了，所以伵的出缺自然是很欢送的。二是猝毙，某一部机关发生故障，突然停止进行，正如钟表之断了发条，实在与磕破天灵盖没有多大差别，不过因为这是属于内科的，便是在外面看不出痕迹，故而也列入正寝之部了。三是病故，说起来似乎很是和善，实际多是那"秒生"（Bacteria）先生作的怪，用了种种凶恶的手段，谋害"蚁命"，快的一两天还算是慈悲，有些简直是长期的拷打，与"东厂"不相上下，那真是厉害极了。总算起来，一二都倒还没有什么，但是长寿非可幸求，希望心脏麻痹又与求仙之难无异，大多数人的运命还只是轮到病故，揆诸吾人避苦求乐之意实属大相径庭，所以欲得好的死法，我们不得不离开了寿终而求诸死于非命了。

非命的好处便是在于他的突然，前一刻钟明明是还活着的，后一刻钟就直挺地死掉了，即使有苦痛（我是不大相信）也只有这一刻，这是他的独门的好处。不过这也不能一概而论。十字架据说是罗马处置奴隶的刑具，把他钉在架子上，让他活活地饿死或倦死，约莫可以支撑过几天；茶毗是中世纪卫道的人对付异端的，不但当时烤得难过，随后还剩下些零星末屑，都觉得不很好。车边斩原是很爽利，是外国贵族的特权，也是中国好汉所欢迎的，但是孤零零的头像是一个西瓜，或是"柚子"，如一位友人在长沙所见，似乎不大雅观，因为一个人的身体太走了样了。吞金喝盐卤呢，都不免有点妇女子气，吃鸦片烟又太有损名誉了，被人叫做烟鬼，即使生前并不曾"与芙蓉城主结不解缘"。怀沙自沉，前有屈大夫，后有……倒是颇有英气的，只恐怕泡得太久，却又不为鱼鳖所亲，像治咳嗽的"胖大海"似的，殊少风趣。吊死据说是很舒服（注意：这只是据说，真假如何我不能保证），有岛武郎与波多野秋子便是这样死的，有一个日本文人曾经半当真半取笑地主张，大家要自尽应当都用这个方法。可是据我看来也有很大的毛病。什么书上说有缢鬼降乩题诗云：

> 目如鱼眼四时开，
> 身若悬旌终日挂。

（记不清了，待考；仿佛是这两句，实在太不高明，恐防是不第秀才做的。）又听说英国古时盗贼处刑，便让他挂在架上，有时风吹着骨节珊珊作响（这些话自然也未可尽信，因为盗贼不会都是锁子骨，然而"听说"如此，我也不好一定硬反对），虽然有点唐珊尼爵士（Lord Dunsany）小说的风味，总似乎过于怪异——过火一点。想来想去都不大好，于是乎最后想到枪毙。枪毙，这在现代文明里总可以算是最理想的死法了。他实在同丈八蛇矛嚓喇一下子是一样，不过更文明了，便是说更便利了，不必是张翼德也会使用，而且使用得那样地广和多！在身体上钻一个窟窿，把里面的机关搅坏一点，流出些蒲公英的白汁似的红水，这件事就完了：你看多么简单。简单就是安乐，这比什么病都好得多了。三月十八日中法大学生胡锡爵君在执政府被害，学校里开追悼会的时候，我送去一副对联，文曰：

> 什么世界，还讲爱国？
> 如此死法，抵得成仙！

这末一联实在是我衷心的颂辞。倘若说美中不足，便是弹子太大，掀去了一块皮肉，稍为触目，如能发明一种打鸟用的铁砂似的东西，穿过去好像是一支粗铜丝的痕，那就更美满了。我想这种发明大约不会很难很费时日，到得成功的时候，喝酸牛奶的梅契尼柯夫（Metchnikoff）医生所说的人的"死欲"一定也已发达，那么那时真可以说是"合之则双美"了。

我写这篇文章或者有点受了正冈子规的俳文《死后》的暗示，但这里边的话和意思都是我自己的。又上文所说有些是玩话，有些不是，合并声明。

民国十五年五月

案，所说俳文《死后》已由张凤举先生译出，登在沈钟第六期上。十六年八月编校时再记。

偶感（选录）

一

　　李守常[①]君于四月二十八日被执行死刑了。李君以身殉主义，当然没有什么悔恨，但是在与他有点戚谊乡谊世谊的人总不免感到一种哀痛，特别是关于他的遗族的困穷，如有些报纸上所述，就是不相识的人看了也要悲感。——所可异者，李君据说是要共什么的首领，而其身后萧条乃若此，与毕庶澄马文龙之拥有数十百万者有月鳖之殊，此岂非世间之奇事与哑谜欤？

　　同处死刑之二十人中还有张挹兰君一人也是我所知道的。在她被捕前半个月，曾来见过我一次，又写一封信来过，叫我为《妇女之友》做篇文章，到女师大的纪念会去演说，现在想

----

　　① 李守常（1889—1927），即李大钊，字守常，河北乐亭人，1918年任北京大学经济学教授兼图书馆主任，与周作人同事。参加《新青年》编辑，与陈独秀创办《每周评论》；周作人亦是《新青年》与《每周评论》主要撰稿人。李大钊是周作人所倡导的"新村运动"的主要支持者之一。1927年4月28日李大钊被奉系军阀杀害，周作人曾掩护李大钊长子李葆华，并长期照顾其家属。

起来真是抱歉，因为忙一点的缘故这两件事我都没有办到。她是国民党职员还是共产党员，她有没有该死的罪，这些问题现在可以不谈，但这总是真的，她是已被绞决了，抛弃了她的老母。张君还有两个兄弟，可以侍奉老母，这似乎可以不必多虑，而且——老母已是高年了（恕我忍心害理地说一句老实话），在世之日有限，这个悲痛也不会久担受，况且从洪杨以来老人经过的事情也很多了，知道在中国是什么事都会有的，或者她已有练就的坚忍的精神足以接受这种苦难了吧？

〔附记〕

我记起两本小说来，一篇是安特来夫的《七个绞犯的故事》，一篇是梭罗古勃的《老屋》。但是虽然记起却并不赶紧拿来看，因为我没有这勇气，有一本书也被人家借去了。

十六年五月三日

二

报载王静庵①君投昆明湖死了。一个人愿意不愿意生活全

---

① 王静庵（1877—1927），即王国维，字静安，号观堂，浙江海宁人，近代学者。著有《观堂集林》《宋元戏曲史》《人间词话》等。

是他的自由，我们不能加以什么褒贬，虽然我们觉得王君这死在中国幼稚的学术界上是一件极可惜的事。

王君自杀的原因报上也不明了，只说是什么对于时局的悲观。有人说因为恐怕党军，又说因有朋友们劝他剪辫；这都未必确吧，党军何至于要害他，剪辫更不必以生死争。我想，王君以头脑清晰的学者而去做遗老弄经学，结果是思想的冲突与精神的苦闷，这或者是自杀——至少也是悲观的主因。王君是国学家，但他也研究过西洋学问，知道文学哲学的意义，并不是专做古人的徒弟的，所以在二十年前我们对于他是很有尊敬与希望，不知道怎么一来，王君以一了无关系之"征君"资格而忽然做了遗老，随后还就了"废帝"的师傅之职，一面在学问上也钻到"朴学家"的壳里去，全然抛弃了哲学文学去治经史，这在《静庵文集》与《观堂集林》上可以看出变化来。（譬如《文集》中有论《红楼梦》一文，便可以见他对于软文学之了解，虽在研究思索一方面或者《集林》的论文更为成熟。）在王君这样理知发达的人，不会不发现自己生活的矛盾与工作的偏颇，或者简直这都与他的趣味倾向相反而感到一种苦闷——是的，只要略有美感的人决不会自己愿留这一支辫发的，徒以情势牵连莫能解脱，终至进退维谷，不能不出于破灭之一途了。一般糊涂卑鄙的遗老，大言辛亥"盗起湖北"，及"不忍见国门"云云，而仍出入京津，且进故宫叩见鹿"司令"为太监说情，此辈全无心肝，始能恬然过其耗子蝗虫之生活，绝非常人所能模仿，而王君不慎，贸然从之，终以身殉，亦可悲矣。语云，其作始也简，其将毕也巨，学者其以此为鉴：治学术艺文者须一依自己的本性，坚持勇往，勿涉及政治的意见而改其趋向，终成为二重的生活，身心分裂，趋于毁灭，是为至要也。

写此文毕，见日本《顺天时报》，称王君为保皇党，云"今夏虑清帝之安危，不堪烦闷，遂自投昆明湖，诚与屈平后先辉映"，读之始而肉麻，继而"发竖"。甚矣日本人之荒谬绝伦也！日本保皇党为欲保持其万世一系故，苦心于中国复辟之鼓吹，以及逆徒遗老之表彰，今以王君有辫之故而引为同志，称其忠荩，亦正是这个用心。虽然，我与王君只见过二三面，我所说的也只是我的想象中的王君，合于事实与否，所不敢信，须待深知王君者之论定：假如王君而信如日本人所说，则我认错误，此文即拉杂摧烧之可也。

民国十六年六月四日，旧端阳，于北京。

唁　辞

　　昨日傍晚，妻得到孔德学校的陶先生的电话，只是一句话，说："齐可死了。"齐可是那边的十年级学生，听说因患胆石症（？）往协和医院乞治，后来因为待遇不亲切，改进德国医院，于昨日施行手术，遂不复醒。她既是校中高年级生，又天性豪爽而亲切，我家的三个小孩初上学校，都很受她的照管，好像是大姊一样，这回突然死别，孩子们虽然惊骇，却还不能了解失却他们老朋友的悲哀，但是妻因为时常往校也和她很熟，昨天闻信后为茫然久之，一夜都睡不着觉，这实在是无怪的。

　　死总是很可悲的事，特别是青年男女的死，虽然死的悲痛不属于死者而在于生人。照常识看来，死是还了自然的债，与生产同样地严肃而平凡，我们对于死者所应表示的是一种敬意，犹如我们对于走到标杆下的竞走者，无论他是第一者，或中途跌过几交而最后走到。在中国现在这样状况之下，"死之赞美者"（Peisithanatos）的话未必全无意义，那么"年华虽短而忧患亦少"也可以说是好事，即使尚未能及未见日光者的幸福。然而在死者纵使真是安乐，在生人总是悲痛。我们哀悼死者，并不一定是在体察他灭亡之悲哀，实在多是引动追怀，痛切地发生今昔存殁之感。无论怎样地相信神灭，或是厌世，这种感伤恐终不易摆脱。日本诗人小林一茶在《俺的春天》里记他的女儿聪女之死，有这几句：

> ……她遂于六月二十一日与葬华同谢此世。母亲抱着死儿的脸，荷荷的大哭，这也是难怪的了。到了此刻，虽然明知逝水不归，落花不再返枝，但无论怎样达观，终于难以断念的，正是这恩爱的羁绊。诗以志哀：
>
> 露水的世呀，
>
> 虽然是露水的世，
>
> 虽然是这样。

虽然是露水的世，然而自有露水的世的回忆，所以仍多哀感。美忒林克在《青鸟》上有一句平庸的警句曰："死者生存在活人的记忆上。"齐女士在世十九年，在家庭学校亲族友朋之间，当然留下许多不可磨灭的印象，随在足以引起悲哀，我们体念这些人的心情，实在不胜同情，虽然别无劝慰的话可说。死本是无善恶的，但是它加害于生人者却非浅鲜，也就不能不说它是恶的了。

我不知道人有没有灵魂，而且恐怕以后也永不会知道，但我对于希冀死后生活之心情觉得很能了解。人在死后倘尚有灵魂的存在如生前一般，虽然推想起来也不免有些困难不易解决，但因此不特可以消除灭亡之恐怖，即所谓恩爱的羁绊也可得到适当的安慰。人有什么不能满足的愿望，辄无意地投影于仪式或神话之上，正如表示在梦中一样。传说上李夫人杨贵妃的故事，民俗上童男女死后被召为天帝使者的信仰，都是无聊之极思，却也是真的人情之美的表现：我们知道这是迷信，但我确信这样虚幻的迷信里也自有其美与善的分子存在。这于死者的家人亲友是怎样好的一种慰藉，倘若他们相信——只要能够相信，百岁之后，或者在梦中夜里，仍得与已死的亲爱者相聚，相见！然而，可惜我们不相应地受到了科学的灌洗，既失却先人的可祝福的愚蒙，又没有养成画廊派哲人（Stoics）的超绝的坚忍，其结果是恰如牙根里露出的神经，因了冷风热气随时益增其痛楚。对于幻灭的现代人之遭逢不幸，我们于此更不得不特别表示同情之意。

我们小女儿若子生病的时候，齐女士很惦念她，现在若子已经好起来，还没有到学校去和老朋友一见面，她自己却已不见了。日后若子回忆起来时，也当永远是一件遗恨的事吧。

民国十四年五月二十六日夜

关于活埋

　　从前有一个时候偶然翻阅外国文人的传记，常看见说起他特别有一种恐怖，便是怕被活埋。中国的事情不大清楚，即使不成为心理的威胁，大抵也未必喜欢，虽然那《识小录》的著者自称活埋庵道人徐树丕，即在余澹心的《东山谈苑》上有好些附识自署同学弟徐晟的父亲，不过这只是遗民的一种表示，自然是另外一件事了。

　　小时候读英文，读过美国亚伦坡的短篇小说《西班牙酒桶》，诱人到洞窟里去喝酒，把他锁在石壁上，砌好了墙出来，觉得很有点可怕。但是这罗马的幻想白昼会出现么，岂不是还只往来于醉诗人的脑中而已？俄国陀思妥益夫思奇著有小说曰《死人之家》，英译亦有曰"活埋"者，是记西伯利亚监狱生活的实录，陀氏亲身经历过，是小说亦是事实，确实不会错的了。然而这到底还只是个譬喻，与徐武子多少有点相同，终不能为活埋故实的典据。我们虽从文人讲起头，可是这里不得不离开文学到别处找材料去了。

　　讲到活埋，第一想到的当然是古代的殉葬。但说也惭愧，我们实在还不十分明白那葬是怎么殉法的。听说近年在殷墟发掘，找到殷人的坟墓，主人行踪不可考，却获得十个殉葬的奴隶或俘虏的骨殖，这可以说是最古的物证了，据说——不幸得很——这十个却都是身首异处的，那么这还是先杀后埋，与一般想像不相合。古希腊人攻忒罗亚时在巴多克勒思墓上杀俘虏十人，又取幼公主波吕克色那杀之，使从阿吉娄思于地下，办法颇有点相像。忒罗亚十年之役正在帝乙受辛时代，那么与殷人东西相对，不无香火因缘，或当为西来说学者所乐闻乎。《诗经·秦风》有《黄鸟》一篇，《小序》云哀三良也，我们记起"陆其穴，惴惴其栗"，觉得仿佛有点意思了，似乎三良一个一个地将要牵进去，不，他们都是大丈夫，自然是从容地自己走下去吧。然而不然。孔颖达疏引服虔云，"杀人以葬，旋环其左右曰殉"。结果还是一样，完全不能有用处。第二想到的是坑儒，从秦穆公一跳到了始皇，这其间已经隔了十七八代了。孔安国《尚书》序云：

"及秦始皇，灭先代典籍，焚书坑儒。"孔颖达疏依《史记》秦始皇本纪说明云：

"三十五年始皇以方士卢生求仙药不得，以为诽谤，诸生连相告引，四百六十余人，皆坑之咸阳，是坑儒也。"但是如李卓吾在《雅笑》卷三所说，"人皆知秦坑儒，而不知何以坑之。"这的确是一大疑问。孔疏又引卫宏《古文奇字序》云：

"秦改古文以为篆隶，国人多诽谤。秦患天下不从而召诸生，至者皆拜为郎，凡七百人。又密令冬月种瓜于骊山型谷之中温处，瓜实，乃使人上书曰瓜冬有实。有诏天下博士诸生说之，人人各异，则皆使往视之，而为伏机，诸生方相论难，因发机从上填之以土，皆终命也。"这坑法写得"活龙活现"，似乎确是活埋无疑了，但是理由说的那么支离，所用种瓜伏机的手段又很拙笨，我们只当传说看了觉得好玩，要信为事实就有点不大可能。《史记》项羽本纪云：

"楚军夜击坑秦卒三十余万人新安城南。"计时即坑儒后六年。白起列传记起临死时语云：

"长平之战，赵卒降者数十万人，我诈而尽坑之。"据列传中说凡四十万人，武安君虑其反复，"乃挟诈而尽坑杀之"。仿佛是坑与秦总很有关系似的，可是详细还不能知道，掘了很大很大的坑，把二十万以至四十万人都推下去，再盖上土，这也不大像吧。正如《镜花缘》的林之洋常说的"坑死俺也"，我们对于这坑字似乎有点不好如字解释，只得暂且搁起再说。

英国贝林戈耳特老牧师生于1834年，到今年整整一百零一岁了，但他实在已于1924年去世，寿九十。所著《民俗志》小书系民国初年出版，其第五章《论牺牲》中讲到古时埋人于屋基下的事，是欧洲的实例。在1892年出版的《奇异的遗俗》中有《论基础》一章专说此事，更为详尽，今录一二于后：

"1885年诃耳思华西教区修理礼拜堂，西南角的墙拆下重造。在墙内，发见一副枯骨，夹在灰石中间。这一部分的墙有点坏了，稍为倾侧。据发见这骨殖的泥水匠说，那里并无一点坟墓的痕迹，却显见得那人是被活埋的，而且很急忙的。一块石灰糊在那嘴上，好些砖石乱堆在那死体的周围，好像是急速地倒下去，随后慢慢地把墙壁砌好似的。"

"亨纳堡旧城是一派强有力的伯爵家的住所，在城壁间有一处穹门，据传说云造堡时有一匠人受了一笔款答应把他的小孩砌到墙壁里去。给了小孩一块饼吃，那父亲站在梯子上监督砌墙。末后的那块砖头砌上之后，小孩在墙里边哭了起来，那人悔恨交并，失手掉下梯子来，摔断了他的项颈。关于利本思坦的城堡也有相似的传说。一个母亲同样地卖了她的孩子。在那小东西的周围墙渐渐地高起来的时候，小孩大呼道：妈妈，我还看见你！过了一会儿，又道，妈妈，我不大看得见你了！末了道，妈妈，我看你不见了！"

日本民俗学者中山太郎翁今年六十矣，好学不倦，每年有著作出版，前年所刊行的《日本民俗学论考》共有论文十八篇，其第十七曰"埴轮的原始形态与民俗"，说到上古活埋半身以殉葬的风俗。埴轮即明器中之土偶，大抵为人或马，不封入墓穴中，但植立于四围。土偶有像两股者，有下体但作圆筒形者，中山翁则以为圆筒形乃是原始形态，即表示殉葬之状，像两股者则后起而昧其原意者也。这种考古与民俗的难问题我们外行无从加以判断，但其所引古文献很有意思，至少于我们现在很是有用。据《日本书纪》垂仁纪云：

"二十八年冬十月丙寅朔庚午，天皇母弟倭彦命薨。十一月丙申朔丁酉，葬倭彦命于身狭桃花鸟坂。于是集近习者，悉生立之于陵域。数日不死，昼夜泣吟。遂死而烂臭，犬乌聚啖。天皇闻此泣吟声，心有悲伤，诏群卿曰，夫以生时所爱使殉于亡者，是甚可伤也。斯虽古风而不良，何从为，其议止殉葬。"垂仁天皇二十八年正当基督降生前二年，即汉哀帝元寿元年也。至三十二年皇后崩，野见宿祢令人取土为人马进之，天皇大喜，诏见宿祢曰，尔之嘉谋实洽朕心。遂以土物立于皇后墓前，号曰埴轮。此以土偶代生人的传说本是普通，可注意的是那种特别的埋法。孝德纪载大化二年（646）的命令云：

"人死亡时若自经以殉，或绞人以殉，及强亡人之马为殉等旧俗，皆悉禁断。"可见那时殉葬已是杀了再埋，在先却并不然，据《类聚三代格》中所收延历十六年（797）四月太政官符云：

"上古淳朴，葬礼无节，属山陵有事，每以生人殉埋，鸟吟鱼烂，不忍见闻。"与垂仁纪所说正同，鸟吟鱼烂也正是用汉文炼字法总括那数日不死云云十七字。以上原本悉用一种特别的汉文，今略加修改以便阅读，但仍保留原来用字与句调，不全改译为白话。至于埋半身的理由，中山翁谓是古风之遗留，上古人死则野葬，露其头面，亲族日往视之，至腐烂乃止，琉球津坚岛尚有此俗，近始禁止，见伊波普猷著文《南岛古代之葬仪》中，伊波氏原系琉球人也。

医学博士高田义一郎著有一篇《本国的死刑之变迁》，登在《国家医学杂志》上，昭和三年（1928）出版《世相表里之医学的研究》共文十八篇，上文亦在其内。第四节论德川幕府时代的死刑，约自十七世纪初至十九世纪中间，内容分为五类，其四曰锯拉及坑杀。锯拉者将犯人连囚笼埋土中，仅露出头颅，傍置竹锯，令过路人各拉其颈。这使人想起《封神传》的殷郊来。至于坑杀，那与锯拉相像，只把犯人身体埋在土中，自然不连囚笼，不用锯拉，任其自死。在《明良洪范》卷十九有一节云"记稻叶淡路守残忍事"，是很好的实例：

"稻叶淡路守纪通为丹州福知山之城主，生来残忍无道，恶行众多。代官中有获罪者，逮捕下狱，不详加审问，遽将其妻儿及服内亲族悉捕至，于院中掘穴，一一埋之，露出其首，上覆小木桶，朝夕启视以消遣。余人逐渐死去，唯代官苟延至七日未绝。淡路守每朝巡视，见其尚活，嘲弄之曰，妻子亲族皆死，一人独存，真罪业深重哉。代官张目曰，余命尚存，思报此恨，今妻子皆死亡，无可奈何矣。身为武士，处置亦应有方，如此相待，诚自昔所未闻之刑罚也。会当有以相报！忿恨嚼舌而死。自此淡路守遂迷乱发狂，终乃装弹鸟枪中，自点火穿胸而死。"案稻叶纪通为德川幕府创业之功臣，位为诸侯，死于庆安元年，即西历一六四八，清顺治五年也。

外国的故事虽然说了好些，中国究竟怎样呢？殉葬与镇厌之外以活埋为刑罚，这有没有前例？官刑大约是不曾有吧，虽然自袁氏军政执法处以来往往有此风说，这自然不能找出证据，只有义威上将军张宗昌在北京时活埋其汽车夫与教书先生于丰台的传说至今脍炙人口，传为美谈。若盗贼群中本无一定规律，那就难说了，不过似乎也不尽然，如《水浒传》中便未说起，明末张李流寇十分残暴，以杀烧剥皮为乐，（这其实也与明初的永乐皇帝清初的大兵有同好而已，还不算怎么特别，）而活埋似未列入。较载太平天国时事的有李圭著《思痛记》二卷，光绪六年（1880）出版，卷下纪咸丰十年（1860）七月间在金坛时事有云：

"十九日汪典铁来约陆畴楷杀人，陆欣然握刀，促余同行。至文庙前殿，东西两偏室院内务有男妇大小六七十人避匿于此，已数日不食，面无人色。汪提刀趋右院，陆在左院。陆令余杀，余不应，以余已司文札不再逼而令余视其杀。刀落人死，顷刻毕数十命，地为之赤，有一二岁小儿，先置其母腹上腰截之，然后杀其母。复拉余至右院视汪杀，至则汪正在一一剖人腹焉。"光绪戊戌之冬我买得此书，民国十九年八月曾题卷首云：

"中国民族似有嗜杀性，近三百年中张李洪杨以至义和拳诸事即其明征，书册所说录百不及一二，至今读之犹令人悚然。今日重翻此记，益深此感。呜呼，后之视今亦犹今之视昔乎。"然而此记中亦不见有活埋的纪事焉。民国二十四年九月十九日《大公报》乃载唐山通信云：

"玉田讯，本县鸦鸿桥北大定府庄村西野地内于本月十二日发现男尸一具，倒埋土中，地面露出两脚，经人起出，尸身上部已腐烂，由衣服体态辨出系定府庄村入王某，闻系因仇被人谋杀，该村乡长副报官检验后，于十五日由尸亲将尸抬回家中备棺掩埋。又同日城东吴各庄东北里新地内亦发现倒埋无名男尸一具，嗣由乡人起出，年约三十许，衣蓝布裤褂，全身无伤，系生前活埋，于十三日报官检验，至今尚无人认领云。"
这真是——

踏破铁鞋无觅处　得来全不费工夫

　　想不到在现代中华民国河北省的治下找着了那样难得的活埋的实例。上边中外东西地乱找一阵，乱说一番，现在都可以不算，无论什么希奇事在百年以前千里之外，也就罢了，若是本月在唐山出现的事，意义略有不同，如不是可怕也总觉得值得加以注意思索吧。

　　死只一个，而死法有好些，同一死法又有许多的方式。譬如窒息是一法，即设法将呼吸止住了，凡缢死，扼死，烟煤等气熏死，土囊压死，烧酒毛头纸糊脸，武大郎那样的棉被包裹上面坐人，印度黑洞的闷死，淹死，以及活埋而死，都属于这一类。本来死总不是好事，而大家对于活埋却更有凶惨之感，这是为什么呢？本来死无不是由活以至不活，活的投入水中与活的埋入土内论理原是一样，都因在缺乏空气的地方而窒息，以云苦乐殆未易分，然而人终觉得活埋更为凶惨，此本只是感情作用，却亦正是人情之自然也。又活埋由于以土塞口鼻而死，顺埋倒埋并无分别，但人又特别觉得倒埋更为凶惨者，亦同样地出于人情也。世界大同无论来否，战争刑罚一时似未必能废，斗殴谋杀之事亦殆难免，但野蛮的事纵或仍有，而野蛮之意或可减少。船火儿待客只预备馄饨与板刀面，殆可谓古者盗亦有道欤。人情恶活埋尤其是倒埋而中国有人喜为之，此盖不得谓中国民族的好事情也。

民国廿四年九月

关于扫墓

清明将到了，各处人民都将举行扫墓的仪式。中国社会向来是家族本位的，因此又自然是精灵崇拜的，对于墓祭这件事便十分看得重要。明末张岱著《梦忆》卷一有《越俗扫墓》一则云：

"越俗扫墓，男女炫服靓妆，画船箫鼓，如杭州人游湖，厚人薄鬼，率以为常。二十年前，中人之家尚用平水屋帻船，男女分两截坐，不座船，不鼓吹，先辈谑之曰，以结上文两节之意。后渐华靡，虽监门小户男女必用两座船，必巾，必鼓吹，必欢呼畅饮，下午必就其路之所近游庵堂寺院及士大夫家花园，鼓吹近城必吹海东青独行千里，锣鼓错杂，酒徒沾醉必岸帻嚣嚎，唱无字曲，或舟中攘臂与侪列厮打。自三月朔至夏至，填城溢国，日日如之。乙酉方兵，画江而守，虽鱼龄菱鞘收拾略尽，坟垄数十里面遥，子孙数人挑鱼肉楮钱徒步往返之，妇女不得出城者三岁矣。萧索凄凉，亦物极必反之一。"清嘉庆时顾禄著《清嘉录》十二卷，其三月之卷中有纪上坟者云：

"士庶并出祭祖先坟墓，谓之上坟，间有婿拜外父母墓者。以清明前一日至立夏日止，道远则泛舟具馔以往，近则提壶担盒而出。挑新土，烧楮钱，祭山神，奠坟邻，皆向来之旧俗也。凡新娶妇必挈以同行，谓之上花坟。新葬者又皆在社前祭扫，谚云，新坟不过社。"苏浙风俗本多相同，所以二书所说几乎一致，但是在同一地方却也不是全无差异，盖乡风之下又有不同的家风，如故乡东陶坊中西邻栋姓，上坟仪注极为繁重，自洗脸献茶烟以至三献，费半天的工夫，而东边桥头考姓又极简单，据说只一人坐脚桨船至坟前焚香楮而回，自己则从袖中出"洞里火烧"数个当饭吃而已。明刘侗著《帝京景物略》卷二春场中云：

"三月清明日男女扫墓，担提尊榼，轿马后挂楮锭，粲粲然满道也。拜者，酹者，哭者，为墓除草添土者，焚楮锭次，以纸钱置坟头，望中无纸钱则孤坟矣。哭罢，不归也，趋芳树，择园圃，列坐尽醉，有歌者。哭笑无端，哀往而乐回也。"清富察敦崇著《燕京岁时记》云：

"清明即寒食，又曰禁烟节，古人最重之，今人不为节，但儿童戴柳，祭扫坟茔而已。世族之祭扫者，于祭品之外以五色纸钱制成幡盖，陈于墓左，祭毕子孙亲执于墓门之外而焚之，谓之佛多，民间无用者。"以上两则都是说北京的事，可是与苏浙相比又觉得相去不远，所不同者只是没有画船箫鼓罢了。上坟的风俗固然含有伦理的意义，有人很是赞成，就是当作诗画的材料也是颇好的，不过这似乎有点不能长保，是很可惜的事。盖扫墓非土著不可，如《景物略》记清明云，"是日簪柳，游高梁桥，曰踏青，多四方客未归者，祭扫日感念出游。"客只能踏青而已，何益于事哉。而近来人民以职业等等关系去其家乡者日益众多，归里扫墓之事很不容易了，欲四方客未归者上坟是犹劝饥民食肉糜也。至于民族扫墓之说，于今二年，鄙人则不大赞同，此事不很好说，但老友张溥泉君久在西北，当能知鄙意耳。

民国廿四年三月

寻路的人

——赠徐玉诺君

我是寻路的人。我日日走着路寻路，终于还未知道这路的方向。

现在才知道了：在悲哀中挣扎着正是自然之路，这是与一切生物共同的路，不过我们意识着罢了。

路的终点是死，我们便挣扎着往那里去，也便是到那里以前不得不挣扎着。

我曾在西四牌楼看见一辆汽车载了一个强盗往天桥去处决，我心里想，这太残酷了，为什么不照例用敞车送的呢？为什么不使他缓缓的看沿路的景色，听人家的谈论，走过应走的路程，再到应到的地点，却一阵风的把他送走了呢？这真是太残酷了。

我们谁不坐在敞车上走着呢？有的以为是往天国去，正在歌笑；有的以为是下地狱去，正在悲哭；有的醉了，睡了。我们——只想缓缓的走着，看沿路景色，听人家谈论，尽量的享受这些应得的苦和乐；至于路线如何，或是由西四牌楼往南，或是由东单牌楼往北，那有什么关系？

玉诺是于悲哀深有阅历的，这一回他的村寨被土匪攻破，只有他的父亲在外边，此外人都还没有消息。他说，他现在没有泪了。——你也已经寻到了你的路了罢。

　　他的似乎微笑的脸，最令我记忆，这真是永远的旅人的颜色。我们应当是最大的乐天家，因为再没有什么悲观和失望了。

民国十二年七月三十日

第三辑

人与文化

我们于日用必需的东西以外，必须还有一点无用的游戏与享乐，生活才觉得有意思。我们看夕阳，看秋河，看花，听雨，闻香，喝不求解渴的酒，吃不求饱的点心，都是生活上必要的——虽然是无用的装点，而且是愈精炼愈好。

乌篷船

子荣君：

　　接到手书，知道你要到我的故乡去，叫我给你一点什么指导。老实说，我的故乡，真正觉得可怀恋的地方，并不是那里；但是因为在那里生长，住过十多年，究竟知道一点情形，所以写这一封信告诉你。

　　我所要告诉你的，并不是那里的风土人情，那是写不尽的，但是你到那里一看也就会明白的，不必啰唆地多讲。我要说的是一种很有趣的东西，这便是船。你在家乡平常总坐人力车，电车，或是汽车，但在我的故乡那里这些都没有，除了在城内或山上是用轿子以外，普通代步都是用船。船有两种，普通坐的都是"乌篷船"，白篷的大抵作航船用，坐夜航船到西陵去也有特别的风趣，但是你总不便坐，所以我也就可以不说了。乌篷船大的为"四明瓦"（Symenngoa），小的为脚划船（划读如uoa），亦称小船。但是最适用的还是在这中间的"三道"，亦即三明瓦。篷是半圆形的，用竹片编成，中夹竹箬，上涂黑油，在两扇"定篷"之间放着一扇遮阳，也是半圆的，木作格子，嵌着一片片的小鱼鳞，径约一寸，颇有点透明，略似玻璃而坚韧耐用，这就称为明瓦。三明瓦者，谓其中舱有两道，后舱有一道明瓦也。船尾用橹，大抵两支，船首有竹篙，用以定船。船头着眉目，状如老虎，但似在微笑，颇滑稽而不可怕，唯白篷船则无之。三道船篷之高大约可以使你直立，舱宽可以放下一顶方桌，四个人坐着打麻将——这个恐怕你也已学会了罢？小船则真是一叶扁舟，你坐在船底席上，篷顶离你的头有两三寸，你的两手可以搁在左右的舷上，还把手都露出在外边。在这种船里仿佛是在水面上坐，靠近田岸去时泥土便和你的眼鼻接近，而且遇着风浪，或是坐得少不小心，就会船底朝天，发生危险，但是也颇有趣味，是水乡的一种特色。不过你总可以不必去坐，最好还是坐那三道船罢。

　　你如坐船出去，可是不能像坐电车的那样性急，立刻盼望走到。倘若出城，走三四十里路（我们那里的里程是很短，一里才及英哩三分之一），来回总要预备一天。你坐在船上，应该是游山的态度，看看四周物色，随处可见的山，岸旁的乌桕，河边的红蓼和白蘋，渔舍，各式各样的桥，困倦的时候睡在舱中拿出随笔来看，或者冲一碗清茶喝喝。偏门外的鉴湖一带，贺家池，壶觞左近，我都是喜欢的，或者往娄公埠骑驴去游兰亭，（但我劝你还是步行，骑驴或者于你不很相宜，）到得暮色苍然的时候进城上都挂着薜荔的东门来，倒是颇有趣味的事。倘若路上不平静，你往杭州去时可于下午开船，黄昏时候的景色正最好看，只可惜这一带地方的名字我都忘记了。夜间睡在舱中，听水声橹声，来往船只的招呼声，以及乡间的犬吠鸡鸣，也都很有意思。雇一只船到乡下去看庙戏，可以了解中国旧戏的真趣味，而且在船上行动自如，要看就看，要睡就睡，要喝酒就喝酒，我觉得也可以算是理想的行乐法。只可惜讲维新以来这些演剧与迎会都已禁止，中产阶级的低能人别在"布业会馆"等处建起"海式"的戏场来，请大家买票看上海的猫儿戏，这些地方你千万不要去——你到我那故乡，恐怕没有一个人认得，我又因为在教书不能陪你去玩，坐夜船，谈闲天，实在抱歉而且惆怅。川岛君夫妇现在俪山下，本来可以给你介绍，但是你到那里的时候他们恐怕已经离开故乡了。初寒，善自珍重，不尽。

民国十五年一月十八日夜，于北京。

玩　具

　　一九一一年德国特勒思登地方开博览会，日本陈列的玩具一部分，凡古来流传者六十九，新出者九，共七十八件，在当时颇受赏识，后来由京都的芸草堂用着色木板印成图谱，名《日本玩具集》，虽然不及清水睛风的《稚子之友》的完美，但也尽足使人怡悦了。玩具本来是儿童本位的，是儿童在"自然"这学校里所用的教科书与用具，在教育家很有客观研究的价值，但在我们平常人也觉得很有趣味，这可以称作玩具之骨董的趣味。

　　大抵玩骨董的人，有两种特别注重之点，一是古旧，二是希奇。这不是正当的态度，因为他所重的是骨董本身以外的事情，正如注意于恋人的门第产业而忘却人物的本体一样。所以真是玩骨董的人是爱那骨董本身，那不值钱，没有用，极平凡的东西。收藏家与考订家以外还有一种赏鉴家的态度，超越功利问题，只凭了趣味的判断，寻求享乐，这才是我所说的骨董家，其所以与艺术家不同者，只在没有那样深厚的知识罢了。他爱艺术品，爱历史遗物，民间工艺，以及玩具之类，或自然物如木叶贝壳亦无不爱。这些人称作骨董家，或者还不如称之曰好事家（Dilettante）更为适切：这个名称虽然似乎不很尊重，但我觉得这种态度是很好的，在这博大的沙漠似的中国至少是必要的，因为仙人掌似的外粗厉而内腴润的生活是我们唯一的路，即使近于现在为世诟病的隐逸。

　　玩具是做给小孩玩的，然而大人也未始不可以玩；玩具是为小孩而做的，但因此也可以看出大人们的思想。我们知道很有许多爱玩具的大人。我常听祖父说唐家的姑丈在书桌上摆着几尊"烂泥菩萨"，还有一碟"夜糖"（一名圆眼糖，形似龙眼故名），叫儿子们念书十（？）遍可吃一颗，但小孩迫不及待，往往偷偷地拿起舐一下，重复放在碟子里。这唐家的老头子相貌奇古，大家替他起有一个可笑的诨名，但我听了这段故事，觉得他虽然可笑也是颇可爱的。法兰西（France）的极有趣味的文集里，有一篇批评比国勒蒙尼尔所著《玩具的喜剧》的文章，他说，"我今天发见他时常拿了儿童的玩具娱乐自己，这个趣味引起我对于他的新的同情。我是他的赞成者，因为他的那玩具之诗的解释，又因为他有那神秘的意味。"后来又说，一个小孩在桌上排列他的铅兵，与学者在博物馆整理雕像，没有什么大差异。"两者的原理正是一样的。抓住了他的玩具的顽童，便是一个审美家了。"我们如能对于一件玩具，正如对着雕像或别的美术品一样，发起一种近于那顽童所有的心情，我们内面的生活便可以丰富许多，孝子传里的老莱子彩衣弄雏，要是并不为着娱亲，我相信是最可羡慕的生活了！

日本现代的玩具，据那集上所录，也并不贫弱，但天沼匏村在《玩具之话》第二章中很表示不满说，"实在，日本人对于玩具颇是冷淡。极言之，便是被说对于儿童漠不关心，也没有法子。第一是看不起玩具。即在批评事物的时候，常说，这是什么，像玩具似的东西！又常常说，本来又不是小孩（为甚玩这样的东西）。"我回过来看中国，却又怎样呢？虽然老莱子弄雏，《帝城景物略》说及陀螺空钟，《宾退录》引路德延的《孩儿诗》五十韵，有"折竹装泥燕，添丝放纸鸢"等语，可以作玩具的史实的资料，但就实际说来，不能不说是更贫弱了。据个人的回忆，我在儿时不曾弄过什么好的玩具，至少也没有中意的东西，留下较深的印象。北京要算是比较的最能做玩具的地方，但真是固有而且略好的东西也极少见。我在庙会上见有泥及铅制的食器什物颇是精美，其余只有空钟（与《景物略》中所说不同）等还可玩弄，想要凑足十件便很不容易了。中国缺少各种人形玩具，这是第一可惜的事。在国语里几乎没有这个名词，南方的"洋囡囡"同洋灯洋火一样的不适用。须勒格耳博士说东亚的人形玩具，始于荷兰的输入，这在中国大约是确实的：即此一事，尽足证明中国对于玩具的冷淡了。玩具虽不限于人形，但总以人形为大宗，这个损失决不是很微小的，在教育家固然应大加慨叹，便是我们好事家也觉得很是失望。

爆 竹

旧历新年到来了，常常或远或近的听到炮仗，特别是鞭炮的声音，这使我很觉得喜欢。对于炮仗这件物事，在感情上我有过好些的变迁。最初小时候觉得高兴，因为它表示热闹的新年就要来了，虽然听了声响可怕，不敢走近旁边去。中年感觉它吵得讨厌，又去与迷信结合了想，对于辟邪与求福的民间的愿望表示反对，三十多年前在北京西山养病，看了英敛之的文章，有一个时候曾想借了一神教的力量来驱除多神教的迷信，这种驱狼引虎的思想真是十分可笑的。近来不好说老，但总之意见上有了改变，又觉得喜欢炮仗了，不但因为这声音很是阳气，有明朗的感觉，也觉得驱邪降福的思想并不坏，多神教的迷信还比一神教害处小，也更容易改革。

放烟火（或称为焰火）在各国多有这个风俗，至于炮仗，由鞭炮以至双响，似乎是中国所特有的。有欧洲人曾经说过幽默的话，中国人是最聪明的民族，发明了火药，只拿去做花炮，不曾用以杀人。这话说得有点滑稽，却是正确的。过去中国人在文化上有过许多发明，只是在武器方面却没有，史称造五兵的乃是蚩尤，可知中国古人虽是英勇，但用以却敌的正是敌人的兵器。

炮仗起源于"爆竹"，民间祀神的时候，拿竹枝来烧在火里，劈拍作响，据古书上说，目的是在于吓走独只脚的山魈。这种风俗在华东有些地方一直存在，若是使用大竹，那末竹节裂开来，一定声音更响了，不过个人的经验上不曾听到过。过去放炮仗的用意是逐鬼，普通说是敬神，乃是后起的变化，现在只是表示喜悦与庆祝，正是更进一步，最是正当的用处了。

现今的炮仗使用得确当，但是过去用于驱邪降福，虽然涉于迷信，我以为也未可厚非，因为这用意总是对的，不过手段错误罢了。驱邪降福，这是一切原始宗教的目的。英国一个希腊神话女学者曾扼要的说过："宗教的冲动单只向着一个目的，即生命之保存与其发展。宗教用两种方法去达到这个目的，一是消极的，除去一切于生命有害的东西，一是积极的，招进一切于生命有利的东西。全世界的宗教仪式不出这两种，一是驱除的，一是招纳的。饥饿与无子是人生最重要的敌人，这个他要设法驱逐它。丰穰与多子是他最大的幸福，这是他所想要招进来的。"人类本有求生存与幸福的欲望，把这向着天空这便是迷信，若是向着地面看，计划在地上建起乐园来，那即是社会主义的初步了。中国老百姓希望能够安居乐业，过去搞过各种仪式祈求驱邪降福，结果都落了空，后来举起头来一看，面前便有一条平阳大道，可以走到目的地去，那末何乐而不走呢？敬神没有用了，做炮仗是中国固有技术之一，仍旧制作些出来，表示旧新年的快乐与热闹，岂不正是很适宜的事情么？

一九五七年二月发表

南北的点心

　　中国地大物博，风俗与土产随地各有不同，因为一直缺少人纪录，有许多值得也是应该知道的事物，我们至今不能知道清楚，特别是关于衣食住的事项。我这里只就点心这个题目，依据浅陋所知，来说几句话，希望抛砖引玉，有旅行既广，游历又多的同志们，从各方面来报道出来，对于爱乡爱国的教育，或者也不无小补吧。

　　我是浙江东部人，可是在北京住了将近四十年，因此南腔北调，对于南北情形都知道一点，却没有深厚的了解。据我的观察来说，中国南北两路的点心，根本性质上有一个很大的区别。简单的下一句断语，北方的点心是常食的性质，南方的则是闲食。我们只看北京人家做饺子馄饨面总是十分茁实，馅决不考究；面用芝麻酱拌，最好也只是炸酱；馒头全是实心。本来是代饭用的，只要吃饱就好，所以并不求精。若是回过来走到东安市场，往五芳斋去叫了来吃，尽管是同样名称，做法便大不一样，别说蟹黄包子，鸡肉馄饨，就是一碗三鲜汤面，也是精细鲜美的。可是有一层，这决不可能吃饱当饭，一则因为价钱比较贵，二则昔时无此习惯。抗战以后上海也有阳春面，可以当饭了，但那是新时代的产物，在老辈看来，是不大可以为训的。我母亲如果在世，已有一百岁了，她生前便是绝对不承认点心可以当饭的，有时生点小毛病，不喜吃大米饭，随叫家里做点馄饨或面来充饥，即使一天里仍然吃过三回，她却总说今天胃口不开，因为吃不下饭去，因此可以证明那馄饨和面都不能算是饭。这种论断，虽然有点儿近于武断，但也可以说是有客观的佐证，因为南方的点心是闲食，做法也是趋于精细鲜美，不取苜实一路的。上文五芳斋固然是很好的例子，我还可以再举出南方做烙饼的方法来，更为具体，也有意思。我们故乡是在钱塘江的东岸，那里不常吃面食，可是有烙饼这物事。这里要注意的，是烙不读作老字音，乃是"洛"字入声，又名为山东饼，这证明原来是模仿大饼而作的，但是烙法却大不相同了，乡间卖馄饨面和馒头都分别有专门的店铺，惟独这烙饼只有摊，而且也不是每天都有，这要等待那里有社戏，才有几个摆在戏台附近，供看戏的人买吃，价格是每个制钱三文，计油条价二文，葱酱和饼只要一文罢了。做法是先将原本两折的油条扯开，改作三折，在熬盘上烤焦，同时在预先做好的直径约二寸，厚约一分的圆饼上，满搽红酱和辣酱，撒上葱花，卷在油条外面，再烤一下，就做成了。它的特色是油条加葱酱烤过，香辣好吃，那所谓饼只是包裹油条的东西，乃是客而非主，拿来与北方原来的大饼相比，厚大如茶盘，卷上黄酱与大葱，大嚼一张，可供一饱，这里便显出很大的不同来了。

上边所说的点心偏于面食一方面，这在北方本来不算是闲食吧。此外还有一类干点心，北京称为饽饽，这才当作闲食，大概与南方并无什么差别。但是这里也有一点不同，据我的考察，北方的点心历史古，南方的历史新，古者可能还有唐宋遗制，新的只是明朝中叶吧。点心铺招牌上有常用的两句话，我想借来用在这里，似乎也还适当，北方可以称为"官礼茶食"，南方则是"嘉湖细点"。

我们这里且来作一点烦琐的考证，可以多少明白这时代的先后。查清顾张思的《土风录》卷六，"点心"条下云："小食曰点心，见《吴曾漫录》。唐郑傪为江淮留后，家人备夫人晨馔，夫人谓其弟曰：'治妆未毕，我未及餐，尔且可点心。'俄而女仆请备夫人点心，傪诟曰：'适已点心，今何得又请！'"由此可知点心古时即是晨馔。同书又引周辉《北辕录》云："洗漱冠栉毕，点心已至。"后文说明点心中馒头馄饨包子等，可知说的是水点心，在唐朝已有此名了。茶食一名，据《土风录》云："干点心曰茶食，见宇文懋《昭金志》：'婿先期拜门，以酒馔往，酒三行，进大软脂小软脂，如中国寒具，又进蜜糕，人各一盘，曰茶食。'"《北辕录》云："金国宴南使，未行酒，先设茶筵，进茶一盏，谓之茶食。"茶食是喝茶时所吃的，与小食不同，大软脂，大抵有如蜜麻花，蜜糕则明系蜜饯之类了。从文献上看来，点心与茶食两者原有区别，性质也就不同，但是后来早已混同了。本文中也就混用，那招牌上的话也只是利用现代文句，茶食与细点作同意语看，用不着再分析了。

我初到北京来的时候，随便在饽饽铺买点东西吃，觉得不大满意，曾经埋怨过这个古都市，积聚了千年以上的文化历史，怎么没有做出些好吃的点心来。老实说，北京的大八件小八件，尽管名称不同，吃起来不免单调，正和五芳斋的前例一样，东安市场内的稻香春所做的南式茶食，并不齐备，但比起来也显得花样要多些了。过去时代，皇帝向在京里，他的享受当然是很豪华的，却也并不曾创造出什么来，北海公园内旧有"仿膳"，是前清御膳房的做法，所做小点心，看来也是平常，只是做得小巧一点而已。南方茶食中有些东西，是小时候熟悉的，在北京都没有，也就感觉不满足，例如糖类的酥糖、麻片糖、寸金糖，片类的云片糕、椒桃片、松仁片，软糕类的松子糕、枣子糕、蜜仁糕、桔红糕等。此外有缠类，如松仁缠、核桃缠，乃是在干果上包糖，算是上品茶食，其实倒并不怎么好吃。南北点心粗细不同，我早已注意到了，但这是怎么一个系统，为什么有这差异？那我也没有法子去查考，因为孤陋寡闻，而且关于点心的文献，实在也不知道有什么书籍。但是事有凑巧，不记得是那一年，或者什么原因了，总之见到几件北宏豹旧式点心，平常不大碰见，样式有点别致的，这使我忽然大悟，心想这岂不是在故乡见惯的"官礼茶食"么？故乡旧式结婚后，照例要给亲戚本家分"喜果"，一种是干果，计核桃、枣子、松子、榛子，讲究的加荔枝、桂圆。又一种是干点心，记不清它的名字。查范寅《越谚》饮食门下，记有金枣和珑缠豆两种，此外我还记得有佛手酥、菊花酥和蛋黄酥等三种。这种东西，平时不通销，店铺里也不常备，要结婚人家订购才有，样子虽然不差，但材料不大考究，即使是可以吃得的佛手酥，也总不及红绫饼或梁湖月饼，所以喜果送来，只供小孩们胡乱吃一阵，大人是不去染指的。可是这类喜果却大抵与北京的一样，而且结婚时节非得使用不可。云片糕等虽是比较要好，却是决不使用的。这是什么理由？这一类点心是中国旧有的，历代相承，使用于结婚仪式。一方面时势转变，点心上发生了新品种，然而一切仪式都是守旧的，不轻易容许改变，因此即使是送人的喜果，也有一定的规矩，要定做现今市上不通行了的物品来使用。同是一类茶食，在甲地尚在通行，在乙地已出了新的品种，只留着用于"官礼"，这便是南北点心情形不同的缘因了。

上文只说得"官礼茶食"，是旧式的点心，至今流传于北方。至于南方点心的来源，那还得另行说明。"嘉湖细点"这四个字，本是招牌和仿单上的口头禅，现在正好借用过来，说明细点的起源。因为据我的了解，那时期当为前明中叶，而地点则是东吴西浙，嘉兴湖州正是代表地方。我没有文书上的资料，来证明那时吴中饮食丰盛奢华的情形，但以近代苏州饮食风靡南方的事情来作比，这里有点类似。明朝自永乐以来，政府虽是设在北京，但文化中心一直还是在江南一带。那里官绅富豪生活奢侈，茶食一类也就发达起来。就是水点心，在北方作为常食的，也改作得特别精美，成为以赏味为目的的闲食了。这南北两样的区别，在点心上存在得很久，这里固然有风俗习惯的关系，一时不易改变；但在"百花齐放"的今日，这至少该得有一种进展了吧。其实这区别不在于质而只是量的问题，换一句话即是做法的一点不同而已。我们前面说过，家庭的鸡蛋炸酱面与五芳斋的三鲜汤面，固然是一例。此外则有大块粗制的窝窝头，与"仿膳"的一碟十个的小窝窝头，也正是一样的变化。北京市上有一种爱窝窝，以江米煮饭捣烂（即是糍粑）为皮，中裹糖馅，如元宵大小。李光庭在《乡言解颐》中说明它的起源云：相传明世中官有嗜之者，因名御爱窝窝，今但曰爱而已。这里便是一个例证，在明清两朝里，窝窝头一件食品，便发生了两个变化了。本来常食闲食，都有一定习惯，不易轻轻更变，在各处都一样是闲食的干点心则无妨改良一点做法，做得比较精美，在人民生活水平日益提高的现在，这也未始不是切合实际的事情吧。国内各地方，都富有不少有特色的点心，就只因为地域所限，外边人不能知道，我希望将来不但有人多多报道，而且还同土产果品一样，陆续输到外边来，增加人民的口福。

吃饭与吃面包

中国人说吃饭，欧洲人说吃面包，这代表东方与西方两种不同的生活方式。根本是一样的都是谷食。米与麦实在所差无几，可是一个是整粒的煮，一个是磨了粉再来蒸烤，在制法这一点差异上就发生了吃法的不同，吃面包用刀叉，吃饭则是用筷子的。这两者的起源同是出于用手抓，西方面食的省五指为三成为钢叉，东方米食乃省而为二，便是竹木的筷子了。用叉的手势通用于拿钢笔，两只筷子操纵稍难，但运动也更自如，譬如用筷子夹一颗豌豆，在西洋人看来有点近于变小戏法了，在中国却是寻常的事，只要不是用的象牙或银筷子。与拿钢笔同一个道理，中国执笔的手势与拿筷子也是同一基础的。

我们现在如问中国这吃饭的方式要不要改，改得同一般通行的一样，便是改吃面包，早晚会见互问吃过面包没有呢？我想谁都立即回答说不，因为这是不可能，也不必要的。水田或者可能改造了来种麦，面包本来可以当饭，事实上中国有好些地方也经常食面，但一样还是说吃饭，如依照从来烹调法，根本都是用筷子的食物，可见吃饭的观念与用筷子的习惯是多么根深蒂固了。现在固然没有主张要改的人，我不过举这个例，说明人民的生活方式中很有些是不必要改，也是不可能改的。

吃　菜

　　偶然看书讲到民间邪教的地方，总常有吃菜事魔等字样。吃菜大约就是素食，事魔是什么事呢？总是服侍什么魔王之类罢，我们知道希腊诸神到了基督教世界多转变为魔，那么魔有些原来也是有身分的，并不一定怎么邪曲，不过随便地事也本可不必，虽然光是吃菜未始不可以，而且说起来我也还有点赞成。本来草的茎叶根实只要无毒都可以吃，又因为有维他命某，不但充饥还可养生，这是普通人所熟知的，至于专门地或有宗旨地吃，那便有点儿不同，仿佛是一种主义，现在我所想要说的就是这种吃菜主义。

　　吃菜主义似乎可以分作两类。第一类是道德的。这派的人并不是不吃肉，只是多吃菜，其原因大约是由于崇尚素朴清淡的生活。孔子云，"饭疏食，饮水，曲肱而枕之，乐亦在其中矣。"可以说是这派的祖师。《南齐书》周颙传云，"颙清贫寡欲，终日长蔬食。文惠太子问颙菜食何味最胜，颙曰，春初早韭，秋末晚菘。"黄山谷题画菜云，"不可使士大夫不知此味，不可使天下之民有此色。"——当作文章来看实在不很高明，大有帖括的意味，但如算作这派提倡咬菜根的标语却是颇得要领的。李笠翁在《闲情偶寄》卷五说：

"声音之道，丝不如竹，竹不如肉，为其渐近自然，吾谓饮食之道，脍不如肉，肉不如蔬，亦以其渐近自然也。草衣木食，上古之风，人能疏远肥腻，食蔬蕨而甘之，腹中菜园不使羊来踏破，是犹作羲皇之民，鼓唐虞之腹，与崇尚古玩同一致也。所怪于世者，弃美名不居，而故异端其说，谓佛法如是，是则谬矣。吾辑饮馔一卷，后肉食而首蔬菜，一以崇俭，一以复古，至重宰割而惜生命，又其念兹在兹而不忍或忘者矣。"笠翁照例有他的妙语，这里也是如此，说得很是清脆，虽然照文化史上讲来吃肉该在吃菜之先，不过笠翁不及知道，而且他又那里会来斤斤地考究这些事情呢。

吃菜主义之二是宗教的，普通多是根据佛法，即笠翁所谓异端其说者也。我觉得这两类显有不同之点，其一吃菜只是吃菜，其二吃菜乃是不食肉，笠翁上文说得蛮好，而下面所说念兹在兹的却又混到这边来，不免与佛法发生纠葛了。小乘律有杀戒而不戒食肉，盖杀生而食已在戒中，唯自死鸟残等肉仍在不禁之列，至大乘律始明定食肉戒，如《梵网经》菩萨戒中所举，其辞曰：

"若佛子故食肉，——一切众生肉不得食：夫食肉者断大慈悲佛性种子，一切众生见而舍去。是故一切菩萨不得食一切众生肉，食肉得无量罪，——若故食者，犯轻垢罪。"贤首疏云，"轻垢者，简前重戒，是以名轻，简异无犯，故亦名垢。又释，渎污清净行名垢，礼非重过称轻。"因为这里没有把杀生算在内，所以算是轻戒，但话虽如此，据《目莲问罪报经》所说，犯突吉罗众学戒罪，如四天王寿，五百岁堕泥犁中，于人间数九百千岁，此堕等活地狱，人间五十年为天一昼夜，可见还是不得了也。

我读《旧约·利未记》，再看大小乘律，觉得其中所说的话要合理得多，而上边食肉戒的措辞我尤为喜欢，实在明智通达，古今莫及。《入楞伽经》所论虽然详细，但仍多为粗恶凡人说法，道世在《诸经要集》中酒肉部所述亦复如是，不要说别人了。后来讲戒杀的大抵偏重因果一端，写得较好的还是莲池的《放生文》和周安士的《万善先资》，文字还有可取，其次《好生救劫编》《卫生集》等，自郐以下更可以不论，里边的意思总都是人吃了虾米再变虾米去还吃这一套，虽然也好玩，难免是幼稚了。我以为菜食是为了不食肉，不食肉是为了不杀生，这是对的，再说为什么不杀生，那么这个解释我想还是说不欲断大慈悲佛性种子最为得体，别的总说得支离。众生有一人不得度的时候自己决不先得度，这固然是大乘菩萨的弘愿，但凡夫到了中年，往往会看轻自己的生命而尊重人家的，并不是怎么奇特的现象。难道肉体渐近老衰，精神也就与宗教接近么？未必然，这种态度有的从宗教出，有的也会从唯物论出的。或者有人疑心唯物论者一定是主张强食弱肉的，却不知道也可以成为大慈悲宗，好像是《安士全书》信者，所不同的他是本于理性，没有人吃虾米那些律例而已。

据我看来，吃菜亦复佳，但也以中庸为妙，赤米白盐绿葵紫蓼之外，偶然也不妨少进三净肉，如要讲净素已不容易，再要彻底便有碰壁的危险。《南齐书·孝义传》纪江泌事，说他"食菜不食心，以其有生意也"，觉得这件事很有风趣，但是离彻底总还远呢。英国柏忒勒（Samuel Butler）所著《有何无之乡游记》（*Erewhon*）中第二十六七章叙述一件很妙的故事，前章题目《动物权》，说古代有哲人主张动物的生存权，人民实行菜食，当初许可吃牛乳鸡蛋，后来觉得挤牛乳有损于小牛，鸡蛋也是一条可能的生命，所以都禁了，但陈鸡蛋还勉强可以使用，只要经过检查，证明确已陈年臭坏了，贴上一张"三个月以前所生"的查票，就可发卖。次章题曰《植物权》，已是六七百年过后的事了，那时又出了一个哲学家，他用实验证明植物也同动物一样地有生命，所以也不能吃，据他的意思，人可以吃的只有那些自死的植物，例如落在地上将要腐烂的果子，或在深秋变黄了的菜叶。他说只有这些同样的废物人们可以吃了于心无愧。"即使如此，吃的人还应该把所吃的苹果或梨的核，杏核，樱桃核及其他，都种在土里，不然他就将犯了堕胎之罪。至于五谷，据他说那是全然不成，因为每颗谷都有一个灵魂像人一样，他也自有其同样地要求安全之权利。"结果是大家不能不承认他的理论，但是又苦于难以实行，逼得没法了便索性开了荤，仍旧吃起猪排牛排来了。这是讽刺小说的话，我们不必认真，然而天下事却也有偶然暗合的，如《文殊师利问经》云：

"若为己杀，不得啖。若肉林中已自腐烂，欲食得食。若欲啖肉者，当说此咒：如是，无我无我，无寿命无寿命，失失，烧烧，破破，有为，除杀去。此咒三说，乃得啖肉，饭亦不食。何以故？若思惟饭不应食，何况当啖肉。"这个吃肉林中腐肉的办法岂不与陈鸡蛋很相像，那么烂果子黄菜叶也并不一定是无理，实在也只是比不食菜心更彻底一点罢了。

民国二十年十一月十八日，于北平。

天下第一的豆腐

豆腐，这倒真可以算是天下第一，不但中国发明最早，至今外国还是没有，而且将来恐怕也是不会有的。在日本有豆腐，这是由中国传过去的，主要还是因为用筷子吃饭，所以传得进去，若是西洋各国便没法吃，大概除了杏仁豆腐（其实却并不是豆腐）外，我想无论怎样高手的大司务做不好一样豆腐的西菜来吧。在中国这是那么普遍，它制成各种的花样，可以做出各种的肴馔，我们只说乡下的豆腐的几样吃法。第一是炖豆腐，豆腐煮过，漉去水，入砂锅加香菰笋酱油麻油久炖，是老式家庭菜，其味却极佳，有地方称为大豆腐，我们乡下则忌讳此语，因为人死时亲戚赴斋，才叫吃大豆腐。芋艿切丝或片，放碗上，与豆腐分别在饭镬上蒸熟，随后拌和加酱油，唯北方芋头不粘滑，照样做了味道不能很好。豆腐切片油煎，加青蒜，叶及茎都要，一并烧熟，名为大蒜煎豆腐，我不喜蒜头，但这碗里的大蒜却是吃得很香，而且屡吃不厌。这些都是乡下菜，材料不贵，做法简单，味道又质朴清爽，可以代表老百姓的作风。发明豆腐的是了不得，但想到做霉豆腐的人我也不能不佩服，家里做虽然稍为麻烦，可是做出来特别好吃，与店里的是大不相同的。

吃　蟹

现在并不是吃蟹的时候，这题目实在乃是看了勤孟先生的文章而引起的。我虽不是蟹迷，但蟹也是要吃的，别无什么好的吃法，只是白煮剥了壳蘸姜醋吃而已，不用自己剥的蟹羹便有点没甚意思，若是面拖蟹我更为反对，虽然小时候在戏文台下也买了点拖油炸的小蟹吃过。我反对面拖蟹，因为其吃法无聊，却并非由于蟹的腰斩之惨，因蟹虾类我们没法子杀它，只好囫囵的蒸煮，这也是一种非刑，却无从改良起。大臣腰斩血书惨字的故事我也听见过，又听说有残酷的草头王喜欢把上半身立即放在拭光的漆桌上，创口吸着，可以活上半天云。这些故事用以形容古时封建君主的凶残是可以的，若是照道理讲来大概不是事实。

腰斩是杀蟹的唯一方法，此外只有活煮了，别的贝类还可以投入沸汤，一下子就死，蟹则要只只脚立时掉下的，所以也不适用。世人因此造出一种解释，以为蟹虾螺蛤类是极恶人所转生，故受此报，有人更指定蟹是犯的大逆罪，因为小蟹要吃母蟹的。这话自然不能相信，我们吃蟹时尚且需铁槌木砧，小蟹的钳力量几何，乃能夹开硬壳而吃老蟹之肉乎？

假如要吃蟹，实在没有别的办法，面拖蟹则大可不必吃，这是我个人的意思。

古代的酒

中国古代的酒怎么样，现时不容易知道，姑且不谈。我们从反面说来，火酒据说是起于元朝，这烧法是从外族传来的，那么可知以前有的只是米酒，也是用糯米所做，由陶渊明要多种秫可以知道。唐诗中常有药酒，那当然也是用黄酒的吧，我们乡下从前老太太们浸补药酒便是用老酒，与枣子酒一样。但是虽说米酒黄酒，却还不能算是老酒，因为古人喝的都是新酒，陶渊明用葛巾漉酒，固是一例，杜甫也说樽酒家贫只旧醅，这与绿蚁新醅酒可以对照，这绿蚁也即是酒滓，可见自晋至唐情形还是相同。唐时已有葡萄美酒，却不见通行，一则或因珍贵难得，一则古人大概酒量不大，只喜欢喝点淡薄的新做米酒罢了。在欧洲古代，希腊人喝葡萄酒都和了水，传说最初做酒的人拿去给牧牛人喝，他们不懂得掺水，喝得醺醺大醉，以为中了迷药，把那给酒的人打死了。现在朋友们中能喝得白酒半斤以上的比比皆是，可知酒量是今人好得多了。

谈 酒

　　这个年头儿，喝酒倒是很有意思的。我虽是京兆人，却生长在东南的海边，是出产酒的有名地方。我的舅父和姑父家里时常做几缸自用的酒，但我终于不知道酒是怎么做法，只觉得所用的大约是糯米，因为儿歌里说，"老酒糯米做，吃得变nionio"——末一字是本地叫猪的俗语。做酒的方法与器具似乎都很简单，只有煮的时候的手法极不容易，非有经验的工人不办，平常做酒的人家大抵聘请一个人来，俗称"酒头工"，以自己不能喝酒者为最上，叫他专管鉴定煮酒的时节。有一个远房亲戚，我们叫他"七斤公公"——他是我舅父的族叔，但是在他家里做短工，所以舅母只叫他作"七斤老"，有时也听见她叫"老七斤"，是这样的酒头工，每年去帮人家做酒；他喜吸旱烟，说玩话，打马将，但是不大喝酒（海边的人喝一两碗是不算能喝，照市价计算也不值十文钱的酒），所以生意很好，时常跑一二百里路被招到诸暨嵊县去。据他说这实在并不难，只须走到缸边屈着身听，听见里边起泡的声音切切察察的，好像是螃蟹吐沫（儿童称为蟹煮饭）的样子，便拿来煮就得了，早一点酒还未成，迟一点就变酸了。但是怎么是恰好的时期，别人仍不能知道，只有听熟的耳朵才能够断定，正如骨董家的眼睛辨别古物一样。

大人家饮酒多用酒钟，以表示其斯文，实在是不对的。正当的喝法是用一种酒碗，浅而大，底有高足，可以说是古已有之的香槟杯。平常起码总是两碗，合一"串筒"，价值似是六文一碗。串筒略如倒写的凸字，上下部如一与三之比，以洋铁为之，无盖无嘴，可倒而不可筛，据好酒家说酒以倒为正宗，筛出来的不大好吃。唯酒保好于量酒之前先"荡"（置水于器内，摇荡而洗涤之谓）串筒，荡后往往将清水之一部分留在筒内，客嫌酒淡，常起争执，故喝酒老手必先戒堂倌以勿荡串筒，并监视其量好放在温酒架上。能饮者多索竹叶青，通称曰"本色"，"元红"系状元红之略，则着色者，唯外行人喜饮之。在外省有所谓花雕者，唯本地酒店中却没有这样东西。相传昔时人家生女，则酿酒贮花雕（一种有花纹的酒坛）中，至女儿出嫁时用以饷客，但此风今已不存，嫁女时偶用花雕，也只临时买元红充数，饮者不以为珍品。有些喝酒的人预备家酿，却有极好的，每年做醇酒若干坛，按次第埋园中，二十年后掘取，即每岁皆得饮二十年陈的老酒了。此种陈酒例不发售，故无处可买，我只有一回在旧日业师家里喝过这样好酒，至今还不曾忘记。

我既是酒乡的一个土著，又这样的喜欢谈酒，好像一定是个与"三酉"结不解缘的酒徒了。其实却大不然。我的父亲是很能喝酒的，我不知道他可以喝多少，只记得他每晚用花生米水果等下酒，且喝且谈天，至少要花费两点钟，恐怕所喝的酒一定很不少了。但我却是不肖，不，或者可以说有志未遂，因为我很喜欢喝酒而不会喝，所以每逢酒宴我总是第一个醉与脸红的。自从辛酉患病后，医生叫我喝酒以代药饵，定量是勃兰地每回二十格阑姆，蒲陶酒与老酒等倍之，六年以后酒量一点没有进步，到现在只要喝下一百格阑姆的花雕，便立刻变成关夫子了。（以前大家笑谈称作"赤化"，此刻自然应当谨慎，虽然是说笑话。）有些有不醉之量的，愈饮愈是脸白的朋友，我觉得非常可以歆羡，只可惜他们愈能喝酒便愈不肯喝酒，好像是美人之不肯显示她的颜色，这实在是太不应该了。

　　黄酒比较的便宜一点，所以觉得时常可以买喝，其实别的酒也未尝不好。白干于我未免过凶一点，我喝了常怕口腔内要起泡，山西的汾酒与北京的莲花白虽然可喝少许，也总觉得不很和善。日本的清酒我颇喜欢，只是仿佛新酒模样，味道不很静定。蒲桃酒与橙皮酒都很可口，但我以为最好的还是勃兰地。我觉得西洋人不很能够了解茶的趣味，至于酒则很有工夫，决不下于中国。天天喝洋酒当然是一个大的漏卮，正如吸烟卷一般，但不必一定进国货党，咬定牙根要抽净丝，随便喝一点什么酒其实都是无所不可的，至少是我个人这样的想。

　　喝酒的趣味在什么地方？这个我恐怕有点说不明白。有人说，酒的乐趣是在醉后的陶然的境界。但我不很了解这个境界是怎样的，因为我自饮酒以来似乎不大陶然过，不知怎的我的醉大抵都只是生理的，而不是精神的陶醉。所以照我说来，酒的趣味只是在饮的时候，我想悦乐大抵在做的这一刹那，倘若说是陶然那也当是杯在口的一刻罢。醉了，困倦了，或者应当休息一会儿，也是很安舒的，却未必能说酒的真越是在此间。昏迷，梦魇，呓语，或是忘却现世忧患之一法门；其实这也是有限的，倒还不如把宇宙性命都投在一口美酒里的耽溺之力还要强大。我喝着酒，一面也怀着"杞天之虑"，生恐强硬的礼教反动之后将引起颓废的风气，结果是借醇酒妇人以避礼教的迫害，沙宁（Sanin）时代的出现不是不可能的。但是，或者在中国什么运动都未必彻底成功，青年的反拨力也未必怎么强盛，那么杞天终于只是杞天，仍旧能够让我们喝一日非耽溺的酒也未可知。倘若如此，那时喝酒又一定另外觉得很有意思了罢？

民国十五年六月二十日，于北京。

谈酒二

说到"绍兴酒"，我以绍兴人的资格，不免假充内行人，来说几句关于老酒的话。不过这里内行也很有限制，因为我既不能喝，又不会得做，所以实在也只是道听途说的话而已。

做老酒的技巧，恐怕这并不只限定于老酒一种，凡做酒都是一样，在于审定煮酒的时候，早了没有熟，迟了酒就要酸了。这决定便完全掌握在技师的手里。乡下人称这种技师为"酒头工"，做酒的人家出重资，路远迢迢的来聘人前去，专门鉴定酒熟了应该煮的时候。这酒头工的手段有高下，附带的条件是要他自己不吃老酒。做酒的地方去吃点老酒并不花费什么，这不打紧，要紧的是怕他醉了，耳朵听不清楚，误了大事，糟蹋了一缸酒倒不是玩的。据说酒头工无他巧妙，只是像一个贼似的轻轻在缸外巡行，听缸里气泡切切作声，听到了某一种声音，知道酒是成熟了，便立刻命令去煮。他的本领全在这一点，承收"包银"，享受技师的待遇，这在科学不发达的时代，只能凭个人的经验，以后恐怕有科学方法可用了。现在公私合营以来，"酒头工"成为一种技工，情形已有不同，但这听酒的方法大概还是照旧，未曾被科学的机械所取而代之吧。

关于吃酒，我也想来几句假内行话，因为我是有心吃酒，却是没有实力喝多少的一个人。但是我的话有些也有根据，我是依据能喝酒的人说的，便是酒的"品"是甜最下，苦次之，酸要算顶好，酒有点酸味还不妨其为好酒，至于甜那要算是恶酒了。

沈永和酒厂在民国初年始创善酿酒，是一种"酒做酒"，很是有名，但是缺点是"甜"，不为好酒家所欢迎。近来报上发表新品种，大抵都是用老酒底子，做成甜酒，不是米酒的正宗，而是果酒和露酒了。甜酒的好处是好吃，而不能多吃，坏处则是醉了不好受。善酿酒便是这样，它的名誉一方面也就是它的不名誉。爱喝善酿酒的不是真喝酒的，所以得他们欢迎，却于推销方面不能发挥什么作用，是没有多大效力的。我有一个同乡，他善能吃酒，因为酒量极大，每回起码要喝一斤，此时感觉吃不起，结果以泸州大曲代之。他对于绍兴酒有一种感慨，说好酒不多，以后故乡的名誉差不多要依靠越剧了！对于这句话没有一分的折扣，我完全附议。

吃 茶

前回徐志摩先生在平民中学讲"吃茶"，——并不是胡适之先生所说的"吃讲茶"，——我没有工夫去听，又可惜没有见到他精心结构的讲稿，但我推想他是在讲日本的"茶道"，（英文译作Teaism），而且一定说的很好。茶道的意思，用平凡的话来说，可以称作"忙里偷闲，苦中作乐"，在不完全的现世享乐一点美与和谐，在刹那间体会永久，是日本之"象征的文化"里的一种代表艺术。关于这一件事，徐先生一定已有透彻巧妙的解说，不必再来多嘴，我现在所想说的，只是我个人的很平常的喝茶观罢了。

喝茶以绿茶为正宗。红茶已经没有什么意味，何况又加糖——与牛奶？葛辛（George Gissing）的《草堂随笔》（原名*Private Papers of Henry Ryecroft*）确是很有趣味的书，但冬之卷里说及饮茶，以为英国家庭里下午的红茶与黄油面包是一日中最大的乐事，支那饮茶已历千百年，未必能领略此种乐趣与实益的万分之一，则我殊不以为然。红茶带"土斯"未始不可吃，但这只是当饭，在肚饥时食之而已；我的所谓喝茶，却是在喝清茶，在赏鉴其色与香与味，意未必在止渴，自然更不在果腹了。中国古昔曾吃过煎茶及抹茶，现在所用的都是泡茶，冈仓觉三在《茶之书》（*Book of Tea*，1919）里很巧妙的称之曰"自然主义的茶"，所以我们所重的即在这自然之妙味。中国人上茶馆去，左一碗右一碗的喝了半天，好像是刚从沙漠里回来的样子，颇合于我的喝茶的意思，（听说闽粤有所谓吃工夫茶者自然更有道理，）只可惜近来太是洋场化，失了本意，其结果成为饭馆子之流，只在乡村间还保存一点古风，惟有屋宇器具简陋万分，或者但可称为颇有喝茶之意，而来可许为已得喝茶之道也。

喝茶当于瓦屋纸窗下，清泉绿茶，用素雅的陶瓷茶具，同二三人共饮，得半日之闲，可抵十年的尘梦。喝茶之后，再去继续修各人的胜业，无论为名为利，都无不可，但偶然的片刻优游乃正亦断不可少。中国喝茶时多吃瓜子，我觉得不很适宜；喝茶时可吃的东西应当是轻淡的"茶食"。中国的茶食却变了"满汉饽饽"，其性质与"阿阿兜"相差无几，不是喝茶时所吃的东西了。日本的点心虽是豆米的成品，但那优雅的形色，朴素的味道，很合于茶食的资格，如各色的"羊羹"（据上田恭辅氏考据，说是出于中国唐时的羊肝饼），尤有特殊的风味。江南茶馆中有一种"干丝"，用豆腐干切成细丝，加姜丝酱油，重汤炖热，上浇麻油，出以供客，其利益为"堂倌"所独有。豆腐干中本有一种"茶干"，今变而为丝，亦颇与茶相宜。在南京时常食此品，据云有某寺方丈所制为最，虽也曾尝试，却已忘记，所记得者乃只是下关的江天阁而已。学生们的习惯，平常"干丝"既出，大抵不即食，等到麻油再加，开水重换之后，始行举箸，最为合式，因为一到即罄，次碗继至，不遑应酬，否则麻油三浇，旋即撤去，怒形于色，未免使客不欢而散，茶意都消了。

吾乡昌安门外有一处地方名三脚桥，（实在并无三脚，乃是三出，因以一桥而跨三汊的河上也，）其地有豆腐店曰周德和者，制茶干最有名。寻常的豆腐干方约寸半，厚可三分，值钱二文，周德和的价值相同，小而且薄，才及一半，黝黑坚实，如紫檀片。我家距三脚桥有步行两小时的路程，故殊不易得，但能吃到油炸者而已。每天有人挑担设炉镬，沿街叫卖，其词曰：

辣酱辣，麻油炸，

红酱搽，辣酱拓：

周德和格五香油炸豆腐干。

其制法如上所述，以竹丝插其末端，每枚三文。豆腐干大小如周德和，而甚柔软，大约系常品，唯经过这样烹调，虽然不是茶食之一，却也不失为一种好豆食——豆腐的确也是极东的佳妙的食品，可以有种种的变化，唯在西洋不会被领解，正如茶一般。

日本用茶淘饭，名曰"茶渍"，以腌菜及"泽庵"（即福建的黄土萝卜，日本泽庵法师始传此法，盖从中国传去）等为佐，很有清淡而甘香的风味。中国人未尝不这样吃，惟其原因，非由穷困即为节省，殆少有故意往清茶淡饭中寻其固有之味者，此所以为可惜也。

民国十三年十二月

吃茶二

　　吃茶是一个好题目，我想写一篇文章来看。平常写文章，总是先有了意思，心里组织起来，先写些什么，后写什么，腹稿粗定，随后就照着写来，写好之后再加一题目，或标举大旨，却《逍遥游》，或只拣文章起头两个字，如"马蹄秋水"，都有。有些特别是近代的文人，是有定了题目再做，英国有一个姓密棱的人便是如此，印刷所来拿稿子，想不出题目，便翻开字典来找，碰到金鱼就写一篇金鱼。这办法似乎也有意思，但那是专写随笔的文人，自有他一套本事，假如别人妄想学步，那不免画虎类狗，有如秀才之做赋得的试帖诗了。我写这一篇小文，却是预先想好了意思，随后再写它下来，还是正统的写法，不过因为觉得这题目颇好，所以跑了一点野马，当作一个引子罢了。

　　其实我的吃茶是够不上什么品位的，从量与质来说都够不上标准，从前东坡说饮酒饮湿，我的吃茶就和饮湿相去不远。据书上的记述，似乎古人所饮的分量都是很多，唐人所说喝过七碗觉腋下习习风生，这碗似乎不是很小的，所以六朝时人说是"水厄"。我所喝的只是一碗罢了，而且他们那时加入盐姜所煮的茶也没有尝过，不晓得是什么滋味，或者多少像是小时候所喝的伤风药午时茶吧。讲到质，我根本不讲究什么茶叶，反正就只是绿茶罢了，普通就是龙井一种，什么有名的罗岕，看都没有看见过，怎么够得上说吃茶呢？

一直从小就吃本地出产本地制造的茶叶，名字叫作本山，叶片搓成一团，不像龙井的平直，价钱很是便宜，大概好的不过一百六十文一斤吧。近年在北京这种茶叶又出现了，美其名曰平水珠茶，后来在这里又买不到——结果仍旧是买龙井，所能买到的也是普通的种类，若是旗枪雀舌之类却是没有见过，碰运气可以在市上买到碧螺春，不过那是很难得遇见的。从前曾有一个江西的朋友，送给我好些六安的茶，又在南京一个安徽的朋友那里吃到太平猴魁，都觉得很好，但是以后不可再得了。最近一个广西的朋友，分给我几种他故乡的茶叶，有横山细茶，桂平西山茶和白毛茶各种，都很不差，味道温厚，大概是沱茶一路，有点红茶的风味。他又说西南有苦丁茶，一片很小的叶子可以泡出碧绿的茶来，只是味很苦。我曾尝过旧学生送我的所谓苦丁茶，乃是从市上买来，不是道地西南的东西，其味极苦，看泡过的叶子很大而坚厚，茶色也不绿而是赭黄，原来乃是故乡的坟头所种的狗朴树，是别一种植物。我就是不喜欢北京人所喝的"香片"，这不但香无可取，就是茶味也有说不出的一股甜熟的味道。

以上是我关于茶的经验，这怎么够得上来讲吃茶呢？但是我说这是一个好题目，便是因为我不会喝茶可是喜欢玩茶，换句话说就是爱玩耍这个题目，写过些文章，以致许多人以为我真是懂得茶的人了。日前有个在大学读书的人走来看我，说从前听老师说你怎么爱喝茶，怎么讲究，现在看了才知道是不对的。我答道："可不是吗？这是你们贵师徒上了我的文章的当。孟子有言，尽信书则不如无书。现在你从实验知道了真相，可以明白单靠文字是要上当的。"我说吃茶是好题目，便是可以容我说出上面的叙述，我只是爱耍笔头讲讲，不是捧着茶缸一碗一碗的尽喝的。

关于苦茶

　　去年春天偶然做了两首打油诗，不意在上海引起了一点风波，大约可以与今年所谓中国本位的文化宣言相比，不过有这差别，前者大家以为是亡国之音，后者则是国家将兴必有祯祥罢了。此外也有人把打油诗拿来当作历史传记读，如字的加以检讨，或者说玩古董那必然有些钟鼎书画吧，或者又相信我专喜谈鬼，差不多是蒲留仙一流人。这些看法都并无什么用意，也于名誉无损，用不着声明更正，不过与事实相远这一节总是可以奉告的。其次有一件想像的事，但是却颇愉快的，一位友人因为记起吃苦茶的那句话，顺便买了一包特种的茶叶拿来送我。这是我很熟的一个朋友，我感谢他的好意，可是这茶实在太苦，我终于没有能够多吃。

　　据朋友说这叫作苦丁茶。我去查书，只在日本书上查到一点，云系山茶科的常绿灌木，干粗，叶亦大，长至三四寸，晚秋叶腋开白花，自生山地间，日本名曰唐茶（Tocha），一名龟甲茶，汉名皋芦，亦云苦丁。赵学敏《本草拾遗》卷六云：

　　　　角刺茶，出徽州。土人二三月采茶时兼采十大功劳叶，俗名老鼠刺，叶曰苦丁，和匀同炒，焙成茶，货与尼庵，转售富家妇女，云妇人服之终身不孕，为断户第一妙药也。每斤银八钱。

茶十大功劳与老鼠刺均系五加皮树的别名，属于五加科，又是落叶灌木，虽亦有苦丁之名，可以制茶，似与上文所说不是一物，况且友人也不说这茶喝了可以节育的。再查类书关于皋芦却有几条，《广州记》云：

皋卢，茗之别名，叶大而涩，南人以为饮。

又《茶经》有类似的话云：

南方有瓜芦木，亦似茗，至苦涩，取为屑茶饮亦可通夜不眠。

《南越志》则云：

茗苦涩，亦谓之过罗。

此木盖出于南方，不见经传，皋卢云云本系土俗名，各书记录其音耳。但是这是怎样的一种植物呢，书上都未说及，我只好从茶壶里去拿出一片叶子来，仿佛制腊叶似的弄得干燥平直了，仔细看时，我认得这乃是故乡常种的一种坟头树，方言称作枸朴树的就是，叶长二寸，宽一寸二分，边有细锯齿，其形状的确有点像龟壳。原来这可以泡茶吃的，虽然味太苦涩，不但我不能多吃，便是且将就斋主人也只喝了两口，要求泡别的茶吃了。但是我很觉得有兴趣，不知道在白菊花以外还有些什么叶子可以当茶？《毛诗草木鸟兽虫鱼疏》《山有栲》一条下云：

> 山樗生山中，与下田樗大略无异，叶似差狭耳，吴人以其叶为茗。

《五杂组》卷十一云：

> 以绿豆微炒，投沸汤中倾之，其色正绿，香味亦不减新茗，宿村中觅茗不得者可以此代。

此与现今炒黑豆作咖啡正是一样。又云：

> 北方柳芽初茁者采之入汤，云其味胜茶。曲阜孔林楷木其芽可烹。闽出佛手柑橄榄为汤，饮之清香，色味亦旗枪之亚也。

卷十记孔林楷木条下云：

> 其芽香苦，可烹以代茗，亦可干而茹之，即俗云黄
> 连头。

孔林吾未得瞻仰，不知楷木为何如树，惟黄连头则少时尝
茹之，且颇喜欢吃，以为有福建橄榄豉之风味也。关于以木芽
代茶，《湖雅》卷二亦有二则云：

> 桑芽茶，案山中有木俗名新桑萸，采嫩芽可代茗，非
> 蚕所食之桑也。

> 柳芽茶，案柳芽亦采以代茗，嫩碧可爱，有色而无
> 香味。

汪谢城此处所说与谢在杭不同，但不佞却有点左祖汪君，
因为其味胜茶的说法觉得不大靠得住也。

许多东西都可以代茶，咖啡等洋货还在其外，可是我只感
到好玩，有这些花样，至于我自己还只觉得茶好，而且茶也以
绿的为限，红茶以至香片嫌其近于咖啡，这也别无多大道理，
单因为从小在家里吃惯本山茶叶耳。口渴了要喝水，水里照例

泡进茶叶去，吃惯了就成了规矩，如此而已。对于茶有什么特别了解，赏识，哲学或主义么？这未必然。一定喜欢苦茶，非苦的不喝么？这也未必然。那么为什么诗里那么说，为什么又叫作庵名，岂不是假话么？那也未必然。今世虽不出家亦不打诳语。必要说明，还是去小学上找罢。吾友沈兼士先生有诗为证，题曰《又和一首自调》，此系后半首也：

　　端透于今变澄澈　　鱼模自古读歌麻
　　眼前一例君须记　　茶苦原来即苦茶

民国廿四年二月

北京的茶食

　　在东安市场的旧书摊上买到一本日本文章家五十岚力的《我的书翰》，中间说起东京的茶食店的点心都不好吃了，只有几家如上野山下的空也，还做得好点心，吃起来馅和糖及果实浑然融合，在舌头上分不出各自的味来。想起德川时代江户的二百五十年的繁华，当然有这一种享乐的流风余韵留传到今日，虽然比起京都来自然有点不及。北京建都已有五百余年之久，论理于衣食住方面应有多少精微的造就，但实际似乎并不如此，即以茶食而论，就不曾知道什么特殊的有滋味的东西。固然我们对于北京情形不甚熟悉，只是随便撞进一家饽饽铺里去买一点来吃，但是就撞过的经验来说，总没有很好吃的点心买到过。难道北京竟是没有好的茶食，还是有而我们不知道呢？这也未必全是为贪口腹之欲，总觉得住在古老的京城里吃不到包含历史的精炼的或颓废的点心是一个很大的缺陷。北京的朋友们，能够告诉我两三家做得上好点心的饽饽铺么？

　　我对于20世纪的中国货色，有点不大喜欢，粗恶的模仿品，美其名曰国货，要卖得比外国货更贵些。新房子里卖的东西，便不免都有点怀疑，虽然这样说好像遗老的口吻，但总之关于风流享乐的事我是颇迷信传统的。我在西四牌楼以南走过，望着异馥斋的丈许高的独木招牌，不禁神往，因为这不但表示他是义和团以前的老店，那模糊阴暗的字迹又引起我一种焚香静坐的安闲而丰腴的生活的幻想。我不曾焚过什么香，却对于这件事很有趣味，然而终于不敢进香店去，因为怕他们在香合上已放着花露水与日光皂了。我们于日用必需的东西以外，必须还有一点无用的游戏与享乐，生活才觉得有意思。我们看夕阳，看秋河，看花，听雨，闻香，喝不求解渴的酒，吃不求饱的点心，都是生活上必要的——虽然是无用的装点，而且是愈精炼愈好。可怜现在的中国生活，却是极端地干燥粗鄙，别的不说，我在北京彷徨了十年，终未曾吃到好点心。

民国十三年二月

第四辑

人 与 自 然

我不反对"玩物"，只要不
大违反情理。

北平的春天

北平的春天似乎已经开始了，虽然我还不大觉得。立春已过了十天，现在是七九六十三的起头了，布衲摊在两肩，穷人该有欣欣向荣之意。光绪甲辰即1904年小除那时我在江南水师学堂曾作一诗云：

"一年倏就除，风物何凄紧。百岁良悠悠，向日催人尽。既不为大椿，便应如朝菌。一死息群生，何处问灵蠢。"但是第二天除夕我又做了这样一首云：

"东风三月烟花好，凉意千山云树幽，冬最无情今归去，明朝又得及春游。"这诗是一样的不成东西，不过可以表示我总是很爱春天的。春天有什么好呢，要讲他的力量及其道德的意义，最好去查盲诗人爱罗先珂的抒情诗的演说，那篇世界语原稿是由我笔录，译本也是我写的，所以约略都还记得，但是这里誊录自然也更可不必了。春天的是官能的美，是要去直接领略的，关门歌颂一无是处，所以这里抽象的话暂且割爱。

且说我自己的关于春的经验，都是与游有相关的。古人虽说以鸟鸣春，但我觉得还是在别方面更感到春的印象，即是水与花木。迂阔的说一句，或者这正是活物的根本的缘故罢。小时候，在春天总有些出游的机会，扫墓与香市是主要的两件事，而通行只有水路，所在又多是山上野外，那么这水与花木自然就不会缺少的。香市是公众的行事，禹庙南镇香炉峰为其代表。扫墓是私家的，会稽的乌石头调马场等地方至今在我的记忆中还是一种代表的春景。庚子年三月十六日的日记云：

"晨坐船出东郭门，挽纤行十里，至绕门山，今称东湖，为陶心云先生所创修，堤计长二百丈，皆植千叶桃垂柳及女贞子各树，游人颇多。又三十里至富盛埠，乘兜桥过市行三里许，越岭，约千余级。山中映山红牛郎花甚多，又有蕉藤数株，着花蔚蓝色，状如豆花，结实即刀豆也，可入药。路皆竹林，竹萌之出土者粗于碗口而长仅二三寸，颇为可观。忽闻有声如鸡鸣，阁阁然，山谷皆响，问之轿夫，云系雄鸡叫也。又二里许过一溪，阔数丈，水没及（骨干），舁者乱流而渡，水中圆石颗颗，大如鹅卵，整洁可喜。行一二里至墓所，松柏夹道，颇称阔壮。方祭时，小雨籁籁落衣袂间，幸即晴霁。下山午餐，下午开船。将进城门，忽天色如墨，雷电并作，大雨倾注，至家不息。"

旧事重提，本来没有多大意思，这里只是举个例子，说明我春游的观念而已。我们本是水乡的居民，平常对于水不觉得怎么新奇，要去临流赏玩一番，可是生平与水太相习了，自有一种情分，仿佛觉得生活的美与悦乐之背景里都有水在，由水而生的草木次之，禽虫又次之。我非不喜禽虫，但他总离不了草木，不但是吃食，也实是必要的寄托，盖即使以鸟鸣春，这鸣也得在枝头或草原上才好，若是雕笼金锁，无论怎样的鸣得起劲，总使人听了索然兴尽也。

话休烦絮。到底北京的春天怎么样了呢？老实说，我住在北京和北平已将二十年，不可谓不久矣，对于春游却并无什么经验。妙峰山虽热闹，尚无暇瞻仰，清明郊游只有野哭可听耳。北平缺少水气，使春光减了成色，而气候变化稍剧，春天似不曾独立存在，如不算他是夏的头，亦不妨称为冬的尾，总之风和日暖让我们着了单袷可以随意徜徉的时候是极少，刚觉得不冷就要热了起来了。不过这春的季候自然还是有的。第一，冬之后明明是春，且不说节气上的立春也已过了。第二，生物的发生当然是春的证据，牛山和尚诗云，春叫猫儿猫叫春，是也。人在春天却只是懒散，雅人称曰春困，这似乎是别一种表示。所以北平到底还是有他的春天，不过太慌张一点了，又欠腴润一点，叫人有时来不及尝他的味儿，有时尝了觉得稍枯燥了，虽然名字还叫作春天，但是实在就把他当作冬的尾，要不然便是夏的头，反正这两者在表面上虽差得远，实际上对于不大承认他是春天原是一样的。

我倒还是爱北平的冬天。春天总是故乡的有意思，虽然这是三四十年前的事，现在怎么样我不知道。至于冬天，就是三四十年前的故乡的冬天我也不喜欢：那些手脚生冻瘃，半夜里醒过来像是悬空挂着似的上下四旁都是冷气的感觉，很不好受，在北平的纸糊过的屋子里就不会有的。在屋里不苦寒，冬天便有一种好处，可以让人家作事：手不僵冻，不必炙砚呵笔，于我们写文章的人大有利益。北平虽几乎没有春天，我并无什么不满意，盖吾以冬读代春游之乐久矣。

民国廿五年二月十四日

北平的好坏

　　不佞住在北平已有二十个年头了。其间曾经回绍兴去三次，往日本去三次，时间不过一两个月，又到过济南一次，定县一次，保定两次，天津四次，通州三次，多则五六日，少或一天而已。因此北平于我的确可以算是第二故乡，与我很有些情分，虽然此外还有绍兴，南京，以及日本东京，我也住过颇久。绍兴是我生长的地方，有许多山水风物至今还时时记起，如有闲暇很想记述一点下来，可是那里天气不好，寒暑水旱的时候都有困难，不甚适于住家。南京的六年学生生活也留下好些影响与感慨，背景却是那么模糊的，我对于龙蟠虎踞的钟山与浩荡奔流的长江总没有什么感情，自从一九〇六年肩铺盖出仪凤门之后，一直没有进城去瞻礼过，虽似薄情实在也无怪的。东京到底是人家的国土，那是另外的一件事情。归根结蒂在现今说来还是北平与我最有关系，从前我曾自称京兆人，盖非无故也，不过这已是十年前的事了，现在不但不是国都，而且还变了边塞，但是我们也能爱边塞，所以对于北京仍是喜欢，小孩们坐惯的破椅子被决定将丢在门外，落在打小鼓的手里，然而小孩的舍不得之情故自深深地存在也。

我说喜欢北平，究竟北平的好处在哪里呢？这条策问我一时有点答不上来，北平实在没有什么了不得的好处。我们可以说的，大约第一是气候好吧。据人家说，北平的天色特别蓝，太阳特别猛，月亮也特别亮。习惯了不觉得，有朋友到江浙去一走，或是往德法留学，便很感着这个不同了。其次是空气干燥，没有那泛潮时的不愉快，于人的身体总当有些益处。民国初年我在绍兴的时候，每到夏天，玻璃箱里的几本洋书都长上白毛，有些很费心思去搜求来的如育珂的《白蔷薇》，因此书面上便有了"白云风"似的瘢痕，至今看了还是不高兴。搬到北京来以后，这种毛病是没有了，虽然瘢痕不会消灭，那也是没法的事。第二，北平的人情也好，至少总可以说是大方。大方，这是很不容易的，因为这里边包含着宽容与自由。我觉得世间最可怕的是狭隘，一切的干涉与迫害就都从这里出来的。中国人的宿疾是外强中干，表面要摆架子，内心却无自信，随时怀着恐怖，看见别人一言一动，便疑心是在骂他或是要危害他，说是度量窄排斥异己，其实是精神不健全的缘故。小时候遇见远亲里会拳术的人，因为有恃无恐，取人己两不犯的态度，便很显得大方，从容。北平的人难道都会打拳，但是总有那么一种空气，使居住的人觉得安心，不像在别的都市仿佛已严密地办好了保甲法，个人的举动都受着街坊的督察，仪式起居的一点独异也会有被窥伺或告发的可能。中国的上上下下的社会都不扫自己门前的雪，却专管人家屋上的霜，不惜踏碎邻家的瓦或爬坍了墙头，因此如有不是那么做的，也总是难得而可贵了。从别一方面说，也可以说这正是北平的落伍，没有统制。不过天下事本不能一律而论，有喜欢统制人或被统制的，也有都不喜欢的，这有如宗教信仰，信徒对了菩萨叩头如捣蒜，用神方去医老太爷的病，在少信的人无妨看作泥塑木雕的偶像，根据保护信教自由的法令，固然未便上前捣毁，看了走开，回到无神的古庙去歇宿，只好各行其是耳。

北平也有我所不喜欢的东西，第一就是京戏。小时候看过些敬神的社戏，戏台搭在旷野中间，不但看的人自由来去，锣鼓声也不大喧闹，乡下人又只懂得看，即使不单赏识斤斗翻得多，也总要看这里边的故事，唱得怎么是不大有人理会的。乙巳（1905）的冬天与二十三个同学到北京练兵处来应留学考试，在西河沿住过一个月，曾经看了几次戏，租看的红纸戏目，木棍一样窄的板凳，台上扮演的丫鬟手淫，都还约略有点记得。查那时很简单的《北行日记》，还剩有这几条记录：

"十二月初九日，下午偕公岐采卿椒如至中和园观剧，见小叫天演时，已昏黑矣。"

"初十日，下午偕公岐椒如至广德楼观剧，朱素云演《黄鹤楼》，朱颇通文墨云。"

"十六日，下午同采卿访榆荪，见永嘉胡俨庄君，同至广德楼观剧。"

三十二年中人事变迁得很多，榆荪当防疫处长，染疫而殁，已在十多年前，椒如为渤海舰队司令，为张宗昌所杀，徐柯二君亦久不通音信了，我自己有三十年以上不曾进戏园，也可以算是一种改变吧。我厌恶中国旧剧的理由有好几个。其一，中国超阶级的升官发财多妻的腐败思想随处皆是，而在小说戏文里最为浓厚显著。其二，虚伪的仪式，装腔作势，我都不喜欢，觉得肉麻，戏台上的动作无论怎么有人赞美，我总看了不愉快。其三，唱戏的音调，特别是非戏子的在街上在房中的清唱，不知怎的我总觉得与八股鸦片等有什么关系，有一种麻痹性，胃里不受用。至于金革之音，如德国性学大师希耳息莆尔特在他的游记《男与女》第二十四节中所说，"乐人在铜锣上打出最高音"，或者倒还在其次，因为这在中国不算最闹也。游记同节中云：

"中国人的听觉神经一定同我们构造得不同，这在一个中国旅馆里比在中国戏园还更容易看出来。"由是观之，铜锣的最高音究竟还是乐人所打的，比旅馆里的通夜蜜蜂窠似地哄哄然终要胜一筹也。

我反对旧剧的意见不始于今日，不过这只是我个人的意见，自己避开戏园就是了，也本不必大声疾呼，想去警世传道，因为如上文所说，趣味感觉各人不同，往往非人力所能改变，固不特鸦片小脚为然也。但是现在情形有点不同了，自从无线电广播发达以来，出门一望但见四面多是歪斜碎裂的竹竿，街头巷尾充满着非人世的怪声，而其中以戏文为多，简直使人无所逃于天地之间，非硬听京戏不可，此种压迫实在比苛捐杂税还要难受。中国不知从那一年起，唱歌的技术永远失传了，唐宋时妓女能歌绝句和词，明有擘破玉打草竿挂枝儿等，清朝窑姐儿也有窑调的小曲，后来忽地消灭，至今自上至下都只会唱戏，我无闲去打茶围，惭愧不知道八大胡同唱些什么，但看酒宴余兴，士大夫无复念唐诗或试帖者，大都高歌某种戏剧一段，此外白昼无聊以及黑夜怕鬼的走路人口中哼哼有词，也全是西皮二黄而非十杯酒儿，可知京戏已经统制了中国国民的感情了。无线电台专门转播戏园里的音乐正无足怪，而且本是很顺舆情的事，不幸城门失火殃及池鱼，要叫我硬听这些我所不要听的东西，即使如德国老博士在旅馆一样用棉花塞了耳朵孔也还是没用，有时真使人感到道地的绝望。俗语云，黄连树下弹琴，苦中作乐。中国人很有这样精神，大家装上无线电，那些收音机却似乎都从天桥地摊上买来的，恐怕不过三四毛一个，发出来的声音老是那么古怪，似非人间世所有。这不但是戏文，便是报告也都是如此，声音苍哑涩滞，声调局促呆板，语句固然难听懂，只觉得嘈杂不好过。看画报上所载，电台里有好几位漂亮的女士管放送的事，不知道什么时候才开口，为什么我们现在所听见的总是这样难听的古怪话呢。我有时候听了不禁消极，心想中国话果真是如此难听的一种言语么？我不敢相信，但耳边听着这样的话，实在觉得十分难听。我想到，中国现今各方面似乎都缺少人。我又想到，中国接收外来文化往往不善利用，弄得反而丑恶讨厌。无线电是顶好的一个例。这并不限定是北平一地方的事，但是因北平的事实而感到，所以也就算在他的帐上了。

总而言之，我对于北平大体上是很喜欢的，他的气候与人情比别处要好些，宜于居住，虽然也有缺点，如无线电广播的难听，其次是多风尘，变成了边塞。这真是一把破椅子了，放在门外边，预备给打小鼓的拿去，这个时候有人来出北平特辑，未免有点不识时务吧，但是我们在北平的人总是很感激的，我之不得不于烦忙中特为写此小文者，盖亦即以表此感激之意也。

民国廿五年五月九日，于北平。

苦 雨

伏园兄:

　　北京近日多雨，你在长安道上不知也遇到否，想必能增你旅行的许多佳趣。雨中旅行不一定是很愉快的，我以前在杭沪车上时常遇雨，每感困难，所以我于火车的雨不能感到什么兴味，但卧在乌篷船里，静听打篷的雨声，加上欸乃的橹声，以及"靠塘来，靠下去"的呼声，却是一种梦似的诗境。倘若更大胆一点，仰卧在脚划小船内，冒雨夜行，更显出水乡住民的风趣，虽然较为危险，一不小心，拙劣地转一个身，便要使船底朝天。二十多年前往东浦吊先父的保姆之丧，归途遇暴风雨，一叶扁舟在白鹅似的波浪中间滚过大树港，危险极也愉快极了。我大约还有好些"为鱼"时候——至少也是断发文身时候的脾气，对于水颇感到亲近，不过北京的泥塘似的许多"海"实在不很满意，这样的水没有也并不怎么可惜。你往"陕半天"去似乎要走好两天的准沙漠路，在那时候倘若遇见风雨，大约是很舒服的，遥想你胡坐骡车中，在大漠之上，大雨之下，喝着四打之内的汽水，悠然进行，可以算是"不亦快哉"之一。但这只是我的空想，如诗人的理想一样地靠不住，或者你在骡车中遇雨，很感困难，正在叫苦连天也未可知，这须等你回京后问你再说了。

我住在北京，遇见这几天的雨，却叫我十分难过。北京向来少雨，所以不但雨具不很完全，便是家屋构造，于防雨亦欠周密。除了真正富翁以外，很少用实垛砖墙，大抵只用泥墙抹灰敷衍了事。近来天气转变，南方酷寒而北方淫雨，因此两方面的建筑上都露出缺陷。一星期前的雨把后园的西墙淋坍，第二天就有"梁上君子"来摸索北房的铁丝窗，从次日起赶紧邀了七八位匠人，费两天工夫，从头改筑，已经成功十分八九，总算可以高枕而卧，前夜的雨却又将门口的南墙冲倒二三丈之谱。这回受惊的可不是我了，乃是川岛君"伲们"俩，因为"梁上君子"如再见光顾，一定是去躲在"伲们"的窗下窃听的了。为消除"伲们"的不安起见，一等天气晴正，急须大举地修筑，希望日子不至于很久，这几天只好暂时拜托川岛君的老弟费神代为警护罢了。

前天十足下了一夜的雨，使我夜里不知醒了几遍。北京除了偶然有人高兴放几个爆仗以外，夜里总还安静，那样哗喇哗喇的雨声在我的耳朵里已经不很听惯，所以时常被它惊醒，就是睡着也仿佛觉得耳边粘着面条似的东西，睡的很不痛快。还有一层，前天晚间据小孩们报告，前面院子里的积水已经离台阶不及一寸，夜里听着雨声，心里胡里胡涂地总是想水已上了台阶，浸入西边的书房里了。好容易到了早上五点钟，赤脚撑伞，跑到西屋一看，果然不出所料，水浸满了全屋，约有一寸深浅，这才叹了一口气，觉得放心了；倘若这样兴高采烈地跑去，一看却没有水，恐怕那时反觉得失望，没有现在那样的满足也说不定。幸而书籍都没有湿，虽然是没有什么价值的东西，但是湿成一饼一饼的纸糕，也很是不愉快。现今水虽已退，还留下一种涨过大水后的普通的臭味，固然不能留客坐谈，就是自己也不能在那里写字，所以这封信是在里边炕桌上写的。

这回大雨，只有两种人最喜欢。第一是小孩们。他们喜欢水，却极不容易得到，现在看见院子里成了河，便成群结队的去"淌河"去。赤了足伸到水里去，实在很有点冷，但是他们不怕，下到水里还不肯上来。大人见小孩们玩的很有趣，也一个两个地加入，但是成绩却不甚佳，那一天里滑倒了三个人，其中两个都是大人——其一为我的兄弟，其一是川岛君。第二种喜欢下雨的则为虾蟆。从前同小孩们往高亮桥去钓鱼钓不着，只捉了好些虾蟆，有绿的，有花条的，拿回来都放在院子里，平常偶叫几声，在这几天里便整日叫唤，或者是荒年之兆吧，却极有田村的风味。有许多耳朵皮嫩的人，很恶喧嚣，如麻雀虾蟆或蝉的叫声，凡足以妨碍他们的甜睡者，无一不深恶而痛绝之，大有灭此而午睡之意，我觉得大可以不必如此，随便听听都是很有趣味的，不但是这些久成诗料的东西，一切鸣声其实都可以听。虾蟆在水田里群叫，深夜静听，往往变成一种金属音，很是特别，又有时仿佛是狗叫，古人常称蛙蛤为吠，大约是从实验而来。我们院子里的虾蟆现在只见花条的一种，它的叫声更不漂亮，只是格格格这个叫法，可以说是革音，平常自一声至三声，不会更多，惟在下雨的早晨，听它一口气叫上十二三声，可见它是实在喜欢极了。

这一场大雨恐怕在乡下的穷朋友是很大的一个不幸，但是我不曾亲见，单靠想像是不中用的，所以我不去虚伪地代为悲叹了。倘若有人说这所记的只是个人的事情，于人生无益，我也承认，我本来只想说个人私事，此外别无意思。今天太阳已经出来，傍晚可以出外去游嬉，这封信也就不再写下去了。

我本等着看你的秦游记，现在却由我先写给你看，这也可以算是"意表之外"的事吧。

民国十三年七月十七日在京城书

故乡的野菜

　　我的故乡不止一个，我住过的地方都是故乡。故乡对于我并没有什么特别的情分，只因钓于斯游于斯的关系，朝夕会面，遂成相识，正如乡村里的邻舍一样，虽然不是亲属，别后有时也要想念到他。我在浙东住过十几年，南京东京都住过六年，这都是我的故乡；现在住在北京，于是北京就成了我的家乡了。

　　日前我的妻往西单市场买菜回来，说起有荠菜在那里卖着，我便想起浙东的事来。荠菜是浙东人春天常吃的野菜，乡间不必说，就是城里只要有后园的人家都可以随时采食，妇女小儿各拿一把剪刀一只"苗篮"，蹲在地上搜寻，是一种有趣味的游戏的工作。那时小孩们唱道："荠菜马兰头，姊姊嫁在后门头。"后来马兰头有乡人拿来进城售卖了，但荠菜还是一种野菜，须得自家去采。关于荠菜向来颇有风雅的传说，不过这似乎以吴地为主。《西湖游览志》云："三月三日男女皆戴荠菜花。谚云：三春戴荠花，桃李羞繁华。"顾禄的《清嘉录》上亦说："荠菜花俗呼野菜花，因谚有三月三蚂蚁上灶山之语，三日人家皆以野菜花置灶陉上。以厌虫蚁。侵晨村童叫卖不绝。或妇女簪髻上以祈清目,俗号眼亮花。"但浙东人却不很理会这些事情,只是挑来做菜或炒年糕吃罢了。

黄花麦果通称鼠曲草,系菊科植物,叶小微圆互生,表面有白毛,花黄色,簇生梢头。春天采嫩叶,捣烂去汁,和粉作糕,称黄花麦果糕。小孩们有歌赞美之云:

> 黄花麦果韧结结,
> 关得大门自要吃:
> 半块拿弗出,一块自要吃。

清明前后扫墓时,有些人家——大约是保存古风的人家——用黄花麦果作供,但不作饼状,做成小颗如指顶大,或细条如小指,以五六个作一攒,名曰茧果,不知是什么意思,或因蚕上山时设祭,也用这种食品,故有是称,亦未可知。自从十二三岁时外出不参与外祖家扫墓以后,不复见过茧果,近来住在北京,也不再见黄花麦果的影子了。日本称作"御形",与荠菜同为春的七草之一,也采来做点心用,状如艾饺,名曰"草饼",春分前后多食之,在北京也有,但是吃去总是日本风味,不复是儿时的黄花麦果糕了。

扫墓时候所常吃的还有一种野菜,俗名草紫,通称紫云英。农人在收获后,播种田内,用作肥料,是一种很被贱视的植物,但采取嫩茎瀹食,味颇鲜美,似豌豆苗。花紫红色,数十亩接连不断，一片锦绣，如铺着华美的地毯，非常好看，而且花朵状若蝴蝶，又如鸡雏，尤为小孩所喜。间有白色的花，相传可以治痢，很是珍重，但不易得。日本《俳句大辞典》云："此草与蒲公英同是习见的东西，从幼年时代便已熟识。在女人里边，不曾采过紫云英的人，恐未必有吧。"中国古来没有花环，但紫云英的花球却是小孩常玩的东西，这一层我还替那些小人们欣幸的，浙东扫墓用鼓吹，所以少年常随了乐音去看"上坟船里的姣姣"；没有钱的人家虽没有鼓吹，但是船头上篷窗下总露出些紫云英和杜鹃的花束，这也就是上坟船的确实的证据了。

民国十三年二月

菱　角

　　每日上午门外有人叫卖"菱角"，小孩们都吵着要买，因此常买十来包给他们分吃，每人也只分得十几个罢了。这是一种小的四角菱，比刺菱稍大，色青而非纯黑，形状也没有那样奇古，味道则与两角菱相同。正在看乌程汪日桢的《湖雅》（光绪庚辰即1880年出版），便翻出卷二讲菱的一条来，所记情形与浙东大抵相像，选录两则于后：

　　《仙潭文献》："水红菱"最先出。青菱有二种，一曰"花蒂"，一曰"火刀"，风干之皆可致远，唯"火刀"耐久，迨春犹可食。因塔村之"鸡腿"，生啖殊佳；柏林圩之"沙角"，熟瀹颇胜。乡人以九月十月之交撒荡，多则积之，腐其皮，如收贮银杏之法，曰"阄菱"。

　　《湖录》：菱与芰不同。《武陵记》："四角三角曰芰，两角曰菱。"今菱湖水中多种两角，初冬采之，曝干，可以致远，名曰"风菱"。唯郭西湾桑渎一带皆种四角，最肥大，夏秋之交，煮熟鬻于市，曰"熟老菱"。

按，鲜菱充果，亦可充蔬。沈水乌菱俗呼"浆菱"。乡人多于溪湖近岸处水中种之，曰"菱荡"，四围植竹，经绳于水面，间之为界，曰"菱筻竹"……

越中也有两角菱，但味不甚佳，多作为"酱大菱"，水果铺去壳出售，名"黄菱肉"，清明扫墓时常用作供品，"迨春犹可食"，亦别有风味。实熟沉水抽芽者用竹制发篦状物曳水底摄取之，名"掺芽大菱"，初冬下乡常能购得，市上不多见也。惟平常煮食总是四角者为佳，有一种名"驼背白"，色白而拱背，故名，生熟食均美，十年前每斤才十文，一角钱可得一大筐，近年来物价大涨，不知需价若干了。城外河中弥望菱荡，惟中间留一条水路，供船只往来，秋深水长风起，菱科漂浮荡外，则为"散荡"，行舟可以任意采取残留菱角，或并摘菱科之嫩者，携归作蔬食。明李日华在《味水轩日记》卷二（万历三十八年即1610）记途中窃菱事，颇有趣味，抄录于下。

九月九日，由谢村取余杭道，曲溪浅渚，被水皆菱角，有深浅红及惨碧三色，舟行掬手可取而不设滕堲，僻地俗淳此亦可见。余坐篷底阅所携《康乐集》，遇一秀句则引一酹，酒渴思解，奴子康素工掠食，偶命之，其资咀嚼，平生耻为不义，此其愧心者也。

水红菱只可生食，虽然也有人把他拿去作蔬。秋日择嫩菱瀹熟，去涩衣，加酒酱油及花椒，名"醉大菱"，为极好的下酒物（俗名过酒坯），阴历八月三日灶君生日，各家供素菜，例有此品，几成为不文之律。水红菱形甚纤艳，故俗以喻。女子的小脚，虽然我们现在看去，或者觉得有点唐突菱角，但是闻水红菱之名而"颇涉遐想"者，恐在此刻也仍不乏其人吧？

写《菱角》既了，问疑古君讨回范寅的《越谚》来一查，见卷中"大菱"一条说得颇详细，补抄在这里，可以纠正我的好些错误。甚矣我的关于故乡的知识之不很可靠也！

老菱装箬，日浇，去皮，冬食，曰"酱大菱"。老菱脱蒂沉湖底，明春抽芽，挽起，曰"挽芽大菱"，其壳乌，又名"乌大菱"。肉烂壳浮，曰"佘起乌大菱"，越以讥无用人。挽菱肉黄，剥卖，曰"黄菱肉"。老菱晾干，曰"风大菱"。嫩菱煮坏，曰"烂勃七"。

草木虫鱼小引

　　明李日华著《紫桃轩杂缀》卷一云，白石生辟谷嘿坐，人问之不答，固问之，乃云"世间无一可食，亦无一可言"。这是仙人的话，在我们凡人看来不免有点过激，但大概却是不错的，尤其是关于那第二点。在写文章的时候，我常感到两种困难，其一是说什么，其二是怎么说。据胡适之先生的意思这似乎容易解决，因为只要"要说什么就说什么"和"话怎么说就怎么说"便好了，可是在我这就是大难事。有些事情固然我本不要说，然而也有些是想说的，而现在实在无从说起。不必说到政治大事上去，即使偶然谈谈儿童或妇女身上的事情，也难保不被看出反动的痕迹，其次是落伍的证据来，得到古人所谓笔祸。这个内容问题已经够烦难了，而表现问题也并不比它更为简易。我平常很怀疑心里的"情"是否可以用了"言"全表了出来，更不相信随随便便地就表得出来。什么嗟叹啦，咏歌啦，手舞足蹈啦的把戏，多少可以发表自己的情意，但是到了成为艺术再给人家去看的时候，恐怕就要发生了好些的变动与间隔，所留存的也就是很微末了。死生之悲哀，爱恋之喜悦，人生最深切的悲欢甘苦，绝对地不能以言语形容，更无论文字，至少在我是这样感想。世间或有天才自然也可以有例外，那么我们凡人所可以文字表现者只是某一种情意，固然不很粗浅但也不很深切的部分，换句话来说，实在是可有可无不关紧急的东西，表现出来聊以自宽慰消遣罢了。从前在上海某月刊上见过一条消息，说某人要提倡文学无用论了，后来不曾留心不知道这主张发表了没有，有无什么影响，但是我个人却的确是相信文学无用论的。我觉得文学好像是一个香炉，他的两旁边还有一对蜡烛台，左派和右派。无论那一边是左是右，都没有什么关系，这总之有两位，即是禅宗与密宗，假如容我借用佛教的两个名称。文学无用，而这左右两位是有用有能力的，禅宗的作法的人不立文字，知道它的无用，却寻别的途径。辟历似的大喝一声，或一棍打去，或一句干矢橛，直截地使人家豁然开悟，这在对方固然也需要相当的感受性，不能轻易发生效力，但这办法的精义实在是极对的，差不多可以说是最高理想的艺术，不过在事实上艺术还着实有志未逮，或者只是音乐有点这样的意味，缠缚在文字语言里的文学虽然拿出什么象征等物事来在那里挣扎，也总还追随不上。密宗派的人单是结印念咒，揭谛揭谛波罗揭谛几句话，看去毫无意义，实在含有极大力量，老太婆高唱阿弥陀佛，便可安心立命，觉得西方有分，绅士平日对于厨子呼来喝去，有朝一日自己做了光禄寺小官，却是顾盼自雄，原来都是这一类的事。即如古今来多少杀人如麻的钦案，问其罪名，只是大不敬或大逆不道等几个字儿，全是空空洞洞的，当年却有许多活人死人因此处了各种极刑，想起来很是冤枉，不过在当时，大约除本人外没有不以为都是应该的罢。名号——文字的威力大到如此，实在是可敬而且可畏了。文学呢，它是既不能令又不受命，它不能那么解脱，用了独一无二的表现法直截地发出来，却也不会这么刚勇，凭空抓了一个唵字塞住了人家的喉管，再回不过气来，结果是东说西说，写成了四万八千卷的书册，只供闲人的翻阅罢了。我对于文学如此不敬，曾称之曰不革命，今又说他无用，真是太不应当了，不过我的批评全是好意的，我想文学的要素是诚与达，然而诚有障害，达不容易，那么留下来的，试问还有些什么？老实说，禅的文学做不出，咒的文学不想做，普通的文学克复不下文字的纠缠的可做可不做，总结起来与"无一可言"这句话岂不很有同意么？话虽如此，文章还是可以写，想写，关键只在这一点，即知道了世间无一可言，自己更无做出真文学来之可能，随后随便找来一个题目，认真去写一篇文章，却也未始不可，到那时候或者简直说世间无一不可言，也很可以罢，只怕此事亦大难。还须得试试来看，不是一步就走得到的。我在此刻还觉得有许多事不想说，或是不好说，只可挑选一下再说，现在便姑且择定了草木虫鱼，为什么呢？第一，这是我所喜欢，第二，他们也是生物，与我们很有关系，但又到底是异类，由得我们说话。万一讲草木虫鱼还有不行的时候，那么这也不是没有办法，我们可以讲讲天气罢。

民国十九年旧中秋

苍　蝇

苍蝇不是一件很可爱的东西，但我们在做小孩子的时候都有点喜欢他。我同兄弟常在夏天乘大人们午睡，在院子里弃着香瓜皮瓢的地方捉苍蝇——苍蝇共有三种，饭苍蝇太小，麻苍蝇有蛆太脏，只有金苍蝇可用。金苍蝇即青蝇，小儿谜中所谓"头戴红缨帽身穿紫罗袍"者是也。我们把他捉来，摘一片月季花的叶，用月季的刺钉在背上，便见绿叶在桌上蠕蠕而动，东安市场有卖纸制各色小虫者，标题云"苍蝇玩物"，即是同一的用意。我们又把他的背竖穿在细竹丝上，取灯心草一小段放在脚的中间，他便上下颠倒的舞弄，名曰"嬉棍"；又或用白纸条缠在肠上纵使飞去，但见空中一片片的白纸乱飞，很是好看。倘若捉到一个年富力强的苍蝇，用快剪将头切下，他的身子便仍旧飞去。希腊路吉亚诺思（Lukianos）的《苍蝇颂》中说："苍蝇在被切去了头之后，也能生活好些时光。"大约二千年前的小孩已经是这样的玩耍的了。

我们现在受了科学的洗礼，知道苍蝇能够传染病菌，因此对于他们很有一种恶感。三年前卧病在医院时曾作有一首诗，后半云：

大小一切的苍蝇们，

美和生命的破坏者，

中国人的好朋友的苍蝇们呵，

我诅咒你的全灭，

用了人力以外的，

最黑最黑的魔术的力

　　但是实际上最可恶的还是他的别一种坏癖气，便是喜欢在人家的颜面手脚上乱爬乱舔，古人虽美其名曰"吸美"，在被吸者却是极不愉快的事。希腊有一篇传说说明这个缘起，颇有趣味。据说苍蝇本来是一个处女，名叫默亚（Muia），很是美丽，不过太喜欢说话。她也爱那月神的情人恩迭米盎（Endymion），当他睡着的时候，她总还是和他讲话或唱歌，弄得他不能安息，因此月神发怒，使她变成苍蝇。以后她还是纪念着恩迭米盎，不肯叫人家安睡，尤其是喜欢搅扰年青的人。

　　苍蝇的固执与大胆，引起好些人的赞叹。诃美洛思（Homeros）在史诗中尝比勇士于苍蝇，他说，虽然你赶他去，他总不肯离开你，一定要叮你一口方才罢休。又有诗人云，那小苍蝇极勇敢地跳在人的肢体上，渴欲饮血，战士却躲避敌人的刀锋，真可羞了。我们侥幸不大遇见渴血的勇士，但勇敢地攻上来舐我们的头的却常常遇到。法勃耳（Fabre）的《昆虫记》里说有一种蝇，乘土蜂负虫入穴之时，下卵于虫内，后来蝇卵先出，把死虫和蜂卵一并吃下去。他说这种蝇的行为对像是一个红巾黑衣的暴客在林中袭击旅人，但是他的剽悍敏捷的确也可佩服，倘使希腊人知道，或者可以拿去形容阿迭修思（Odysseus）一流的狡狯英雄吧。

中国古来对于苍蝇似乎没有什么反感。《诗经》里说："营营青蝇，止于樊。岂弟君子，无信谗言。"又云，"非鸡则鸣，苍蝇之声。"据陆农师说，青蝇善乱色，苍蝇善乱声，所以是这样说法。传说里的苍蝇，即使不是特殊良善，总之决不比别的昆虫更为卑恶。在日本的俳谐中则蝇成为普通的诗料，虽然略带湫秽的气色，但很能表出温暖热闹的境界。小林一茶更为奇特，他同圣芳济一样，以一切生物为弟兄朋友，苍蝇当然也是其一。检阅他的俳句选集，咏蝇的诗有二十首之多，今举两首以见一斑。一云：

笠上的苍蝇，比我更早地飞进去了。

这诗有题曰《归庵》。又一首云：

不要打哪，苍蝇搓他的手，搓他的脚呢。

我读这一句，常常想起自己的诗觉得惭愧，不过我的心情总不能达到那一步，所以也是无法，《埤雅》云："蝇好交其前足，有绞绳之象……亦好交其后足。"这个描写正可作前句的注解。又绍兴小儿谜语歌云："像乌虭豆格乌，像乌虭豆格粗，堂前当中央，坐得拉胡须。"也是指这个现象。（格犹云"的"，坐得即"坐着"之意。）

据路吉亚诺思说，古代有一个女诗人，慧而美，名叫默亚，又有一个名妓也以此为名，所以滑稽诗人有句云："默亚咬他直达他的心房。"中国人虽然永久与苍蝇同桌吃饭，却没有人拿苍蝇作为名字，以我所知只有一二人被用为诨名而已。

民国十三年七月

萤 火

——续草木虫鱼之二

近年多看中国旧书，因为外国书买不到，线装书虽也很贵，却还能入手，又卷帙轻便，躺着看时拿了不吃力，字大悦目，也较为容易懂。可是看得久了多了，不免会发生厌倦，第一是觉得单调，千年前后的人所说的话没有多大不同，有时候或者后人比前人还要胡涂点也不一定，因此第二便觉得气闷。从前看过的书，后来还想拿出来看，反覆读了不厌的实在很少，大概只有《诗经》，其中也以《国风》为主，《陶渊明集》和《颜氏家训》而已。在这些时候，从书架上去找出尘土满面的外国书来消遣，也是常有的事。

前几天忽然想到关于萤火说几句闲话，可是最先记起来总是腐草化为萤以及丹鸟羞白鸟的典故，这虽然出在正经书里，也颇是新奇，却是靠不住，至少是不能通行的了。案《礼记·月令》云：

"季夏之月，腐草为萤。"《逸周书·时训》解云：

"大暑之日，腐草化为萤。腐草不化为萤，谷实鲜落。"

这里说得更是严重，仿佛是事关化育，倘若至期腐草不变成萤火，便要五谷不登，大闹饥荒了。《尔雅》：萤火即熠。郭璞注，夜飞，腹下有火。这里并没有说到化生，但是后来的人总不能忘记《月令》的话，邢昺《尔雅疏》，陆佃《新义》及《埤雅》，罗愿《尔雅翼》，都是如此，邵晋涵《正义》不必说了，就是王引之《广雅疏证》也难免这样。《本草纲目》引陶弘景曰：

"此是腐草及烂竹根所化，初时如蛹，腹下已有光，数日变而能飞。"李时珍则详说之曰：

"萤有三种。一种小而宵飞，腹下光明，乃茅根所化也。吕氏《月令》所谓腐草化为萤者也。一种长如蛆蠋，尾后有光，无翼不飞，乃竹根所化也。一名蠲，俗名萤蛆。《明堂》《月令》所谓腐草化为蠲者是也，其名宵行。茅竹之根夜视有光，复感湿热之气，遂变化成形尔。一种水萤，居水中。唐李子卿《水萤赋》所谓彼何为而化草，此何为而居泉，是也。"钱步曾《百廿虫吟》中萤项下自注云：

"萤有金银二种。银色者早生，其体纤小，其飞迟滞，恒集于庭际花草间，乃宵行所化。金色者入夏季方有，其体丰腴，其飞迅疾，其光闪烁不定，恒集于水际茭蒲及田塍丰草间，相传为牛粪所化。盖牛食草出粪，草有融化未净者，受雨露之沾濡，变而为萤，即月令腐草为萤之意也。余尝见牛溲坌积处飞萤丛集，此其验矣。"又汪曰桢《湖雅》卷六萤下云：

"按，有化生，初似蛹，名蠲，亦名萤蛆，俗呼火百脚，后乃生翼能飞为萤。有卵生，今年放萤于屋内，明年夏必出细萤。"案以上诸说均主化生，唯郝懿行《尔雅义疏》反对《本草》陶李二家之说，云：

"今验萤火有二种，一种飞者，形小头赤，一种无翼，形似大蛆，灰黑色，而腹下火光大于飞者，乃诗所谓宵行，《尔雅》之即熠亦当兼此二种，但说者止见飞萤耳，又说茅竹之根夜皆有光，复感湿热之气，遂化成形，亦不必然。盖萤本卵生，今年放萤火于屋内，明年夏细萤点点生光矣。"寥寥百十字，却说得确实明白，所云萤之二种实即是雌雄两性，至断定卵生尤为有识，汪谢城引用其说，乃又模棱两可，以为卵生之外别有化生，未免可笑。唯郝君亦有格致未精之处，如下文云：

"《夏小正》，丹鸟羞白鸟。丹鸟谓丹良，白鸟谓蚊蚋。《月令疏》引皇侃说，丹良是萤火也。"罗端良在宋时却早有异议提出，《尔雅翼》卷二十七萤下云：

"《夏小正》曰，丹鸟羞白鸟。此言萤食蚊蚋。又今人言，赴灯之蛾以萤为雌，故误赴火而死。然萤小物耳，乃以蛾为雄，以蚊为粮，皆未可轻信。"

从中国旧书里得来的关于萤火的知识就是这些，虽然也还不错，可是披沙拣金，殊不容易，而且到底也不怎么精确，要想知道得更多一点，只好到外国书中去找寻了。专门书本是没有，就是引用了来也总是不适合，所以这里所说也无非只是普通的，谈生物而有文学的趣味的几册小书而已。英国怀德《以色耳彭的自然史》著名于世，在这里边却未尝讲到萤火，但是《虫豸观察杂记》中有一则云：

"观察两个从野间捉来放在后园的萤火，看出这些小生物在十一二点钟之间熄灭他们的灯光，以后通夜间不再发亮。雄的萤火为蜡烛光所引，飞进房间里来。"这虽是短短的一两句话，却很有意思，都是出于实验，没有一点儿虚假。怀德生于一七二〇年，即清康熙五十九年，我查考疑年录，发见他比戴东原大三岁，比袁子才却还要小四岁，论时代不算怎么早，可是这样有趣味的记录在中国的乾嘉诸老辈的著作中却是很不容易找到，所以这不能不说是很可珍重的了。其次法国的法勃耳，在他的大著《昆虫记》中有一篇谈萤火的文章，告诉我们好些新奇的事情。最奇怪的是关于萤火的吃食，据他说，萤火虽然不吃蚊子，所吃的东西却比蚊子还要奇特，因为这乃是樱桃大小的带谷的蜗牛。若是蜗牛走着路，那是最好了，即使停留着，将身子缩到壳里去，脚部总有一点儿露出，萤火便上前去用它嘴边的小钳子轻轻的辮上几下。这钳子其细如发，上边有一道槽，用显微镜才看得出，从这里流出毒药来，注射进蜗牛身里去，其效力与麻醉药相等。法勃耳曾试验过，他把被萤火辮过四五下的蜗牛拿来检查，显已人事不知，用针刺它也无知觉，可是并未死亡，经过昏睡两日夜之后，蜗牛便即恢复健康，行动如常了。由此可知萤火所用的乃是全身麻醉的药，正如果之类用毒针麻倒桑虫蚱蜢，存起来供幼虫食用，现在不过是现麻现吃，似乎与《水浒》里的下迷子比较倒更相近。萤火的身体很小，要想吃蚊子便已不大可能，如罗端良所怀疑的，现在却来吃蜗牛，可以说是大奇事。法勃耳在《萤火》一文中云：

"萤火并不吃，如严密的解释这字的意义。它只是饮，它喝那薄粥，这是它用了一种方法，令人想起那蛆虫来，将那蜗牛制造成功的。正如麻苍蝇的幼虫一样，它也能够先消化而后享用，它在将吃之前把那食物化成液体。"《昆虫记》中有几篇讲金苍蝇麻苍蝇的文章，从实验上说明蛆虫食肉的情形，他们吐出一种消化药，大概与高级动物的胃液相同，涂在肉上，不久肉即销融成为流质。萤火所用的也就是这种方法，它不能咬了来吃，却可以当作粥喝，据说在好几个萤火畅饮一顿之后，蜗牛只是一个空壳，什么都没有余剩了。丹鸟羞白鸟，我们知道它不合理，事实上却是萤火吃蜗牛，这自然界的怪异又是谁所料得到的呢。

法勃耳生于一八二三年，即清道光三年，与李少荃是同年的，所以还是近时人，其所发见的事知道的不很多，但即使人家都知道了萤火吃蜗牛，也不见得会使他怎么有名，本来萤火之所以为萤火的乃别有在，即是它在尾巴上点着灯火。中国名称除萤火之外还有即熠，辉夜，景天，夜光，宵煜等，都与火光有关。希腊语曰阑普利斯，意云亮尾巴，拉丁文学名沿称为兰辟利思，英法则名之为发光虫。据《昆虫记》所说，在萤火腹中的卵也已有光，从皮外看得出来，及至孵化为幼虫，不问雌雄尾上都点着小灯，这在郝兰皋也已经知道了。雄萤火蜕化生翼，即是形小头赤者，灯光并不加多，雌者却不蜕化，还是那大蛆的状态，可是亮光加上两节，所以腹下火光大于飞者了。这是一种什么物质，法勃耳说也并不是磷，与空气接触而发光，腹部有孔可开闭以为调节。法勃耳叙述夜中往捕幼萤，长仅五公厘，即中国尺一分半，当初看见在草叶上有亮光，但如误触树枝少有声响，光即熄灭，遂不可复见。迨及长成，便不如此，他曾在萤火笼旁放枪，了无闻知，继以喷水或喷烟，亦无甚影响，间有一二熄灯者，不久立即复燃，光明如旧。夜半以前是否熄灯，文中未曾说及，但怀德前既实验过，想亦当是确实的事。萤火的光据法勃耳说：

"其光色白，安静，柔软，觉得仿佛是从满月落下来的一点火花。可是这虽然鲜明，照明力却颇微弱。假如拿了一个萤火在一行文字上面移动，黑暗中可以看得出一个个的字母，或者整个的字，假如这并不太长，可是这狭小的地面以外，什么也都看不见了。这样的灯光会得使读者失掉耐性的。"看到这里，我们又想起中国书里的一件故事来。《太平御览》卷九百四十五引《续晋阳秋》云：

"车胤，字武子，好学不倦，家贫不常得油，夏月则练囊盛数十萤火，以夜继日焉。"这囊萤照读成为读书人的美谈，流传很远，大抵从唐朝以后一直传诵下来，不过与上边昆虫记的话比较来看，很有点可笑。说是数十萤火，烛火能有几何，即使可用，白天花了工夫去捉，却来晚上用功，岂非徒劳，而且风雨时有，也是无法。《格致镜原》卷九十六引成应元事统云：

"车胤好学，常聚萤火读书，时值风雨，胤叹曰，天不遣我成其志业耶。言讫，有大萤傍书窗，比常萤数倍，读书讫即去，其来如风雨至。"这里总算替车君弥缝了一点过来，可是已经近于志异，不能以常情实事论了。这些故事都未尝不妙，却只是宜于消闲，若是真想知道一点事情的时候，便济不得事。近若干年来多读线装旧书，有时自己疑心是否已经有点中了毒，像吸大烟的一样，但是毕竟还是常感觉到不满意，可见真想做个国粹主义者实在是大不容易也。三十三年十一月二日所写，续草木虫鱼之二。

民国三十三年十一月作

鸟　声

古人有言，"以鸟鸣春"。现在已过了春分，正是鸟声的时节了，但我觉得不大能够听到，虽然京城的西北隅已经近于乡村。这所谓鸟当然是指那飞鸣自在的东西，不必说鸡鸣咿咿鸭鸣呷呷的家奴，便是熟番似的鸽子之类也算不得数，因为他们都是忘记了四时八节的了。我所听见的鸟鸣只有檐头麻雀的啾唽，以及槐树上每天早来的啄木的干笑——这似乎都不能报春，麻雀的太琐碎了，而啄木又不免多一点干枯的气味。

英国诗人那许（Nash）有一首诗，被录在所谓《名诗选》（*Golden Treasury*）的卷首。他说，春天来了，百花开放，姑娘们跳着舞，天气温和，好鸟都歌唱起来。他列举四样鸟声：

Cuckco, jug-jug, pee-wee, to-witta-woo!

这九行的诗实在有趣，我却总不敢译，因为怕一则译不好，二则要译错。现在只抄出一行来，看那四样是什么鸟。第一种是勃姑，书名鸤鸠，他是自呼其名的，可以无疑了。第二种是夜莺，就是那林间的"发痴的鸟"，古希腊的女诗人称之曰"春之使者，美音的夜莺"，他的名贵可想而知，只是我不知道他到底是什么东西。我们乡间的黄莺也会"翻叫"，被捕后常因想念妻子而急死，与他西方的表兄弟相同，但他要吃小鸟，而且又不发痴地唱上一夜以至于呕血。第四种虽似异怪乃是猫头鹰。第三种则不大明瞭，有人说是蚊母鸟，或云是田凫，但据斯密士的《鸟的生活与故事》第一章所说系小猫头鹰。倘若是真的，那么四种好鸟之中猫头鹰一家已占其二了。斯密士说这二者都是褐色猫头鹰，与别的怪声怪相的不同，他的书中虽有图像，我也认不得这是鸥是鸦还是流离之子，不过总是猫头鹰之类罢了。儿时曾听见他们的呼声，有的声如货郎的摇鼓，有的恍若连呼"掘洼"（dzhuehuoang），俗云不祥主有死丧。所以闻者多极懊恼，大约此风古已有之。查检观额道人的《小演雅》，所录古今禽言中不见有猫头鹰的话。然而仔细回想，觉得那些叫声实在并不错，比任何风声箫声鸟声更为有趣，如诗人谢勒（Shelley）所说。

现在，就北京来说，这几样鸣声都没有，所有的还只有麻雀和啄木鸟。老鸹，乡间称为乌老鸦，在北京是每天可以听到的，但是一点风雅气也没有，而且是通年噪聒，不知道他是那一季的鸟。麻雀和啄木鸟虽然唱不出好的歌来，在那琐碎和干枯之中到底还含一些春气：唉唉，听那不讨人欢喜的乌老鸦叫也已够了，且让我们欢迎这些鸣春的小鸟，倾听他们的谈笑罢。

"啾唶，啾唶！"

"嘎嘎！"

民国十四年四月

鸟声二

　　许多年前我做过一篇叫作《鸟声》的小文，说古人云以鸟鸣春，但是北京春天既然来得很短，而且城里也不大能够听得鸟声。我住在西北城当时与乡下差不多少，却仍然听不到什么，平常来到院子里的，只是啾唧作声的麻雀，此外则偶尔有只啄木鸟，在单调的丁丁啄木之外，有时作一两声干笑罢了。麻雀是中国到处都有的东西，所以并不希罕，啄木鸟却是不常看见的，觉得有点意思，只是它的叫声实在不能说是高明，所以文章里也觉得不大满意。

　　可是一计算，这已是四十年前的事了。时光真是十分珍奇的东西，这些年过去了，不但人事有了变化，便是物候似乎也有变迁。院子里的麻雀当然已是昔年啾唧作声的几十世孙了，除了前几年因麻雀被归入四害，受了好几天的围剿，中断了一两年之外，仍旧来去庭树间，唱那细碎的歌，这据学者们考究，大约是传达给朋友们说话，每天早晨在枕上听着（因为它们来得颇早，大约五点左右便已来了），倒也颇有意思的。但是今年却添了新花样，啄木鸟的丁丁响声和它的像老人的干枯的笑听不见了，却来了黄莺的"翻叫"，这字在古文作嗉，可是我不知道普通话是怎么说，查国语字典也只注鸟鸣，谓声之转折者，也只是说明字义，不是俗语的对译。黄莺的翻叫是非常有名的，养鸟的人极其珍重它，原因一是它叫得好听，二则是因为它很是难养。黄莺这鸟其实是很容易捕得，乡下用"踏笼"捕鸟（笼作二室，一室中置鸟媒，俗语称唤头，古文是一个囮字，用以引诱别的鸟近来，邻室开着门，但是设有机关，一踏着机关门就落下了），目的是在"黄头"，却时时捕到黄莺，它并不是慕同类而来，只是想得唤头做吃食，因为它是肉食性，以小鸟为饵食的。可是它的性情又特别暴躁，关进笼里便乱飞乱扑，往往不到半天工夫就急死了，大有不自由毋宁死之风，乡下人便说它是想妻子的缘故，这可能也有点说得对的。因此它虽是翻叫出名，可是难以驯养，让人家装在笼里，挂在檐下，任我们从容赏玩，我们如要听它的歌唱，所以只好任凭它们愿意的时候，自由飞来献技了。现在却要每天早上，都到院子里来，几乎是有一定的时间，仿佛和无线电广播一样，来表示它的妙技。这具体的有怎样美妙呢，这话当然无从说起，因为音乐的好处是不能用言语所能形容的。那许（Nash）的古诗里所列举的春天的鸟，第二种是夜莺，这在中国是没有的，但是他形容它的叫声"茹格茹格"，虽是人籁不能及得天籁，却也得其神韵，可以说得包括了黄莺的叫声了。中国旧诗里说莺声"滑"，略能形容它的好处。院子里并没有什么好树，也无非只是槐柳之类，乃承蒙它的不弃每早准时光降，实在是感激不尽。还有那许说的第一种，即是布谷，它的"割麦插禾"的呼声也是晚间很可听的一种叫声，惟独后边所说的大小猫头鹰，我虽是也极想听，但是住在城市里边，无论是地方怎么偏僻，要想听到这种山林里的声音，那总是不可能的，虽然也是极可惜的事。

一九六四年六月发表

谈养鸟

李笠翁著《闲情偶寄》颐养部行乐第一，"随时即景就事行乐之法"下有看花听鸟一款云：

"花鸟二物，造物生之以媚人者也。既产娇花嫩蕊以代美人，又病其不能解语，复生群鸟以佐之，此段心机竟与购觅红妆，习成歌舞，饮之食之，教之诲之以媚人者，同一周旋之至也。而世人不知，目为蠢然一物，常有奇花过目而莫之睹，鸣禽悦耳而莫之闻者，至其捐资所买之侍妾，色不及花之万一，声仅窃鸟之绪余，然而睹貌即惊，闻歌辄喜，为其貌似花而声似鸟也。噫，贵似贱真，与叶公之好龙何异。予则不然。每值花柳争妍之日，飞鸣斗巧之时，必致谢洪钧，归功造物，无饮不奠，有食必陈，若善士信妪之佞佛者，夜则后花而眠，朝则先鸟而起，惟恐一声一色之偶遗也。及至莺老花残，辄怏怏如有所失，是我之一生可谓不负花鸟，而花鸟得予亦所谓一人知己死可无恨者乎。"又郑板桥著《十六通家书》中，"潍县署中与舍弟墨第二书"末有"书后又一纸"云：

"所云不得笼中养鸟，而予又未尝不爱鸟，但养之有道耳。欲养鸟莫如多种树，使绕屋数百株，扶疏茂密，为鸟国鸟家，将旦时睡梦初醒，尚展转在被，听一片啁啾，如云门咸池之奏，又披衣而起，颒面嗽口啜茗，见其扬翚振彩，倏往倏来，目不暇给，固非一笼一羽之乐而已。大率平生乐处欲以天地为圃，江汉为池，各适其天，斯为太快，比之盆鱼笼鸟，其巨细仁忍何如也。"李郑二君都是清代前半的明达人，很有独得的见解，此二文也写得好。笠翁多用对句八股调，文未免甜熟，却颇能畅达，又间出新意奇语，人不能及，板桥则更有才气，有时由透彻而近于夸张，但在这里二人所说关于养鸟的话总之都是不错的。近来看到一册笔记抄本，是乾隆时人秦书田所著的《曝背余谈》，卷上也有一则云：

"盆花池鱼笼鸟，君子观之不乐，以囚锁之象寓目也。然三者不可概论。鸟之性情惟在林木，樊笼之与林木有天渊之隔，其为犴狴固无疑矣。至花之生也以土，鱼之养也以水，江湖之水水也，池中之水亦水也，园圃之土土也，盆中之土亦土也，不过如人生同此居第少有广狭之殊耳，似不为大拂其性。去笼鸟而存池鱼盆花，愿与体物之君子细商之。"三人中实在要算这篇说得顶好了，朴实而合于情理，可以说是儒家的一种好境界，我所佩服的《梵网戒疏》里贤首所说"鸟身自为主"乃是佛教的，其彻底不彻底处正各有他的特色，未可轻易加以高下。抄本在此条下却有朱批云：

"此条格物尚未切到，盆水豢鱼，不繁易淰，亦大拂其性。且玩物丧志，君子不必待商也。"下署名曰於文叔。查

《余谈》又有论种菊一则云：

"李笠翁论花，于莲菊微有轩轾，以艺菊必百倍人力而始肥大也。余谓凡花皆可借以人力，而菊之一种止宜任其天然。盖菊，花之隐逸者也，隐逸之侣正以萧疏清癯为真，若以肥大为美，则是李勋之择将，非左思之招隐矣，岂非失菊之性也乎。东篱主人，殆难属其人哉，殆难属其人哉。"其下有於文叔的朱批云：

"李笠翁金圣叹何足称引，以昔人代之可也。"於君不赞成盆鱼不为无见，惟其他思想颇谬，一笔抹杀笠翁圣叹，完全露出正统派的面目，至于随手抓住一句玩物丧志的咒语便来胡乱吓唬人，尤为不成气候，他的态度与《余谈》的作者正立于相反的地位，无怪其总是格格不入也。秦书田并不闻名，其意见却多很高明，论菊花不附和笠翁固佳，论鱼鸟我也都同意。十五年前我在西山养病时写过几篇《山中杂信》，第四信中有一节云：

"游客中偶然有提着鸟笼的，我看了最不喜欢。我平常有一种偏见，以为作不必要的恶事的人比为生活所迫不得已而作恶者更为可恶，所以我憎恶蓄妾的男子，比那卖女为妾——因贫穷而吃人肉的父母，要加几倍。对于提鸟笼的人的反感也是出于同一的渊源。如要吃肉，便吃罢了。（其实飞鸟的肉于养生上也并非必要。）如要赏玩，在他自由飞鸣的时候可以尽量的看或听，何必关在笼里，擎着走呢？我以为这同喜欢缠足一样的是痛苦的赏鉴，是一种变态的残忍的心理。"（十年七月十四日信。）那时候的确还年青一点，所以说的稍有火气，比起上边所引的诸公来实在惭愧差得太远，但是根本上的态度总还是相近的。我不反对"玩物"，只要不大违反情理。至于"丧志"的问题我现在不想谈，因为我干脆不懂得这两个字是怎么讲，须得先来确定他的界说才行，而我此刻却又没有工夫去查十三经注疏也。

民国廿五年十月十一日

梅兰竹菊

梅兰竹菊这四种"花"，不晓得叫什么"名堂"，大约是古已有之。据我小时候的记忆，看过《芥子园画传》，不记得是第二集还是第三集了，总之是顶没有什么意思的一集，是这么专讲这梅兰竹菊的四本。它讲的不及山水和人物的好玩，但是那东西或是比较好画的缘故，也或者是别的理由，更有许多人爱好它，喜爱这四样物色。

梅兰竹菊总之是东方的东西，不是西洋的。你只看它一副东方的神气，穿的好像是丝织品，不然是一套棉衣的衣裳，全没见一点时髦气。说没一点时髦气，或者不妥，但不见俗气，和那毛茸茸的所谓洋什么相比，总还可以说不是旃裘之民吧？我们且来考究它们的来源。竹大约最早，见于《禹贡》，梅出在《诗经》和《尚书》，兰也见称于《离骚》，只有菊花最晚出，见赏于陶渊明，已经在东晋了。其实这竹的见称赏，也始见于三国的魏末，菊花在《尔雅》里也有这个名字，不过不曾欣赏它的"秋菊有佳色"罢了。

它在外国的名字，也证明是外来的。在日本只有竹是热带植物，它原来就自有，有"多介"这名字，其余的梅兰和菊都没有本名，至今全是用的汉名了。想来现在的日本生物学者，拿了些和制的名字像"小敦盛草"等，请中国利用，或者是一种报答之道欤？——没有汉名，就是没有名字，想必是带了本地的名称输入去的了。在西洋我们也只有竹不能够知道，它的学名"班部"是南洋的，这与中国字的象形同样神秘。其余菊最佳妙，因为定得适当，义云黄金的花，梅花却不算好，名曰普路木纳，但这字后来考证出来乃是李子，一定硬说是梅，可说是"李代梅僵"了。至于兰花尤其不佳，它在中国被称是王者之香，无人自芳，但其在外国却未被看重，他们称之曰俄耳吉斯，直译出来是睾丸草，说它的根带着小块，这立名非不得当，倒是很有天真烂漫之趣的。但是现在这总已没有办法，兰科植物在学名上只可说是俄耳吉达剡俄斯了。

　　但是梅兰竹菊在我们中国，还自有它们的确定的地位的。不过这也有地域的限制，因为它这是风土如此，没有什么办法。竹子生长黄河以南，到了北方风沙之地，有点长不惯，所以种竹的秘诀，以根实不动摇为第一。"此君"之被尊重，也是在东渡之后。梅子从前只重在调味，说什么暗香疏影，也还是孤山处士的影响。兰出了山，很是娇贵难养，菊若是满天星之流，还不妨随处乱种一番，若是有了别名，便也非有个别名的花园来培养不可。所以由我个人来说，这两种都不是我所能搞得来的，无宁是梅与竹可以一定不动的种着看看。不过，"种花一年，看花十日"，看梅花也不过十多天光景，此外一根老树，也没有好看的地方。那末，还是种竹好罢，这个意思有个朋友别号竹庵，他一定很赞成吧。中国不是到处可以有竹的，那末这也需要择地，我们在北京的人想看竹也不成，还是翻看画谱里梅兰竹菊也罢。

爱 竹

　　我对于植物的竹有一种偏爱，因此对于竹器有特别的爱好。首先是竹榻，夏天凉飕飕的顶好睡，尤其赤着膊，唯一的缺点是竹条的细缝会得夹住了背上的"寒毛"，比蚊子咬还要痛，有一种竹汗衫，说起来有点相像，用长短粗细一定竹枝，穿成短衫，衬在衣服内，有隔汗的功用，也是很好的，也就是有夹肉的毛病。此外竹的用处，如笔，手杖，筷子，晾竿，种种编成的筐子、合子，簟席，凳椅，说不尽的各式器具。竹的服装比较的少，除汗衫外，只有竹笠。我又从竹工专家的章福庆（"闰土"的父亲）那里看见过"竹屐"，这是他个人的发明，用半节毛竹钉在鞋底上，在下雨天穿了，同钉鞋一样走路。不见有第二个人穿过，但他的崭新的创意，这里总值得加以纪录的。

　　这时首先令人记忆起的，是宋人的一篇《黄冈竹楼记》。这是专讲用竹子构造的房子，我因小时候的影响，所以很感得一种向往，不敢想得到这么一所房子来住，对于多竹的地方总是觉得很可爱好的。用竹来建筑，竹劈开一半，用作"水溜"，大概是顶好的，此外多少有些缺点，这便是竹的特点，它爱裂开，有很好的竹子本可做柱，因此就有了问题了，细的竹竿晒晾衣服，又总有裂缝，除非是长永泡在水里的"水竹管"，这才不会得开裂。假如有了一间好的竹房，却到处都是裂缝，也是十分扫兴的事，因此推想起来，这在事实上大抵是不可能的了。

不得已而思其次，是在有竹的背景里，找这么一个住房，便永远与竹为邻。竹的好处我曾经说过，因为它好看，而且有用。树木好看的，特别是我主观的选定的也并不少，有如杨柳、梧桐、棕榈等皆是，只是用处较差，柳与桐等木材与棕皮都是有用的东西，可是比起竹来，还相形见绌，它们不能吃，就是没有竹笋。爱竹的缘故说了一大篇，似乎是很"雅"，结果终于露出了马脚，归根结蒂是很俗的，为的爱吃笋。说起竹来谁都喜爱，似乎这代表"南方"，黄河以南的人提到竹，差不多都感到一种"乡愁"，但这严格的说来，也是很俗的乡愁罢了。将来即使不能到处种竹，竹器和竹笋能利用交通工具，迅速运到，那末这种乡愁也就不难消灭了。

一九五七年七月二十三日发表

两株树

　　我对于植物比动物还要喜欢，原因是因为我懒，不高兴为了区区视听之娱一日三餐地去饲养照顾，而且我也有点相信"鸟身自为主"的迂论，觉得把它们活物拿来做囚徒当奚奴，不是什么愉快的事，若是草木便没有这些麻烦，让它们直站在那里便好，不但并不感到不自由，并且还真是生了根地不肯再动一动哩。但是要看树木花草也不必一定种在自己的家里，关起门来独赏，让它们在野外路旁，或是在人家粉墙之内也并不妨，只要我偶然经过时能够看见两三眼，也就觉得欣然，很是满足的了。

　　树木里边我所喜欢的第一种是白杨。小时候读古诗十九首，读过"白杨何萧萧，松柏夹广路"之句，但在南方终未见过白杨，后来在北京才初次看见。谢在杭著《五杂组》中云：

　　"古人墓树多植梧楸，南人多种松柏，北人多种白杨。白杨即青杨也，其树皮白如梧桐，叶似冬青，微风击之辄淅沥有声，故古诗云，白杨多悲风，萧萧愁杀人。予一日宿邹县驿馆中，甫就枕即闻雨声。竟夕不绝，侍儿曰，雨矣。予讶之曰，岂有竟夜雨而无檐溜者？质明视之，乃青杨树也。南方绝无此树。"

《本草纲目》卷三五下引陈藏器曰，"白杨北土极多，人种墟墓间，树大皮白，其无风自动者乃杨移，非白杨也。"又寇宗奭云，"风才至，叶如大雨声，谓无风自动则无此事，但风微时其叶孤极处则往往独摇，以其蒂长叶重大，势使然也。"王象晋《群芳谱》则云杨有二种，一白杨，一青杨，白杨蒂长两两相对，遇风则簌簌有声，人多植之坟墓间，由此可知白杨与青杨本自有别，但"无风自动"一节却是相同。在史书中关于白杨有这样的两件故事：

《南史》萧惠开传，"惠开为少府，不得志，寺内斋前花草甚美，悉铲除，别植白杨。"

《唐书》契苾何力传，"龙翔中司稼少卿梁脩仁新作大明宫，植白杨于庭，示何力曰，此木易成，不数年可芘。何力不答，但诵白杨多悲风萧萧愁杀人之句，脩仁惊悟，更植以桐。"

这样看来，似乎大家对于白杨都没有什样好感。为什么呢？这个理由我不大说得清楚，或者因为它老是簌簌的动的缘故罢。听说苏格兰地方有一种传说，耶稣受难时所用的十字架是用白杨木做的，所以白杨自此以后就永远在发抖，大约是知道自己的罪孽深重。但是做钉的铁却似乎不曾因此有什么罪，黑铁这件东西在法术上还总有点位置的，不知何以这样地有幸有不幸。（但吾乡结婚时忌见铁，凡门窗上铰链等悉用红纸糊盖，又似别有缘故。）我承认白杨种在墟墓间的确很好看，然而种在斋前又何尝不好，它那瑟瑟的响声第一有意思。我在前面的院子里种了一棵，每逢夏秋有客来斋夜话的时候，忽闻淅沥声，多疑是雨下，推户出视，这是别种树所没有的佳处。梁少卿怕白杨的萧萧改种梧桐，其实梧桐也何尝一定吉祥，假如要讲迷信的话，吾乡有一句俗谚云，"梧桐大如斗，主人搬家走"，所以就是别庄花园里也很少种梧桐的。这实在是一件很可惜的事，梧桐的枝干和叶子真好看，且不提那一叶落知天下秋的兴趣了。在我们的后院里却有一棵，不知已经有若干年了，我至今看了它十多年，树干还远不到五合的粗，看它大有黄杨木的神气，虽不厄闰也总长得十分缓慢呢。——因此我想到避忌梧桐大约只是南方的事，在北方或者并没有这句俗谚，在这里梧桐想要如斗大恐怕不是容易的事罢。

第二种树乃是乌桕，这正与白杨相反，似乎只生长于东南，北方很少见。陆龟蒙诗云，"行歇每依鸦舅影"，陆游诗云，"乌桕赤于枫，园林二月中"，又云，"乌桕新添落叶红"，都是江浙乡村的景象。《齐民要术》卷十列"五谷果蓏菜茹非中国物产者"，下注云："卿以存其名目，记其怪异耳，爰及山泽草木任食非人力所种者，悉附于此。"其中有乌桕一项，引《玄中记》云，荆阳有乌臼，其实如鸡头，迲之如胡麻子，其汁味如猪脂。《群芳谱》言，"江浙之人，凡高山大道溪边宅畔无不种。"此外则江西安徽盖亦多有之。关于它的名字，李时珍说，"乌喜食其子，因以名之。……或曰，其木老则根下黑烂成臼，故得此名。"我想这或曰恐太迂曲，此树又名鸦舅，或者与乌不无关系，乡间冬天卖野味有柏子舄（读如呆鸟字），是道墟地方名物，此物殆是鸟类乎，但是其味颇佳，平常所谓舄肉几乎便指此舄也。

柏树的特色第一在叶，第二在实。放翁生长稽山镜水间，所以诗中常常说及柏叶，便是那唐朝的张继寒山寺诗所云江枫渔火对愁眠，也是在说这种红叶，王端履著《重论文斋笔录》卷九论及此诗，注云，"江南临水多植乌柏，秋叶饱霜，鲜红可爱，诗人类指为枫，不知枫生山中，性最恶湿，不能种之江畔也。此诗江枫二字亦未免误认耳。"范寅在《越谚》卷中柏树项下说，"十月叶丹，即枫，其子可榨油，农皆植田边。"就把两者误合为一。罗逸长《青山记》云，"山之麓朱村，盖考亭之祖居也，自此倚石啸歌，松风上下，遥望木叶着霜如渥丹，始见怪以为红花，久之知为乌柏树也。"《蓬窗续录》云，"陆子渊《豫章录》言，饶信间柏树冬初叶落，结子放蜡，每颗作十字裂，一丛有数颗，望之若梅花初绽，枝柯诘曲，多在野水乱石间，远近成林，真可作画。此与柿树俱称美荫，园圃植之最宜。"这两节很能写出柏树之美，它的特色仿佛可以说是中国画的，不过此种景色自从我离了水乡的故国已经有三十年不曾看见了。

柏树子有极大的用处，可以榨油制烛，《越谚》卷中蜡烛条下注曰，"卷芯草干，熬柏油拖蘸成烛，加蜡为皮，盖紫草汁则红。"汪曰桢著《湖雅》卷八中说得更是详细：

"中置烛心，外裹乌桕子油，又以紫草染蜡盖之，曰桕油烛。用棉花子油者曰青油烛，用牛羊油者曰荤油烛。湖俗祀神祭先必燃两炬，皆用红桕。婚嫁用之曰喜烛，缀蜡花者曰花烛，祝寿所用曰寿烛，丧家则用绿烛或白烛，亦桕烛也。"

日本寺岛安良编《和汉三才图会》五八引《本草纲目》语云，"烛有蜜蜡烛虫蜡烛牛脂烛桕油烛，"后加案语曰：

"案唐式云少府监每年供蜡烛七十挺，则元以前既有之矣。有数品，而多用木蜡牛脂蜡也。有油桐子蚕豆苍耳子等为蜡者，火易灭。有鲸鲵油为蜡者，其焰甚臭，牛脂蜡亦臭。近年制精，去其臭气，故多以牛蜡伪为木蜡，神佛灯明不可不辨。"

但是近年来蜡烛恐怕已是倒了运，有洋人替我们造了电灯，其次也有洋蜡洋油，除了拿到妙峰山上去之外大约没有它的什么用处了。就是要用蜡烛，反正牛羊脂也凑合可以用得，神佛未必会得见怪——日本真宗的和尚不是都要娶妻吃肉了么？那么桕油并不再需要，田边水畔的红叶白实不久也将绝迹了罢。这于国民生活上本来没有什么关系，不过在我想起来的时候总还有点怀念，小时候喜读《南方草木状》《岭表录异》和《北户录》等书，这种脾气至今还是存留着，秋天买了一部大板的《本草纲目》，很为我的朋友所笑，其实也只是为了这个缘故罢了。

民国十九年十二月二十五日，于北平煆药庐